Renate Dalaun • Sisyphos

Renate Dalaun

# *Sisyphos*

oder

Wie tief reicht das Erinnern?

FOUQUÉ PUBLISHERS NEW YORK

Copyright ©2010 by Fouqué Publishers New York
Originally published as *Sisyphos oder Wie tief reicht das Erinnern? 2001*
by Fouqué Literaturverlag

First American Edition
Printed on acid-free paper

*Library of Congress Cataloging-in-Publication Data*
Dalaun, Renate
[Sisyphos oder Wie tief reicht das Erinnern? German]
1st American ed.

ISBN 978-0-578-08333-9

## – I. Geschichtslastig –

Der Frühling kam pünktlich mit dem Eisverkäufer, dessen Geschrei sogar noch auf dem Friedhof in seinen Ohren nistet: »Schoko-, Vanille- und Erdbeereis!«

Ein kühler Wind springt ihn an. Die Morgensonne im Gesicht, steht er bewegungslos am Grab und sieht mit leeren Augen über den Grabstein hinweg.

Die Zeit – es waren erst zehn Tage seit dem Begräbnis vergangen – hat seine Tränen eingefroren.

Die sterblichen Reste seiner Tochter wurden neben der Urne seiner Mutter in der feuchten Erde begraben. Eigentlich war es gar nicht seine Tochter. Seine Frau und er hatten das Kind adoptiert. Es geschah in einer Zeit, in der man es für eine Form der Wiedergutmachung hielt, ein Judenkind oder ein Kind asiatischer Abstammung in die Familie aufzunehmen. Sie ließen es taufen und erzogen das Mädchen im christlichen Glauben.

Die achtjährige Maya glich tatsächlich einem Traumbild, als er sie dem Großvater abkaufte. Ihre langen blauschwarzen Haare hielt ein bunter Schmetterling aus Porzellan zusammen. Über die etwas vorstehenden Backenknochen, das untrügliche Merkmal der Asiatin, täuschten zwei schwarze Augen hinweg, die fast das ganze Gesicht einnahmen.

Maya war ein kluges Mädchen, gehorsam, aber nicht anschmiegsam, freundlich und hilfsbereit, aber nicht liebevoll. So empfand es jedenfalls seine Frau. Sie tanzte gerne, besuchte ein Gymnasium und wollte Schauspielerin oder Tänzerin werden, später glaubte sie, als Reiseleiterin die Welt am besten erleben zu können. Sie plante keinen bestimmten Beruf, sie träumte von verschiedenen.

Sein Blick kehrt langsam aus dem Wesenlosen zurück, folgt dem Schatten, den die ersten Tulpen und Osterglocken auf das Grab werfen. Müde schiebt die Zeit die Minuten vor sich hin. Etwas brennt zwischen seinen Augen, seit er vor ihrer fast unkenntlichen Leiche stand.

Wenn Maya tanzte, bewegte sie sich nach einem unerhörten Rhythmus, der sich von den Füßen her in ihrem Körper wellenförmig fortsetzte wie eine im Wind bewegte Blume. Eine unerklärliche Energie lud sie immer von neuem auf. Er liebte jede ihrer Bewegungen, ihr scheues Lächeln. Nie hatten sie Maya ungeduldig oder verstimmt gesehen. Die Lehrer bezeichneten die fleißige Schülerin als verträumt, oft abwesend. Wenn sie in den seelischen Zeitozean tauchte, saß sie lange vor einer Buchseite, ohne sich den Inhalt anzueigen. Maya geriet nie in Zeitnot. Wenn sie in den Ferien oder am Wochenende das Geschirr spülte, die Küche aufräumte, nahm die Arbeit oft so viel Zeit in Anspruch, daß die Mutter eingriff.

Es war der unterschiedliche Umgang mit der Zeit, der die Probleme schuf. Seine Frau beklagte Mayas Verschlossenheit und glaubte, daß die Tochter anders dachte und fühlte, als sie zugab, glaubte, hinter freundlichem Lächeln Unzufriedenheit zu erkennen. Täuschung lege man den Asiaten als Tugend in die Wiege, sagte sie, sie gelte als besonderes Merkmal von Intelligenz. Der Klügste sei der, der am besten täuschen könne.

Manchmal gewann er den Eindruck, daß sich seine Frau als Adoptivmutter zur Liebe verpflichtet fühlte. Gotelindes Widerstand gegen die Adoption nahm er nicht ernst. Ihre Haltung, ihre Einstellung entsprach Hildwins Vater. Gotelinde erinnerte an die Zeit nach 1933, kommentierte, bilanzierte die Ereignisse, was sie in den Augen der Schwiegereltern als Mutter seiner Kinder geeignet erscheinen ließ. Man zwang ihr die Vorstellung auf, daß ein Löschen der Erinnerung, Ausradieren krimineller Spuren Hitlers in den Gehirnen der Kinder und Jugendlichen ein Verbrechen sei. Bald waren sie mit der Vergangenheit verkabelt, geradezu vergangenheitssüchtig. Man erwartete deshalb die Erziehung der Asiatenkinder von ihr, und die Schwiegereltern sparten nicht mit Lobeshymnen. Die junge Frau, die glaubte, selbst keine Kinder gebären zu können, nahm die Verpflichtung an. Es fiel ihr aber nicht leicht, zu dem »fremden Blut« eine innige Beziehung herzustellen, zumal Maya bereits acht Jahre alt war. Da Liebe aufhört, ernsthaft zu sein, sobald sie als Pflicht empfunden oder ein Anspruch erhoben wird, waren die Probleme vorprogrammiert. Der bis zu dem 16./17. Lebensjahr noch erträgliche kleine Konflikt zwischen Mutter und Tochter verschärfte sich, als Maya volljährig wurde und zu einer eigenwilligen jungen Dame heranwuchs.

Bei diesem Gedanken hält Hildwin an. Ein Satz, eine Frage stemmt sich gegen ihn: Warum hast du nicht mit ihr darüber gesprochen? Seine Augen umkreisen Geburts- und Sterbedatum. Er schüttelt den Kopf. So jung, denkt er.

Sie hatte das Abitur bestanden, und die Familie feierte ihren ersten Balletterfolg. Ein junger, hübscher, erfolgversprechender Mensch. Wie hätte er annehmen dürfen, daß es sich nicht um einen Unfall handelte? Er sieht sie vor sich, den diagonal angelegten Blick, der ihn trifft. Mit hilflos hängenden Schultern steht sie vor ihm, und er hört die Stimme seiner Frau: »Wir haben dich christlich erzogen. Das kannst du uns doch nicht antun!«

Die Probleme überlagerten sich plötzlich. Der junge Mann besuchte die gleiche Universität. Sie wollten gemeinsam in einer der heiligen Höhlen meditieren und fasten. Der Überdruß an einem Übermaß an Zivilisation verleitet viele junge Menschen zu einem Rückzug in eine Urgegebenheit. Es sollte als eine Art Verzicht auf irdisches Leben zugunsten eines höheren verstanden werden, ein Rückzug auf Probe, der zwei Wochen dauerte. Die beiden jungen Menschen waren sich nicht nur in der Musik, sondern auch in ihren Einstellungen begegnet.

Der Mutterkult ist ein Wesenszug des Asiaten. Er betrachtet die Welt als Höhle und fühlt sich in ihr geborgen. Die Vorliebe für alles Unklare, Vage entsprach auch Maya. Diese Höhlen liegen im Dunkeln, das nicht Tag und Nacht unterscheidet, nicht Morgen und Abend.

Sie stimmten dagegen, aber Maya wußte sich durchzusetzen. Da die Mutter auch die Breite und Formlosigkeit der Aussagen, die Vagheit, die alle Möglichkeiten offenläßt, ablehnte, ja, sie brachte sie geradezu zur Raserei, war die Katastrophe vorherzusehen, als Maya zurückkehrte. Die Frau vermutete eine intime Beziehung der Tochter zu diesem Studienfreund und wünschte Klarheit. Maya fühlte sich zu Unrecht verdächtigt, und es kam zu einer harten Auseinandersetzung. Am nächsten Abend fand man den fast unkenntlichen Leichnam, dem die Strömung die Kleidung vom Leib riß, im Schilf. Ein Felsbrocken hatte das Gesicht zerrieben und zerschnitten.

Die Temperatur war für ein Bad zu niedrig, und es entsprach Mayas Gewohnheit nicht, bei Dunkelheit allein am Fluß spazierenzugehen.

Stundenlang durchsuchte er die Umgebung nach Beweismaterial. Nervös wirbelte der Fluß in die Kurve. Schaumkronen hingen grün, getrocknet im Schilf. Eine Zigarettenschachtel schaukelte in der Welle. Seinem wachsamen Auge entging nichts. Maya rauchte nicht. Aber das rote Stoffteilchen, das an der Schachtel hing, erregte seinen Argwohn. Er versuchte es mit einer Weidenrute, die er von einem Ast abbrach, zu erreichen und balancierte über die Steine. Das vermutete Halstuch erwies sich als ein Stück rotes Papier. Hildwin suchte im Gebüsch, unter den Steinen, die ein Unwetter vom Felsen geworfen hatte. Ein Puppenschuh, ein Stück Schnur, mit deren Hilfe Kinder ihre Drachen und Vögel steigen ließen, lagen zwischen glanzlos grauen Kieseln, die in der Sonne trockneten. Es waren Zeichen einer anderen Sprache, Zeugen einer anderen Welt als der Mayas. Auf einem Picknickplatz unter grünen Glasscherben einer Flasche, Asche und Schlacken entdeckte er tatsächlich ein kleines Tuch, von dem er glaubte, daß es zu Mayas Bluse gehören könnte. Zu Hause fand er das Gesuchte aber im Kleiderschrank. Es hing über einem ihrer T-Shirts.

Über dem Abfallkorb lag ein halb zerrissener Brief, der nicht an ihn gerichtet war, nicht einmal an die Handschrift seiner Tochter erinnerte, aber sein Herz schlug zwischen den Schläfen aus Angst vor einer weiteren Überraschung. Wollte sie wirklich ausbrechen aus einer Welt der Verständnislosigkeit, sich befreien von den Ketten und Zäunen einer Wertvorstellung, weil die Welt keine Antwort auf ihre Fragen für sie bereithielt? Warum wählte ein emotional bewegtes Mädchen einen Tod ohne silberne Sonne, ohne rosa Wolke und ohne ein Stückchen Himmelsblau? Es war ein grausamer Tod im wildbewegten, kalten Wasser, dem sich die Verzweifelte überließ. Etwas Unerklärbares mußte sie in Hoffnungslosigkeit gestürzt haben.

Ein Gedankengeschwader fällt über ihn her. Seine Ratlosigkeit schleicht sich in Frageform an. Was nützt es ihm, daß er sich für unschuldig hält? Er denkt an so viel Ungereimtes, das oft durch die Luft flog, ohne daß er dem Wort seiner Frau Zügel anlegte. Und er denkt an die eventuelle Abwendung, Abwesenheit der Freunde.

Zwei Tage später überreichte man ihm trotz seines vergeblichen Suchens zwei kleine Bücher, die seine Vorstellung immer noch bebildern.

Ein kraftvoller, vertonter Morgen war es. Die Sonne brannte, als hätte sie ein Privileg für diesen Tag, in die frühe Morgenstunde. Das Zwitschern der Spatzen in den Dachrinnen, der Jubel der Lerche über ihm und das Kinderlied »Alle meine Entchen« aus den Mündern der Zwillinge, die an den Händen der Mutter zum Kindergarten gingen, hätten ihn heiter stimmen müssen, aber Mayas Tod warf ihren Schatten, wo immer er sich auch befand. Ein Brief knisterte in seiner Tasche.

Im Fundbüro war ein Notizbuch und ein kleines Fotoalbum mit einem Geldschein zwischen den Seiten abgegeben worden. Ein Zwölfjähriger fand die Gegenstände zwei Tage nach seiner Spurensuche beim Spiel im Ufergestrüpp.

Hildwin umkreiste zweimal das Fundbüro, ohne einen Parkplatz zu finden. Da er das Auto schließlich bei einer Parkuhr abstellen mußte, wollte er im nächsten Geschäft Geld wechseln lassen. Eine Frau, die mit ihrem Korb auch ihren Ärger mit sich herumschleppte, stieß ihn an und beschimpfte ihn: »Haben Sie keine

Augen im Kopf? Sie ungeschliffener Typ! Einer Frau die Tasche auf die Straße zu schleudern!« Es waren nur zwei Äpfel, die beim Zusammenprall über den Taschenrand sprangen und über den Gehsteig rollten. Er hob sie auf, entschuldigte sich, ging zum Auto zurück und stand fünf Minuten später vor dem Fundbüro, wo er von einem Mann, der seine Wut über den Umzug des Fundbüros in den hellen Morgen spuckte, über seine vergebliche Mühe informiert wurde. Hildwin eilte zurück, fuhr in die andere Richtung, hetzte über die Treppe und drückte viel zu heftig auf den Klingelknopf.

»Wo brennt's denn?« wollte der alte Herr wissen. Zwischen heftigen Atemzügen bat er um die Fundgegenstände. Der durchsuchte viele Fächer seiner Regale und warf ein Notizbuch und ein kleines Fotoalbum an Land. Das Notizbuch enthielt mehrere Telefonnummern und Eintragungen über Veranstaltungen. Selbstvergessen blätterte er in Mayas verlorenen Büchern, bis ihm der alte Herr riet, die Fundsachen mitzunehmen und sie zu Hause zu studieren. Hildwin war die Situation peinlich. Er entschuldigte sich zum zweiten Male an diesem Tag mit seinen »überstrapazierten Nerven«. Es dauerte dann mehrere Tage, bis er mit Hilfe der notierten Nummern die gewünschten Kontakte herstellen konnte.

Dieser Gedanke bewegt ihn auf dem Weg zum Bahnhof, weil er annimmt, die Freundinnen und der Freund Mayas hätten ihm etwas verheimlicht. Mechanisch setzt er sich in Bewegung, schiebt schleppend einen Fuß vor den anderen. Der Bahnhof ist nur ein paar hundert Meter entfernt. Zum Amüsement seiner Freunde zieht er rasante Züge dem Auto vor und freut sich über Fußwege. Irgendwo schlägt eine Uhr. Er folgt dem Lichtstrahl, der mitten auf der Straße vor ihm liegt. Wo sich die Gasse emporwirft, weht ihm ein grauer Nebel aus Bratendunst und gerösteten Zwiebeln entgegen. Seine Gedanken dröhnen. Selbstmord? Dieses junge, vielversprechende Menschenkind? *Warum?* – ein Wort, das ihm der Wind von allen Seiten zuträgt.

Er hat immer dafür gesorgt, daß sie dem Leben in seiner farbigen Vielfalt begegnen konnte. Dann war dieser Mann radikal in ihre Mitte geraten, hatte sie wie der Unterricht in der Heimatsprache der Familie entfremdet. Seine Frau störte dieser fremde Ton auf der Zunge der Tochter erheblich. Gotelinde war über Mayas Wortbrüchigkeit empört, das wußte er. Auch er war enttäuscht, denn sie wollte mit den Eltern zu Beginn der Ferien nach Italien fahren. Aber Absprachen, Versprechen hielt sie selten ein. Maya war sehr sprunghaft. Die genetische Basis oder der großväterliche Einfluß in früher Kindheit schienen stärker zu sein als die Erziehung der Pflegeeltern. Maya wollte die Eltern natürlich nicht kränken oder belügen, wie es Gotelinde verstand – das nicht. Ihre Wortbrüchigkeit hing wieder mit ihrem Umgang mit der Zeit zusammen. An die Zukunft zu denken fiel ihr schwer. Ihrem Zeitbegriff fehlte der zielsichere Akzent. Maya lebte im Jetzt, im Hier und Heute. Baten sie die Eltern, die Ferien zu planen, ihren Wunsch zu äußern, so glich diese Bitte einer Aufforderung zum Phantasieren und Träumen. Sie begeisterte sich für eine gemeinsame Italienreise und dachte am Folgetage ganz anders, weil das Gestern nicht mehr vorhanden war.

Sein Eingreifen blieb erfolglos. Die Mutter empörte sich über Lügen und Wortbrüche. Maya spielte mit ihren Meinungen, ließ Absichten im dunklen oder so vage stehen, daß alle Möglichkeiten eingeschlossen waren. Schon als Achtjährige verstand sie den Zeitenwechsel nicht, weil es das Wort in ihrer Sprache nicht gab. Ein Sachverhalt, für den es kein Wort gibt, ist nicht aussagbar und daher nicht existent. Vom Großvater wußte sie, daß man so lange arbeitet, bis man die Bedürfnisse des Tages, die Ernährung sichergestellt hat. Als erwachsener Mensch verstand sie natürlich die Denkweise der Eltern, aber dieses Verständnis änderte nichts an ihrer Problematik. Aber so empfindlich war Maya nicht, daß sie deshalb ihr Leben beendet hätte. Das glaubt er sicher zu wissen.

*Selbstmord* – allein mit diesem nackten Wort auf den Lippen, betritt er die Bahnhofshalle. Er schaut, auf dem windigen Bahnsteig hin und herlaufend, einem abfahrenden Zug nach. Menschen gehen an ihm vorbei, mit leeren Gesichtern oder den abgestandenen Abschied in den Augenwinkeln. Ein paar Meter von ihm entfernt verabschieden sich junge Reisende von den Angehörigen, heiter, beschwingt, zuversichtlich.

»Leb wohl!« – »Komm bald wieder!« – »Vergiß nicht anzurufen!« – »Carla wird sich freuen!« – »... und grüße sie von mir!«

Sätze, die ihm der Wind zuträgt, dringen kaum in sein Bewußtsein vor. Aber ein Kind singt ein Lied, das ein Bild aus Mayas Kindheit in seinen Sinn und in seine Ohren zurückbringt. Ihr erster Kindertanz zu Ehren einer indischen Göttin. Die Melodie trägt er noch im Ohr mit sich herum. Den Tanz, das Lebenselement Asiens, erlaubte man bereits dem begabten Kleinkind.

Empfindlich reagierte das Mädchen nie, eher stur, d. h., es reagierte mit höchster Gelassenheit, wenn andere nervös zappelten, wenn es um lange Wartezeiten im Stau ging. Auch die Auseinandersetzung mit der Pflegemutter berührte sie nach deren Aussagen kaum. Uneinsichtig, geradezu starrköpfig hätte sie sich gezeigt, behauptete Gotelinde, die einen Nervenzusammenbruch erlitt, als sie von Mayas Tod hörte.

Ein Kind steigt mit einem Sparschwein in der Hand ein und setzt sich mit der Mutter auf die freien Plätze ihm gegenüber. »Spare und plane die Zukunft!« steht auf dem Rücken des Tieres. Hildwin kann es deutlich lesen. Daß ihn die Vergangenheit wieder einholt, liegt an seinen auf Maya fixierten Gedanken, die jederzeit abrufbereit sind. Sein Bruder schenkte ihr, als sie in die Schule kam, das gleiche Sparschwein, in das sie selbst aber keine einzige Münze warf. Wer nicht plant, spart auch nicht, weil die Zeit nicht zählt und daher nicht für die Zinsen arbeitet. Bedenkenlos gab Maya ihr wöchentliches Taschengeld aus. Wie hätte sie begreifen können, daß man für eine Zeit, an die man nicht denkt, etwas weggeben, etwas aufheben sollte? Sie war geradezu unglücklich, wenn jemand Geld in das Sparschwein warf, das sie nicht sofort öffnen konnte. Es dauerte sehr lange, bevor sie den Sinn des Sparens logisch einzuordnen verstand. Dagegen freute sie sich auch im Jugendalter noch über Wertgegenstände, über Münzen, die sie sammeln und austauschen konnte.

Hildwin fühlte sich dem Vater verpflichtet, der unter den Alpträumen der Vergangenheit litt und von seinem Sohn erwartete, was er selbst nicht mehr leisten konnte, die Adoption, obwohl er selbst keine echte großväterliche Beziehung zu den Mädchen aufzubauen imstande war. Das verübelte er dem Vater sehr. Zwar versucht er ihn mit den in dessen Erzählungen versammelten Erinnerungen, die er griffbereit in seinem Gedächtnis aufbewahrt, zu rechtfertigen, aber diese beunruhigenden Episoden bedrücken auch die Kinder.

Das zehnte Lebensjahr hatte der Vater noch nicht vollendet, als der Nationalsozialismus sein Netz nach ihm auswarf. »Was weißt du von der SS mein Sohn?« fragte ihn der Großvater und mußte feststellen, daß er nicht einmal die Aufgaben kannte, die er zu erfüllen hatte, ja nicht einmal begriff, was unter dem Begriff »Sonderaufgaben« verstanden wurde. Ein Jahr später wußte er, daß Hitlers Rassenideologie auch die zentrale Idee der Weltanschauung seines Vaters war, und sein Entsetzen kannte keine Grenzen, als der der Familie die »Endlösung der europäischen Judenfrage« erläuterte.

Der Vater hatte damals die begeisterten Briefe des Großvaters aus dem »Blitzkrieg« gut aufbewahrt, denn der Großvater feierte Hitler als überlegenes Genie und den »größten Feldherrn aller Zeiten«. Es war die Zeit, in der die Vernichtungslager entstanden, und Hildwins Großvater fühlte sich als SS-Mann der »germanischen Herrenrasse« verpflichtet. Er hatte den Schrei nach dem typisch deutschen Wesen und einem deutschen Vaterland mit in den Krieg genommen und in seinen Briefen auf den Sohn übertragen.

Erst der Ausgang des Krieges zwang Hildwins Vater, Tonart und Lautstärke zu ändern. Der Großmutter jagten damals die

Vorstellungen ihres Sohnes Schauer über den Rücken. Wie hätte sie, als ehemalige Krankenschwester, der »Vernichtung unwerten Lebens« und der »Endlösung« zustimmen können! Sie tat es trotzdem, unter dem Druck des fanatischen Gatten. Die Erzählungen seines Vaters irrlichtern später jahrelang in Hildwins Alpträumen. Hinter der Wand des Vergessen-Wollens haust dieser Alp, der immer wieder ausbricht und ihn in der Nacht bedrängt:

*Das neue Sonderkommando der SS peitscht Juden aus den Eisenbahnwagen. Befehle kommen per Lautsprecher an: »Wertsachen abgeben! Entkleiden! Schuhe zusammenbinden!« Den Mädchen und Frauen werden die Haare geschnitten und in Säcke gefüllt. Dann treten sie in die Gaskammern ein. Mütter mit Säuglingen auf dem Arm, weinende Kinder, alte Leute. Lange Wartezeiten, weil der Diesel nicht funktioniert, führen zu Jammern, Klagen und Schreien.*
*Er sieht sie vor sich, wie sie die Leichen aus den Vernichtungslagern werfen, auch der Großvater gehört zu den Akteuren, steht ihnen an Brutalität nicht nach. »Ungeziefer! Wanzenbrut!« ...*

Hildwin hört das Krachen der Kiefer mit, die die Zahnärzte aufbrechen, um die Goldkronen zu lösen, bevor die Leichen in die Gruben geworfen werden. Dann haßt er den Großvater, den der Jugendführer als Vorbild hingestellt, der seine Treue zum Vaterland gelobt hatte.
Der Zug hält. Der Junge mit dem Sparschwein verläßt das Abteil. Ein Mädchen in Mayas Alter steigt mit ihrem Freund ein, sie setzten sich auf die leeren Plätze ihm gegenüber.
Warum gerade sie? Warum gerade Maya? Wie ein fallender Stern ist sie, vom Schicksal getroffen, zu Tode gestürzt, und zieht eine schreckliche Spur hinter sich her. Ihr Freund hatte ihm am Begräbnistag diese Spur gezeigt, und er war auf dem Wege zu dieser Frau, die Maya das Schicksal aus den Sternen las.
»Ein junger Mann«, hatte er zu seiner Frau gesagt, »der nicht nach Abenteuer riecht.«

Das Gespräch mit ihm hatte auf seiner Zunge auch nicht den Geschmack eines jungen Wilden hinterlassen. Eine Rechtfertigung schien er nicht nötig zu haben. »Wir befanden uns in einer Gruppe junger Menschen, die in der Höhle meditierte und am letzten Tag im Kloster mit dem Zen-Meister diskutierte«, hatte er erklärt.

Auch er hält einen Selbstmord für unwahrscheinlich. Mayas Art zu träumen war dem Freund zwar wie dem Vater aufgefallen, aber er bezeichnete es als eine Art »Meditation«, dieses Abgleiten ins Schlafbewußtsein, wobei ihr Blick ins Leere fiel, wesenlos wurde. »Auch die Todessehnsucht führt nicht zum Selbstmord«, sagt er ärgerlich. »Haben wir unser Kind so wenig gekannt?« Um diese Frage, die sich oft um seine Gedanken windet, zu beantworten, ruft er beweisbefrachtete Sätze zur Hilfe, als ob er einem Verhör standhalten müßte.

Er sieht nicht einmal die an ihm vorbeifliehende Landschaft. Mayas Bild ist in den Vormittag geschnitten. Er entwirft seine Tochter nicht wie ein Porträtist, eher wie ein Psychologe. Es ist wahr, in ihrem Geburtsmonat mußte die Natur im Zeichen der Finsternis und der Kälte gestanden haben. Das Mädchen wirkte nach außen hin kühl, distanziert, neigte schon als Kind dazu, sich abzusondern, Dämme gegen fremde Einflüsse zu bauen. Das war der Grund für die nicht immer erfolgreichen Erziehungsmethoden seiner Frau. Es gelang ihr nicht, Maya auf das festzulegen, was sie versprochen hatte. Ihre spontanen Entscheidungen widerlegten jede Planung. »Du hast dir doch vorgenommen, Mozart für die Schlußfeier zu üben«, erinnerte seine Frau sie, denn Maya mußte sich in der Schule in eine Liste eintragen, und der Lehrer verließ sich darauf.

»Gefällt dir denn die zeitgenössische Musik nicht?« fragte Maya dagegen mit einem freundlichen Lächeln.

Nie fiel sie aus der Rolle, wurde zornig oder aggressiv. Sie setzte ihren Willen so selbstverständlich durch, daß der andere aggressiv reagierte oder resignierte. Ihre besonnene, ruhige, ge-

15

faßte Art läßt keinen Gedanken an eine Verzweiflungstat zu.
Die Lehrer bezeichneten sie als introvertiert. Sie trat nur aus ihrer inneren Welt, wenn die Umstände sie nötigten. Er fand leicht Zugang zu seiner Tochter, im Gegensatz zu seiner Frau, die dazu neigte, Fragen zu stellen, Klarheit forderte, während er Maya die Mitteilung überließ, nicht in ihre intimen Bereiche eindrang.
Warum hätte die Meditation, der Rückzug in die Einsamkeit nicht ihrer Haltung, ihrem Bedürfnis entsprechen sollen? Asketische Herrschaft über sich selbst ist ein erstrebenswertes Ziel, die Besinnung eines jungen Menschen lobenswert. Noch nie hörte er, daß meditierende Menschen zu Selbstmord neigen. Außerdem lehnte Maya hastige Lösungen ab. Ihre Entschlüsse aber blieben spontan und veränderbar. Wenn sie doch einem plötzlichen Einfall in einer Art Todessehnsucht nachgegeben hätte? Im Gegensatz zu seiner Tochter Jemina reagierte sie oft vordergründig, vielleicht sogar aus Protest scheinbar draufgängerisch. Es fiel ihr schwer, sich anzupassen. Aber seine Frau hatte es bestätigt, daß die Auseinandersetzung mit der Tochter kein Anlaß zu einer Kurzschlußhandlung sein konnte. Sie hatte gelassen, eher stur auf die bohrenden Fragen der besorgten Adoptivmutter reagiert. Wie hätte sie aus dem Gleichgewicht fallen können? Die Gedanken überfallen ihn wie ein Schwarm Insekten, und sein Kopf schmerzt.
Er hat es nicht bemerkt, daß der Himmel zu einem brüllenden, finsteren Band wurde, das grelle gelbe Blitze zerreißen. Es hängt plötzlich tief herab. Regendunst liegt auf der Landschaft. Dann schießt das Wasser talabwärts. Finsternis dringt durch den Regen. Er klatscht an die Scheiben des Eisenbahnwagens.
Aufgeschreckt betrachtet er den zerschlissenen grauen Sack. Sein Blick folgt den finsteren Wolkenzügen, die nur einen Namen in sein Erinnern schreiben: Maya. Er ist ein ständig verfügbarer Reiz, der ihn mit Gefühlen auflädt. Könnte sie nicht in einer Entwicklungskrise Rückzug und Tod als Wendepunkt empfunden haben?

Eine Dame neben ihm stößt ihn an. »Ist ihnen nicht gut?« fragt sie, weil sein Kopf tief in seine Handflächen gesunken ist. Er sieht auf, mitten in die besorgt blickenden braunen Augen einer älteren Dame, in der er Mayas ehemalige Musiklehrerin erkennt.
»Es tut mir so leid, daß Maya ...« Sie ringt nach Worten.
Er nickt.
»Sie war ein so nettes, fleißiges Mädchen, so hilfsbereit und immer sozial eingestellt«, lobt sie. Sie kann sich so wenig wie der Klassenlehrer einen Selbstmord erklären. Das Kollegium glaubt an einen Unfall. »Ihre Gattin soll einen Nervenzusammenbruch erlitten haben?«
Sie hat es in der Zeitung gelesen. Beim Elternsprechtag lernte sie sie kennen, erfuhr von deren Erziehungs- und Beziehungsproblemen. »Zwei Asiatenkinder zu erziehen, ist keine leichte Aufgabe.«
»Ja«, sagt er, und seine Stimme findet nur einen sehr leisen Ton. »Maya war bei der Adoption schon acht Jahre alt, die Kleine dagegen nur wenige Wochen. Ihre Erziehung verlief problemlos.«
Er hätte damals natürlich auch ein deutsches Pärchen adoptieren können. Sein Vater fand auch zu Jemina keine Beziehung. Trotz seiner Gewissenslast liebt er nur seinen Enkel abgöttisch. Die Kunst der Ärzte verhalf seiner Frau verspätet schließlich doch zu einem eigenen Kind. Ihm erzählt er seine Geschichten: Er hat sogar seinen Vater im Verdacht, auch den Enkel psychisch belastet zu haben.
Als hätte die Dame seine Gedanken gehört, fragt sie: »Könnte nicht er Anlaß gegeben haben? Was sind das für Geschichten?«
Selbstvergessen erzählt Hildwin vor sich hin: »Jette hieß sie, die behinderte Nachbarin, die der Mann versteckte, als Hitler ›unwertes Leben‹ vernichten wollte. Sie kochte ihm das Essen, umsorgte ihn liebevoll. Er konnte sich auf sie verlassen, aber seit Hitlers Kundgebung fürchtete er sie zu verlieren und schlug ihre Bitte, am Wochenende in der Stadt mit ihr Auslagen anzuschauen, ab. Eines Tages erschien sie in seinem Betrieb, um

ihm das vergessene Pausenbrot nachzubringen. Von diesem Tag an litt er unter den Sanktionen seines Chefs und dem Spott der Kollegen. Er sollte Jette einem Heim für Geistigbehinderte übergeben. Als man ihm die Entlassung androhte, gab er unter dem Druck nach. Drei Monate nach der Heimeinweisung verstarb Jette. Der dem Nachbarn am schwersten zugesetzt hatte, war Großvater.

Eines Tages durfte Hildwins Vater nicht mehr mit Ilja, dem Sohn der Putzfrau, spielen, weil seine Mutter erfahren hatte, daß der verstorbene Vater Inder war. Die Frau hatte das Kind in Deutschland erzogen. Seine Mutter war eines Tages auch mit der Leistung der Putzfrau nicht mehr zufrieden, ja, sie unterstellte ihr sogar einen Diebstahl und entließ sie trotz der Beteuerungen ihrer Unschuld. Mit Putzen hatte sie für sich und den Sohn den Unterhalt verdient.

›Du kannst doch nicht mit diesem Bastard spielen‹, begründete sie dem eigenen Sohn gegenüber ihr Verhalten. Dessen kindliche Verwirrung wich sehr bald einem grausamen Fanatismus unter dem Einfluß der Klassenkameraden und der deutschen Jugendgruppe, die sich ›Pimpfe‹ nannte.

»Damals wollte ich die ›Rassenschande‹ der Blonden, Blauäugigen mit einem Asiaten rächen. Hitler nannte sie ›Schmättlinge‹ und war auf deren Dezimierung bedacht. Ich glaubte es dem SS-Mann und dem Jugendführer ...«

Hildwin verschluckt sich an diesem Wort »Ich«, hüstelt. Es fällt ihm immer wieder in seine Sätze.

»Verzeihung! *Er* glaubte es dem SS-Mann und dem Jugendführer, daß sie das ›Böse‹ verkörpern, also ließ er sich eine Geschichte einfallen, in der ein Nachbar Hitlers Bild von der Wand riß. Man glaubte es ihm, weil der Sohn eines so wichtigen Mannes, und das schien mein Großvater als Ingenieur tatsächlich gewesen zu sein, nur die Wahrheit sagen konnte. Vielleicht entsprach seine Information auch der Wahrheit. Er hatte damals die Aussage eines Klassenkameraden aufgeschnappt und sie in seiner Phantasie ausgeschmückt. Den Betroffenen sah man von diesem Tage an nicht mehr.

Vater gelang es nicht, seine Vergangenheit zu bewältigen. In seinem Fanatismus hat er, durch Hitlers Erziehung bedingt, als Kind etliche Menschen geschädigt, der Freund verschuldete den Tod eines Juden; er fühlt sich schuldig und schämt sich für seinen Vater. Wie einen Felsbrocken schleppt er die Erinnerung mit sich herum, wälzt die Last vor sich her, in der Hoffnung, sie eines Tages zu überholen, sie hinter sich zurückzulassen. Aber sie folgt ihm, zieht ihn immer die Hälfte der Wegstrecke, die er vorankommt, wieder zurück. Die Welt widersetzt sich ihm, was immer er auch unternimmt.

›Immer diese Gewissenslast! Hast du doch nicht nötig‹, sagten wir ihm. ›Du warst damals ein Kind und ein Opfer der Erwachsenen. Junge Menschen lassen sich leicht beeinflussen. Der Großvater war einem Wahnsinnigen hörig, der sich für Nietzsches Übermenschen hielt. Dieser Kraftvolle, scheinbar Geniale besaß den krankhaften Willen zu Macht. Nietzsches Vorstellung nach muß er grausam sein, wenn es die ›Herrenmoral‹ fordert, die die ›Sklavenmoral‹ ablösen soll. Der Großvater übernahm diese Ideologie unkritisch. Er erwartete von Hitler die Belohnung für seinen Einsatz.‹«

»Die Masse der Deutschen folgt leider gerne Idolen, die Macht demonstrieren und überläßt das kritische Hinterfragen der kleinen Gruppe der Intellektuellen. Denken Sie an die Biedermeier und das ›Junge Deutschland‹! Entsagung gehörte zum sittlichen Ideal der Zeit, der innere Friede, die ›schuldbefreite Brust‹ wurden als Glück empfunden. Dieses Volk folgte aber 80 Jahre später diesem machtgierigen ›Übermenschen‹. Unglaublich! Aber warum soll gerade er sich für seinen Vater und eine ganze Generation schämen?«

Ihre frisch frisierten; blondierten Löckchen hüpfen vergnügt in die hohe Stirne, die schmalen, an das Klavier gewohnten, geschmeidigen Finger trommeln einen flotten Rhythmus auf die Armstütze.

»Ja, jener Schrei nach einem starken Vaterland ist nicht verstummt!«

19

»Der Vater gehörte nicht der Gruppe der Deutschen an, die ein Rückzug ins Unbeteiligtsein retten konnte. Wie viele identifizierte er sich mit der Schuldenlast der deutschen Nation, nicht allein mit den eigenen Missetaten. Auch er hatte zuerst versucht, den bequemen Weg zu gehen, bis er zu begreifen glaubte, daß es sein Schicksal ist, im permanenten Kampf mit der Vergangenheit seine Existenz zu verwirklichen.

Ich kritisierte die Schuldzuweisung, argumentierte mit der Situation des Ersten Weltkrieges, als sich Deutschland bereits die Schuld zuwog, die nicht größer war als die anderer Völker. Was kann unsere Generation dafür, daß das Volk 1933 einem Verbrechen zusah, ohne einzugreifen? Die Idee der Demokratie scheiterte damals noch an der Hilflosigkeit der Bürger und begünstigte Hitlers Machtergreifung. Angst, Unsicherheit, Hilflosigkeit sehen viele als mildernden Umstand für ein Volk, das sich einem grausamen Wahnsinnigen anvertraute, Vaters These entgegen. Deutschland war damals vorbelastet. Mit dem Naziregime ging die von Bismarck erzwungene deutsche Einheit wieder verloren. Die Aufsplitterung in Nazi, Antinazi und Nichtnazi ließ den Begriff Vaterland als geistige Heimat fragwürdig erscheinen, wenn auch die gemeinsame Geschichte, das Bewußtsein der Zusammengehörigkeit den Begriff Nation gerechtfertigt hätte. Der Deutsche erzitterte damals bereits bei den Begriffen ›Arier‹ und ›Rasse‹. Er schäme sich, weil er Idee und Nation in die Hände der politischen Rechten fallen ließ, die innere Dimension verfehlte. Der Durchschnittsbürger verkraftete es nicht, daß Werte und Forderungen wie Gleichheit, Freiheit, Brüderlichkeit, Friede zur Perversion wurden. Dazu kam, daß die Niederlage als kollektiver Sinnverlust empfunden wurde. Nicht verwunderlich, daß mein Vater es seinem Vater nicht vergeben konnte, daß auch er sich mißbrauchen ließ. Eine Nation hatte sich mit Schuld beladen, wenn der einzelne – dazu gehörte auch er – auch nur Mitläufer oder willenloses Werkzeug in den Händen eines Psychopathen war. Mein Vater schämte sich aber auch seiner eigenen irregeleiteten Gefühle, ohne den Versuch zu unternehmen, in einem entmachteten Land im Privaten Abstand von jenem Geschehen zu bekommen. Das Wirtschaftswachstum, die neuen Probleme gesellschaftlicher Steuerung halfen ihm nicht, Angst und Schuldgefühle kollektiv zu verdrängen, Abwehrvorrichtungen aufzubauen.«

»Sind es nicht die Mahnmale, Gedenktage an die aus allen Fugen gefallene Zeit, Unterrichtsgänge und Besichtigungen der Konzentrationslager durch Schulklassen, die die Nation immer wieder von neuem in ihrem Gewissen erzittern lassen, zur Reflexion und den unterschiedlichen Formen der Wiedergutmachung zwingen? Das endlose Sühnebedürfnis, das wir damals bereits kritisierten, läßt Ihren Vater nicht zur Ruhe kommen. Immer wieder greift er die Schreckensbotschaften in seinen Episoden des Grauens auf, mit denen er den Enkel belastet und die ganze Familie verunsichert. Sie sollten eingreifen, damit nicht auch noch der Kleine eines Tages psychopathisch reagiert!«

Hildwin winkt resigniert ab. »Alle Argumente bleiben wirkungslos. Was das Kind besonders beeindruckt, sind natürlich die Erzählungen des Großvaters, in denen Kinder die Benachteiligten, Gequälten, Getöteten sind.« Hildwin erinnert sich an eine Geschichte eines von einer deutschen Familie versteckten Mädchens. »Es war neun Jahre alt, in der Abwesenheit dem Abtransport der Juden in diesem Viertel entkommen. Man hatte ihm Bett, Tisch und Stuhl in eine kleine Bodenkammer gestellt, die es, solange die Haustüre nicht geschlossen war, nicht verlassen durfte. Dann lief das Kind 20 oder 30 mal die Treppen auf und ab, um sich zu bewegen. Auch die Mahlzeiten durfte es nur in der abgeschlossenen Kammer einnehmen. Ein Kippfenster verschaffte ihm Luft und am Vormittag die Sonne, die es wie eine Mutter liebkoste und wärmte. Jede Sonnenstunde zählte mehr. An den Vormittagen lernte es, schrieb, versuchte seine Rechenaufgaben zu lösen, die die ältere Tochter der Hausbesitzer gelegentlich kontrollierte oder erklärte. Am Nachmittag spielte das Mädchen mit der Puppe, sah aus dem kleinen Dachfenster, und sein Blick folgte sehnsüchtig den Wolkenbildern. Dann schrieb es mit ungeduldigen Fingern Briefe an eine Freundin, die es in seinem Geheimfach hinter einer losgelösten Holzplatte versteckte. Der Freundin klagte sie ihr Leid, ihre Verlassenheit und *Angst* – ein Wort, das sie hemmungslos mit Gefühlen auflud. Dann verwelkten Trauer und Angst, bis zum nächsten Besuch bei der Familie im Untergeschoß, bis zum nächsten lauten Geräusch. Jeden Tag geschah dasselbe, ausdauernd liefen die Zeiger über das Zifferblatt. Die Küchenuhr, die man ihr in die Bodenkammer stellte, zeigte die sich schlammig hinwälzenden Stunden an. Jede Minute schien oft eine Ewigkeit zu dauern. Alles wiederholte sich täglich wie ein langweiliger Refrain.

Eines Tages hörte die Kleine eine rauhe Männerstimme: ›Wo ist der Judenbalg?‹ Sie zitterte vor Angst. Drei Männer der SS durchsuchten das Haus, fanden das vor Angst zitternde Kind in flammender Erwartung einer Katastrophe. Sie schleppten es zum Auto. Eine Freundin der Tochter der Hausbesitzer hatte das Versteck verraten.

›Ohhh‹, sagte Fabian bedauernd.«

Hildwin ist zum zweiten Male in selbstvergessenes Erzählen verfallen, bis ihm seine etwas nach vorne gebeugte Haltung, der verhaltene Ton bewußt werden, die er bei seinem Vater beobachtet, wenn er seine Geschichten wiedergibt. Er lehnt sich energisch zurück; über diese Erkenntnis verärgert, sagt er betont laut: »Was mit dem Kind geschah, gab er schauerlich, in düsteren Farben auf seinem Zeichenblock wieder. Auch Gotelinde bat den Schwiegervater oft, den Buben nicht so zu belasten, zu erregen. Dann stand er in seiner Größe vor uns, mit hilflos hängenden Schultern. ›Du weißt doch, daß ich meinen Enkel liebe! Aber schau ihn dir an! Er ist ein reinrassiger Arier, und er muß wissen, was seine Vorfahren verbrochen haben.‹

Er fürchtet, der Junge könnte später in rechtsradikale Kreise kommen, seit er, mit ihm unterwegs, Zeuge der Ausschreitungen bei einem NPD-Aufmarsch geworden war. Da auch linke Gegendemonstranten eine Straßenschlacht zu liefern drohten, mußte die Polizei Wasserwerfer einsetzen. Sie fegten Kreuzungen leer, spülten selbst Fußgänger weg, bis die Demonstranten in wilden Haken flohen. Eine Gruppe im Schutz der Häuser, von der Polizei eingekesselt, ging zur Gegenoffensive über. Als der Großvater mit dem Enkel fluchtartig das menschliche Dickicht verließ, hörte er einen der Demonstranten sagen: ›Schau, der Kleine wird einmal unser starker Mann.‹

Freunde sagten: ›Das Gewissen einer ganzen Nation ist es, das auf dir lastet. Die Deutschen hatten schon immer die Tendenz, sich Schuld aufzuladen und sich dann zu einer permanenten Reflexion und Buße zu verurteilen wie du. Ein Zerfleischungsprozeß zerstört dich und blockiert deine individuelle Entfaltung im Kern.‹«

Diese Gedanken sind es, die Hildwin immer zu Hilfe ruft, wenn er des Vaters permanente Unglückspflege, die jeder echten Beziehung zu den Mädchen im Wege stand, für das Unglück verantwortlich machen will, die er der Bekannten mitteilt. Er kann es sich selbst nicht erklären, warum ihn derartige Aussprachen erleichtern.

»Zum Psychiater schickten wir ihn schließlich, weil er sich nicht nur mit den Schuldigen identifizierte, sondern weil er der Täter sein wollte. ›Die vielen jungen Menschen, die wir auf dem Gewissen haben!‹ sagte er oft und meinte die sechzehn- und siebzehnjährigen jungen Männer und Mädchen, die kurz vor Kriegsende motiviert wurden, sich freiwillig zur Flak zu melden. ›Du warst doch selbst noch so jung‹, erinnerten wir ihn, aber er hat es gewußt, was es bedeutete, Flakhelfer zu sein. Die Beobachtungswerte des Leitstandes über Rechengeräte an die Richtgeräte übertragen, die Flugabwehrkanone in Feuerbereitschaft zu halten, das war die Aufgabe dieser jungen Menschen, die nicht in die Heimat zurückkehrten. Fabian wünschte sich eine derartige Kanone und ein Flugzeug, aber der Großvater kaufte ihm zum Geburtstag einen Zoo, ohne aus den durch seine Geschichten stimulierten

Wünschen Konsequenzen für sein Verhalten zu ziehen. Kurz, er akzeptiert seinen Freispruch nicht. Daß einem Rentner genügend Zeit bleibt für Spaziergänge in die Vergangenheit, durch die Gassen der Erinnerung, ist bekannt, aber die Familie leidet unter dieser ständigen Konfrontation und der Schuldzuweisung. Wir rieten ihm, soziale Aufgaben zu übernehmen, aber es gab nichts, das ihn zu einem neuen Leben verführt hätte. Vielleicht sollten seine Geschichten eine Flucht aus dem Alltag sein, in den er aber nach seinen Erzählungen ebenso fluchtartig zurückkehrt. Was ihm die Gegenwart erträglich erscheinen läßt, ist sein weiß-blonder blauäugiger Enkel. Aus ihm spricht ihn der germanische Held an. Daher wirkt seine Liebe geradezu paradox, zumal er zu den beiden Mädchen keine Beziehung fand. Mayas Tod nahm er gleichgültig hin. Seine geistige Abwesenheit, als man es ihm sagte, bewies es. Aber gerade er hat Mayas Adoption stimuliert und als »gute Tat« empfunden.
Wir reden durch ihn hindurch, als wäre da nichts. Er kriecht in sich hinein und reagiert nicht auf Außeneinflüsse. Es ist eine selbstgeschaffene Hölle, in der er sich befindet, und es gelingt ihm nicht, diese Einsamkeit abzutragen.«
Die Dame verabschiedet sich und steigt aus. »Armer Mann! Wirklich bedauernswert«, hört er noch.
Dann belastet ihn eine Entdeckung. Aus allen Ecken zielen Fragen auf ihn. Warum gibt er des Vaters Geschichten wieder? Warum nimmt er beim Erzählen dessen Haltung an? Übernimmt er nicht dessen Tonfall, vielleicht sogar seine Gesten?
Ist es ein Protest, daß er in letzter Zeit seine Nation um jeden Preis entschuldigen will? Weil Maya ihn fragte: »Warum verteidigst du dein Volk nicht, statt es anzuklagen?«? Einmal forderte sie ihn heraus: »Die können doch nicht von dir verlangen, daß du ständig deine eigene Nation als kriminell hinstellst! Deine und unsere Generation können doch nichts dafür!«
Immer die gleichen Gedanken sind es, die sein Volk verteidigen, die Umstände mildern, die er zu Zeugen aufruft. Er sucht

Hintergründe für die Entgleisung: Die Deutschen sind und waren intelligent genug, um die Folgen dieser Politik zu erkennen. Mitläufer fanden sich auch unter Intelligenten, sagt er sich; daß sich das Volk aber gern in Vereinen organisiert, beweisen die 60 Prozent der Erwachsenen, die an Vereine gebunden sind. Sie fühlen sich verpflichtet, die gleichen Ziele zu verfolgen wie der Verein. Vereine führten zur Gründung von Museen, trugen zum Umweltschutz bei, Heimatverbände förderten bäuerliche Tradition. Gesangvereine verfolgten politische Ziele wie die Einheit der Nation. Sie unterstützen die Partei, und Hitler wußte diese Intention für seine Ziele zu nützen, denn die Einheits- und Freiheitsidee dominierte schon immer im deutschen Liedgut. Als junger Mensch empfand er die Gefühlsqualität im Ausdruck »deutscher Wald« als Kitsch.

Das Streben nach deutscher Einheit drückt auch der nationalsozialistische Adler aus. Aber eben auch den Willen zu Raubzügen. Der Großvater bemühte sich, dem Enkel Moritz Arndts Lied »Was ist das deutsche Vaterland? ... O nein, ... sein Vaterland muß größer sein ...« auf der Mundharmonika vorzuspielen. Hätten diese Überzeugung nicht viele geteilt, wäre das Lied nicht zur Nationalhymne geworden, denn sie zeigt die patriotischen Gefühle und die Gesinnung, die Hitler später nützte. Vielleicht war es auch eine Tugend, die das deutsche Volk verleitete, Hitler zu wählen. Nicht nur Fleiß, Sauberkeit und Disziplin schreibt man den Deutschen zu, weil sie bei einer Umfrage zur Selbsteinschätzung am häufigsten genannt wurden, die Ordnungsliebe war es, die die Nation in die Arme des Nationalsozialismus trieb. Ordnungsmaßnahmen brachten der Partei die nötigen Stimmen ein. Vom Geschichtsunterricht her weiß er, daß bei der Propaganda wie bei der Durchsetzung machtpolitischer Ziele immer der Gedanke der Ordnung und Neuordnung herausgestellt wurde. Sogar die Konzentrationslager waren Bestandteile einer Ordnung, und die systematische Vernichtungsstrategie ergab sich aus dem Hang zur Einteilung, zur Auslese. Die Masse der Bevölkerung gewann Hitler durch sein Versprechen, um jeden Preis die Ordnung herzustellen. Es war keine geometrisch geordnete Welt, eher eine chaotische, aber Hitler wurde nicht durchschaut.

Lag es an der fehlenden Leichtigkeit, Lockerheit im Umgang mit dieser Idee oder am Hang der Deutschen zur Gründlichkeit und Grundsätzlichkeit? Begünstigte die Tendenz zur Zuordnung und Einteilung Hitlers Rassenideologie? Begünstigte, denkt er, nicht verursachte. Er hatte nicht einmal, sondern immer wieder mit dem Vater darüber gesprochen. Der alte Herr war kein Historiker. Nein, sein Interesse an der Geschichte war nur ein Sprung in den Bereich dieser dreizehn Jahre, in denen der Deutsche in seiner Blindheit in der Hoffnung auf ein neues Licht einem Idol folgte, das sich bald als Rechenfehler im Einmaleins der Geschichte erwies. Seine Nation war diesem Irrlicht gefolgt, und er hielt es für gerechtfertigt, daß die folgenden Generationen dafür büßten.

Aber der Vater drehte die Turmuhr meist noch weiter zurück, bis zu einem Zeitpunkt, als das Haus seiner Eltern Drehpunkt der Stadt war. Lawinen von Ideen wälzten sich durch seinen Kopf, wie er diesem »Meister aus Deutschland« am besten dienen könnte. Lange lebte er, als hätte er die Zukunft abonniert, auf dieses Ziel hin, bis der SS-Mann nicht aus dem Krieg zurückkehrte. Als er an der Schuld der anderen, die er sich aufgeladen hatte, zu zerbrechen drohte, richtete sich der Blick der Frau, voll des stummen Vorwurfes und des Mitleids, auf ihn. Ihn, Hildwin, unter ihrem großen Hauskleid verborgen zu halten, gelang ihr natürlich nicht. Eines Tages spielte sie sogar das Lied in der gleichen Tonart mit, und die Eltern verpflichteten den Sohn, als hätte er diese Sonnenfinsternis verschuldet, den Himmel zu versöhnen. Er, der Hitler nie wie der Vater im »Old Shatterhand« suchte, dem er nie im Zarathustra begegnete, ausgerechnet er wurde als Opferlamm, das für die Schuld der anderen büßen sollte, auserwählt. Er hielt den Atem an, verfehlte den erlösenden Schrei und paßte sich den Wünschen der Eltern an. Er adoptierte Maya, die diese

Hintergründe durchschaute, noch ehe sie das 14. Lebensjahr erreicht hatte. Ihr Wunsch war der Grund für die Ablösung seines zwanghaften Sühnebedürfnisses durch das nicht weniger zwanghafte Streben, seine Nation zu verteidigen.

Er sieht in den Spiegel, der ihm schräg gegenüber hängt, als könnte er in seinem Gesicht das Geheimnis entdecken. Zwischen den Wellen der Vergangenheit versunken, bemerkt er nicht, daß in der Natur ein Leuchten ausgebrochen ist. Zitronengelbe Rapsfelder glänzen in der Sonne. Der Zug steht. Er öffnet das Fenster. Die noch feuchten Straßen bevölkern sich. Eine Amsel singt in der Krone eines Ahornbaumes. Eine Familie steigt zu. Eine Gruppe junger Leute versammelt sich am Bahnhofseingang. Sie tragen Rucksäcke. Er vergleicht seine Armbanduhr mit der Bahnhofsuhr. Zwei Stationen noch, dann wird er der Alten gegenüberstehen, von der er glaubt, daß sie den Tod der Tochter mitverschuldete.

Der geringste Anstoß – wie das hitzige, glühende Rot des Klatschmohns in der Hand des Mädchens, wie das warme, stumpfe Rot eines Kinderkleides, auf das sein Blick fällt, – bringt ein Bild aus Mayas Leben zurück.

Sie gehen zwischen Schaubunden, seine Frau und er, das Kind zwischen ihnen, den Lärm der Drehorgel in den Ohren. Türkischer Honig, Maya auf einem Pferd und das Quietschen des Karussells.

Er nimmt sie mit zur Schule, ergreift ihre Partei bei den Auseinandersetzungen mit der Mutter, weil er weiß, daß sie nicht anders sein kann, daß sie ist, wie sie ist, während die Frau ihre Unbeständigkeit als Lügen kritisiert. Dagegen Jeminas offene Herzlichkeit. Ihre Worte wie leichte Schmetterlinge in ihrem Mund. Mayas scheinbare Distanz, aber ihre ihm entgegenwartenden Augen. Sie liebte ihn inniger, das spürte er. Wie unterschiedlich die Gewohnheiten der beiden Mädchen waren! Maya träumte, lernte aber dann bis spät in die Nacht, die Kleine arbeitete schnell, konzentriert und war bei Lehrern und Schülern beliebt.

Flache Wellen der Erinnerung überschwemmen ihn. Dazwischen wirft er einen Blick aus dem Fenster. Das Sonnenlicht liegt auf den Ziegeldächern der kleinen Häuser. Eine Kirchenglocke schlägt etwas heiser. Seine Augen folgen den Zeigern seiner Armbanduhr. Die Minuten liegen ihm wie Talg im Rachen. Dann endlich der kleine Bahnhof. Der Zug hält. Er fiebert der Begegnung mit der alten Frau entgegen, Lawinen von Vorwürfen im Gehirn. Was mag sie seiner Tochter prophezeit haben? Er denkt an ihr Sternbild, an ihre Geburt im Zeichen der Gestirne: der geschwächte Mond, der ihre scheinbar kühle Zurückhaltung, ihre Beherrschung begünstigte, die Stellung des Merkurs ihr logisches Denken, daß sie ihre Neigung zur Verinnerlichung der Venus verdankte. Vielleicht wird die Alte ihren Rückzug von der Welt diesem Gestirn anlasten, ihre Probleme und Zerreißproben auf den Saturn schieben, in seinem Zeichen eine Verzweiflungstat ansiedeln. Seine Ahnung läßt ihn einen Wald des Grauens durchstreifen. Angst und Unruhe gären in seinem Blut.

Draußen schmilzt die Straße im Licht. Nach dem Gewitterregen geht es weiß mit den Wolken auf. Er folgt ihr, der Straße, bergan, bis zu einem von einem Kartoffelfeld umgebenen kleinen Haus am Waldrand.

Leicht gebückt, das Tuch weit in die Stirne gezogen, steht sie vor der Türe, als würde sie ihn erwarten. Das Taubengelächter über ihr schafft ein märchenähnliches Szenario. Sie führt ihn ins Haus, versteht aber nicht, was er von ihr will. Die deutsche Sprache durchwebt sie mit ihrem muttersprachlichen Vokabular. Aber er begreift, daß sie Maya schon lange kennt. Einen schweren Korb habe sie getragen, sagt sie. Was die beiden verbindet, ist die gleiche Nationalität.

»Maya war unglücklich«, behauptet sie nach verschiedenen Formulierungsversuchen und daß ihr der richtige Fluchtweg fehlte. Er glaubt es nicht. Die Alte meint zu wissen, daß er sie sehr geliebt hat. »Du nicht schuld«, beteuert sie, aber »Frau eifersichtig.«

Er erschrickt. Warum sollte sie es gewesen sein? Maya war ihre wie seine Tochter. Aber er fühlt eine seltene Mattigkeit am Mageneingang und erkennt die Angst, die langsam durch seinen Körper kriecht. Maya liebte ihn mehr als die Mutter, das weiß er, aber es gab nichts, das ein Problem angezeigt hätte. Eine Flucht hat sie dem Mädchen prophezeit und den Weg in ein wärmeres Land, gibt sie zu. Er kam ihr nicht wie den Vögeln zustatten, dieser Fluchtweg, denn es war die Flucht in den Tod.

Betäubt verläßt er die alte Frau, eilt bergab, die verwelkte Hoffnung in allen Taschen. Eine schwarze wirbelnde Leere wächst in ihm, höhlt ihn aus. Womit könnte er Gotelinde je Anlaß zur Eifersucht gegeben haben? Er will Mayas Freundin anrufen, dann erst seine Reise fortsetzen, denn man erwartet ihn. Sein Referat ist für den nächsten Tag angesetzt. Ja, der Freundin könnte sie sich anvertraut haben.

Er beschleunigt den Schritt. Sein Atem vermischt sich mit den ungeweinten Tränen. Am Bahnhof wählt er die Nummer der Freundin, hört ihr Schweigen im Hörer, ihr Erschrecken. Er spricht es aus, das Wort »tot«. Sie schluchzt. Er kann es am anderen Ende der Leitung deutlich hören. Daß er später anrufen soll und daß die Tochter nichts weiß, sagt die Mutter. Seine Hoffnung gerinnt zu einem Zweifel, noch bevor er sie vor sich sieht. Sie wird fragen, was er von ihr wissen möchte. Das weiß er sicher.

Sein Blick streift die Häuser, die sich an den Hügel ducken. Wie die Straße nehmen sie das Sonnenlicht in ihr Leuchten auf. Flirrende Wärme liegt jetzt auf der Landschaft, die sich auch im Eisenbahnwagen ausbreitet, in den er einsteigt. Dann blättert er nervös in der Zeitung. Ein Mann mit einem blonden Schwanz, der ihm gegenübersitzt, hält ein Saiteninstrument zwischen den Knien. Er fährt zu einem Jazzkonzert. »Rechtsradikale«, sagt er und läßt seinen Zeigefinger auf der Rückseite der Zeitung, die Hildwin in der Hand hält, spielen. Eine Auslage wurde eingeschlagen, das Geschäft ausgeraubt, das einem Juden gehört. Mit diesem jungen Mann will er nicht darüber diskutieren.

29

Zwölf Jahre soll der Vater gerade alt gewesen sein, als er mit einer Gruppe Jungen ein Geschäft mit Steinen bewarf und der Freund den Ladenbesitzer, einen Juden, der gerade das Fenster öffnete, genau an den Schläfen traf. Man sah ihn von diesem Tage an nicht mehr. Bestraft wurden sie nicht. In der Gruppenstunde lobte man den Mut der Buben. Lange verfolgte ihn dieser Tote in seinen Träumen. Nur die Großmutter, der er das Ereignis gestand, schüttelte mißbilligend den Kopf, befahl ihm, darüber zu schweigen.

Längst vermeidet Hildwin das Wort Jude im Gespräch mit seinem Vater, aber die Tagesschau oder eine Sendung über Israel genügt bereits, um Fabian zu rufen.

»Siehst du, die Deutschen waren schuld, daß das arme Volk vertrieben und vernichtet werden sollte. Dein Vater will das ja nicht mehr hören!«

Meist kommt er dann auf die nationalsozialistische Propaganda zu sprechen, auf die Elemente der Rassenideologie, erzählt, wie Juden aus der Gemeinschaft ausgeschlossen und der Nachbar des Großvaters mit vielen anderen, Beamten, Ärzten, entlassen wurde. Er floh mit seiner Familie in die Schweiz, wo Hildwin später Sarah begegnete.

Hildwins Kopf rauscht, wenn er an die Reisevorbereitungen des alten Herrn denkt, in die er den Enkel einbezog. Ihm will er dieses Land zeigen. Bis jetzt geben die Eltern natürlich keine Erlaubnis, Fabian mit nach Israel reisen zu lassen.

Paradox erscheint ihm, daß der Vater, der Freund der Juden, Probleme ins Haus stehen sah, als der Sohn ihm Sarah, die Jüdin, als Freundin vorstellte. Aber es gibt so viele Ungereimtheiten, die Hildwin nicht versteht.

Bilder aus Großvaters Familienalbum, das auf Fabians Tisch lag, zeigen die Familie mit den Nachbarn vor Hitlers Machtergreifung im Garten. Eine feindliche Beziehung scheint es zu den Nachbarn vor Großvaters freiwilliger Meldung zur SS nicht gegeben zu haben. Der Enkelin der inzwischen verstorbenen Nachbarn begegnete Hildwin in der Kunstausstellung in der Schweiz. Sie sah der

Großmutter auf dem Bild täuschend ähnlich. Vom Vater kennt Hildwin die kleine Episode: Der Großvater hatte Sarahs Vater Jakob, den sie Kobi nannten, im Scherz mit dem für ihn streng verbotenen Schweinebraten bewirtet, der dem Ahnungslosen sehr gut schmeckte, ihm aber nach der Aufklärung den Schweiß austrieb. Das Ereignis kommentierte der Großvater mit ironischen Bemerkungen.

Kobis Tochter also begegnete er in der Schweiz. Nach dem Befinden des Vaters wollte er sie damals fragen, sich mit ihr unterhalten. Deshalb lud er sie zu einem Eisbecher ins Museumscafé ein, traf sich dann noch öfter mit ihr. Sie freute sich über seine Einladung zu einer Opernaufführung, aber bei seinem ersten Versuch, die Grenzen des Freundschaftlichen zu überschreiten, gab sie ihm zu verstehen, daß sie gebunden war. Eine Ehe mit einer Jüdin, so hatte er sich zuerst die Form seiner Wiedergutmachung vorgestellt. Natürlich hätte er sich nicht an eine ungeliebte Frau gebunden, aber Sarah gefiel ihm, ihre sympathische Wesensart zog ihn an. Ihr Verlobter studierte noch, wie sie betonte, in Amerika, stand kurz von der Promotion. Zuerst lief er Bogen, Pirouetten auf dem brüchigem Eis, aber sie ließ sich nicht beeindrucken. Ein Jahr später lachte er über den gescheiterten Anlauf, der eher auf seine spielerische Strategie verwies, und er heiratete Gotelinde. Sie entschieden sich für eine andere Form der Wiedergutmachung.

Das Wort, worauf es ihm ankam, aber fand er später zwischen alltäglichen Worten aus Mayas Mund, in ihren schwarzen Augen, nicht in den hastigen Umarmungen seiner Frau. Freilich, Mädchen in diesem Alter laufen noch auf ihren Phantasiefäden. Wenn er auch nicht wie der Vater an Angstträumen leidet, die ihm die Schuld unmißverständlich zuweisen, so quält ihn doch seit der Begegnung mit der alten Frau etwas, über das er sich nicht sofort Rechenschaft geben will. Das Wort »Eifersucht« aus dem Mund der Alten läßt ihm jede Farbe zu undefinierbarem Grau gerinnen. Ihm hatte sie die Schuld zugeschoben. Warum sollte seine Frau eifersüchtig gewesen sein? *Eifersüchtig!* Er wirft das Wort verächtlich von der Zunge in den Wind, der seine Zeitung bewegt. Warum hätte er seine Töchter nicht in die Arme nehmen sollen? Vielleicht küßte er die scheue Maya wirklich anders als Jemina, die auf seinen Schoß sprang und seine Nasenspitze attackierte, aber das lag im Wesen der Mädchen begründet. Den Gedanken schiebt er immer wieder von sich, der ihn in der Enge seines Gewissens erzittern läßt.

»Ich liebe nur dich«, sagte Maya bereits mit 14 Jahren. Er versuchte ihr begreiflich zu machen, daß auch die Mutter fordern dürfe und Erziehung zur Pünktlichkeit keine Bosheit oder Schikane wäre. Auch er stellte Forderungen, ohne bei Maya im Gegensatz zu Jemina auf Widerstand zu stoßen. »Ich liebe nur dich.« Er hat diese Erinnerung aufbewahrt wie ihr Lieblingslied, das noch in seinen Ohren summt. Vergleicht er Maya mit einem Mädchen gleicher Nationalität, mit dem sie oft die Mathematikaufgaben löste oder lernte, kann er keine Gemeinsamkeiten entdecken. Maya fühlte sich nicht wie jene Familie entwurzelt. Auch er hätte die Tochter gerne von dieser Familie ferngehalten, seit er wußte, daß das Denken dieser geradezu schmerzsüchtigen Frau um den Begriff »Heimat« kreist, die sie freiwillig verließ und in die sie nicht zurückkehren will. Gotelinde verbot Maya den Umgang mit der Klassenkameradin, ohne die Befolgung des Verbots zu überprüfen. Bei der erwachsenen Pflegetochter führten dergleichen Maßnahmen häufig zu versteckten Aggressionen. Im Gegensatz zu seiner Frau überließ er Maya diese Entscheidung selbst.

Wie Touristinnen besuchten die Mädchen ihre Geburtsländer, und der Begriff Heimat war für sie nicht mehr als ein Postkartenklischee, den sie nicht mit Emotionen aufluden. Jemina und Maya fühlten sich in der neuen Familie geborgen. Das wußte er sicher. Daß aber die Mutter einer deutschen Freundin Maya eine »Sehnsuchtsfigur« nannte und ihre »verschwiegene Liebe« erwähnte, trieb ihm das Blut durch alle Adern. Wußten die Freundinnen, was ihm verborgen geblieben war? Sie, die so nah bei sich und doch in einer Art Schlafbewußtsein außer sich war, die so gegenwärtig wie fern sein konnte, die so distanziert wie beherrscht erschien, sollte unter der Beziehung zu ihren Eltern gelitten haben? Sah Maya wirklich nicht die Vaterfigur in ihm? Hildwin stöhnt.

Seine Adoptivtochter war gerade zehn Jahre alt, als sie mit ihr nach Wien fuhren. Sie spazierten unter hellem Frühlingshimmel, genossen von der Melker Bastei aus den Blick über die Vorstädte, Gärten und ins Gebirge, und Maya begeisterte sich für diese malerisch von einem Arm der Donau umschlungene Stadt. Einmal verliefen sie sich im Gewinkel der engen Gassen. Die Wanderung auf den Höhen des Kahlenberges bestimmte Mayas Wunsch, aber sie akzeptierte alles, was er vorschlug, nahm an allem teil, wenn sie in seiner Nähe sein konnte. In Wien wurde zu dieser Zeit gerade die »Zauberflöte« aufgeführt. Gotelinde lachte über ihre Frage, ob er auch sie retten würde wie Tamino, wenn man sie raubte. Die Mutter nahm sofort die Gelegenheit wahr, Maya über Gefahren und Vorsichtsmaßnahmen zu informieren. Was hätte ihm denn auffallen sollen?

Natürlich besuchten sie auch den Prater. Von irgendwoher dröhnte die dumpfe verworrene Musik. Gelächter zischte aus den Buden, trunkene Schreie grölten durch das Stimmengewirr. Die Karusselle sah man von weitem zwischen den Bäumen kreisen. Der Tumult brandete, schwemmte ihnen tausendgeräuschig die Ohren voll. Er wäre den Kaskaden des Lärms gerne entgangen, aber Maya interessierte die Geisterbahn. Er hielt sie in den Armen. Freilich traf das auch Jahre später zu, als Maya 17 und 18 Jahre alt war. Was hätte er sich dabei denken sollen? Sein Kopf weigert sich, die Schuld in seinem Verhalten zu suchen.

An den Abenden spazierten sie gerne am Donauufer entlang, Mayas Hand hielt seine, nie die der Mutter fest, aber es war die Art, wie es kleine Kinder zu tun pflegen. »Jetzt müssen wir drei uns dich teilen«, sagte die Zehnjährige mit einer von Trauer belegten Stimme, als hätte man ihr etwas weggenommen. Sie meinte die Mutter und die kleine Schwester, die erst sechs Monate alt war. Er sah Mayas große fragende Augen vor sich, spürte den Druck der warmen Kinderhand. Es bestand kein Zweifel, sie hatte die Ankunft der kleinen Schwester nicht verkraftet, glaubte weniger geliebt zu werden. Aber viele Erstgeborene nässen bei der Geburt der Geschwister wieder ein oder reagieren in anderer Weise eifersüchtig. Das war nichts Außergewöhnliches. Maya schien sich dann rasch an das neue Familienmitglied zu gewöhnen.

Auch Fabian, sein Sohn, blond und blauäugig, der paradoxerweise die »Reinheit der arischen Rasse« verkörpert, beweinte die tote Schwester sehr und fragte: »Mami, kommen alle Asiaten und Juden in den Himmel?« Und sie bemühten sich, ihm den christlichen Begriff der Erlösung zu erläutern. Fabian gab sich nicht zufrieden. »Aber die blonden Arier haben das ausgewählte Volk geschädigt, hat der Opa gesagt. Dürfen sie nicht in den Himmel? Und wir? Hat er uns nicht gewählt?«

War das Erbe des Großvaters daran schuld, daß Maya scheiterte, daß sich der Enkel nicht zu akzeptieren wagte? Lassen ihn die typischen Rassenmerkmale nicht bereits verdächtig erscheinen? Als sich Maya eines Tages für den Unterricht vorbereitete und die Nibelungensage las, bat Fabian sie, ihm die Sage zu erzählen. Er wollte schließlich von der Schwester wissen, ob Hagen blond und blauäugig und Siegfried ein Jude gewesen sei. Der anwesende Vater warf dem Großvater die Vergiftung der Vorstellungswelt der Enkelkinder vor und bemühte sich, den konditionierten Reiz »blond-blauäugig« zu desensibilisieren. Wie sollte das Kind verstehen, daß politische Rassenlehre unwissenschaftlich auf- und abwertet, daß man verschiedenartig und verschiedenwertig nicht gleichsetzen darf.

»War Hagen ein blonder und blauäugiger Arier?« fragte er wieder. Siegfried hielt er offensichtlich für einen Juden.

»Hitler meinte mit dem Wort arisch ›nicht jüdischer Herkunft‹. Er mißbrauchte es als Schlagwort des Antisemitismus.« Hildwins zu wissenschaftliche Ausdrucksweise war meist die Ursache der Kommunikationsprobleme mit dem Sohn.

»Das wirst du erst verstehen, wenn du groß bist«, sagte er dann meist. Er hatte aber nicht mit Fabians Beharrlichkeit gerechnet. Der wollte um keinen Preis in seiner Phantasie den Übeltäter blond und blauäugig sehen. Resigniert beschieb Hildwin dem Sohn den großen, blonden, breitgesichtigen oder schmalnasigen Nordeuropäer, den er so wenig mit Mord, Machtkampf gleichsetzen soll wie den untersetzten blonden, kleinäugigen Osteuropäer, zu dem Hagen, der Dienstmann des Burgunderkönigs gehörte.

»Also doch ein blonder Mann mit kleinen blauen Augen«, stellte Fabian unzufrieden klar. Daß die Augen eines blonden Menschen blau sind, stand für ihn fest. Maya griff ein, erklärte dem Bruder die Probleme der beiden Frauen und Hagens Gründe. »Das hat die Brünhilde verschuldet, weißt du.«

Umsonst. Fabian war auf die Rassenmerkmale fixiert. »War die Brünhilde auch blond?« wollte er wissen. So sehr sie sich bemühten, ihm die Zusammenhänge zu erklären, er assoziierte die Tat mit den Rassenmerkmalen, verband die Todesklänge Siegfrieds mit politischen Nebengeräuschen.

Vorwurfsvoll bat Hildwin den Vater, den Enkel in Zukunft mit den für ihn unverständlichen Ideologien zu verschonen. Der alte Herr rechtfertigte sich mit der Pflicht des Großvaters, die Fragen des wißbegierigen Enkels zu beantworten. »Die Sage hat ihm schließlich Maya erzählt.« Von Mayas Verzweiflung aber schien der Großvater nichts gewußt zu haben.

Seine Frau, der er telefonisch das Gespräch mit der »Kräuter-Babi« mitteilt, findet deren These von der Eifersucht so lächerlich wie er. Welchem Ehemann fällt die Eifersucht der Frau nicht auf? Auch sein häufiger Einsatz am Abiturball der Tochter fand ihre Zustimmung, weil er Maya einem nebulösen Typen entziehen wollte. Später überließ er die Aufsicht den anderen. Jeder

Vater hätte an seiner Stelle ebenso gehandelt. Daß Maya ihm die Auswahl des Ballkleides überließ, bewies, daß sie akzeptierte, was seinem Geschmack entsprach, daß sie dem Vater gefallen wollte. Warum sollte ihr Verhalten merkwürdig, seltsam erscheinen? Die Eltern beeinflussen schon in der Kindheit den Geschmack der Söhne und Töchter. Sie liebte mich, denkt er. Sie war eben unsere Tochter, jeder Vater, jede Mutter erwartet es, von den Kindern geliebt zu werden. Warum sollte ihn Maya weniger lieben als Jemina und Fabian? Der Vergleich befriedigt ihn nicht, und er wirft ihn aus seinen Reflexionen. Immer wieder steht er an unpassierbaren Grenzübergängen, ohne den Mut zu besitzen, geradlinig auf das Ziel zuzugehen.

Das Licht hängt schon in Strähnen vor dem Fenster. Die Turmuhr einer kleinen Dorfkirche schlägt gerade zwölf Uhr, und Hildwin betritt den Speisewagen. Eine Dame, wie er auf einer Dienstreise, winkt ihm.

»Hallo, wohin so eilig?« fragt ihr Begleiter. Er setzt sich zu ihnen. Dann die üblichen Fragen nach dem Wohlbefinden, ein Kompliment für die Dame. Worte, leichte Sätze gleiten wie Federbälle von einem zum anderen. Plötzlich fällt das Wort von seinen Lippen, bleibt in der Atemluft stehen: Maya. Sie haben es nicht gewußt. Es stand kein Name in der Zeitung. Ein Unfall. Darüber sind sie sich einig. Der Mann kennt diese Probleme. Auch sein Sohn leidet unter den Folgen eines Unfalls. Die jungen Leute sind eben unvorsichtig. Überhöhte Geschwindigkeit trug ihn aus der Kurve. »Deine Maya ist ertrunken? Wie schrecklich!« Er glaubt die Todesursache zu kennen, und Hildwin schweigt.

Dann kreist das Gespräch um die Erziehungsprobleme, die Töchter den Eltern bereiten. »Aber eure Maya war so distanziert, nein, die hatte noch keine intimen Beziehungen«, sagt sie. »Die hat sich auch noch nicht verliebt.«

Er weiß nicht, warum sich die Gabel in seiner Hand plötzlich in Augennähe befindet. Selbst wenn es zu intimen Beziehungen zwischen ihnen gekommen wäre, hätte er sich nicht des Inzests schuldig gemacht. Er ist nicht Faber. Für welche Schuld also sollte er sühnen? Aber er kann es nicht verhindern, daß ihn dieser Gedanke die Farbe wechseln läßt. Er ist betäubt, treibt eine Zeitlang an dieser Benommenheit entlang. »Träumst du? Worüber willst du morgen referieren?« will sein Partner wissen.

Hildwin ist Techniker, kein emotionsloser Rationalist, nein, die wissenschaftlichen Erkenntnisse wird er vorstellen, sie in die Praxis umsetzen. Über die Menschenmaschine will er referieren, über drei Roboter im Schweizer Museum, die schreiben, stehen, sitzen, Klavier- und Schach spielen können. Die Arbeitssklaven aus Metall werden die Zuhörer interessieren, »Elektro« mit seinem Hund »Sparko«, der laufen und bellen kann. Er hat sie sich in New York im Museum angesehen. Mit Medizinern und Biologen wird er zusammenarbeiten müssen, wenn er seinen Roboter baut. Die Erkenntnisse der Gehirnforschung werden ihm dabei helfen. Hildwin scheint seine Probleme vergessen zu haben. Reizwörter wie Roboter, Menschenmaschine ziehen alle am Gespräch Beteiligten in ihren Bann. Auf ironischem Unterton spricht er von der sinnlichen Erfahrung seines Roboters, den er bauen will. Mit dieser Sinneserfahrung soll er sich Intelligenz erwerben, die Koordination von Händen und Augen lernen. Zur Unterstützung wird er ihm Belohnungsstrukturen in das Gehirn pflanzen. Mit Hilfe der Gesten will er seinen Roboter steuern, ihn sprechen und lesen lernen, ihn in die Welt der Emotionen eindringen lassen.

Dann stockt er, als hätte er vorzeitig seinen Text verlernt. Seinen Gesprächspartnern fällt das Schweigen nicht auf. Sie reden über die Probleme der Herstellung, über die Verantwortung, die der Forscher weiterreicht, ohne an die Folgen zu denken. Die Ausstellung der sieben Hügel bringt die Frau ins Gespräch. »Sie haben die Ausstellung besucht? Erzählen Sie!« wird sie aufgefordert.

»Man stolpert durch einen Dschungel oder durch die von schwarzem Eisengestänge durchzogene Zivilisation, wird mit

Computern konfrontiert, die Blumen überreichen, und kann sich nicht gegen die dunkel drohende Frage wehren, ob die Maschine bald den Menschen ersetzen soll. Die Roboter schlitzen die Augen, spreizen die Finger und übernehmen die Aufgaben der Menschen.«

»Gehirn, Genom und Computer haben eine gemeinsame Wurzel«, behauptet Hildwin. »Vielleicht ist es die theoretische Ausformung der gleichen Gesetze? Der Riß zwischen Leib und Seele, Wesen und Erscheinung, Information und Wissen, Gehirn und Denken, Natur und Zivilisation wäre dann unbedeutend, weil die Welt geistig und materiell, mathematisch und elektronisch zugleich ist.«

»Schau unseren Fluß an, der in den Himmel will! So wird der technische Mensch Grenzen überschreiten und sich im Kreis drehen, weil auch das Unendliche eine Ziffer jenseits der Null ist. Vielleicht wird er Gespräche mit den Gestirnen unterhalten wie die Vögel mit dem Wind.«

»Utopist!« sagt die Frau. »Könnte der Roboter nicht eines Tages Pläne schmieden, zu Erkenntnissen gelangen, die unseren Horizont überschreiten? Unerwünscht sind?«

Er nickt. »Vielleicht!«

Dann sammelt er nur noch Sprachtrümmer ein, weil er einem plötzlichen Einfall nachsinnt, ohne ihn zu verbalisieren. Der Zug hält, und die Dame steigt mit ihrem Begleiter aus.

Einen sprechenden Roboter mit synchroner Lippenbewegung will er bauen, der Maya aufs Haar gleicht. Ihr Gesicht mit einer realistischen Mimik muß ihm gelingen. Den Ausdruck der Freude, Trauer, Angst und Staunen würden die Gesichtsmuskeln entstehen lassen, ein Leben wechselnder Gemütszustände spiegeln. Seine Maya soll den Mund öffnen und richtig lachen können. Umweltreize würden ihr zu Erlebnissen und Erkenntnissen verhelfen. Ihre Entscheidungsprozesse wären organisiert, Handlungsabfolgen programmiert. Seine Tochter will er zum Leben erwecken.

Das menschliche Gehirn setzt Signale wie Licht, Wärme, Schmerz in Nervenimpulse um mit dem Ziel, Erkenntnisse zu erwerben. Elektronische Impulse stimulieren Nerven und Sinnesorgane, damit Wahrnehmungen im Gehirn verarbeitet werden können. Warum sollte ein Robotergehirn nicht Signale aufnehmen und über technischen Nerven- und Muskelersatz handeln können? Der Informationsaustausch zwischen Zellen und Organen muß durch Technik ersetzt werden, das steht für ihn fest.

Vielleicht könnte Maya, mit Bewußtsein begabt, ihr Verhalten beobachten, bewerten und beeinflussen? Dann wäre sein Experiment gelungen.

Hildwin merkt erst, daß er immer noch im Speisewagen sitzt, als ihn der Kellner fragt, ob er noch etwas trinken möchte, aber eine zugestiegene Reisegruppe drängt sich um die leeren Plätze, und er steht auf.

Der neue Einfall lärmt so in ihm, daß er fürchtet, die Umstehenden könnten ihn hören. Seine Welt kapselt sich in diese Mittagsstunde ab, igelt sich ein. Die aufgestaute emotionale Ladung explodiert in diesem Gedanken an eine technische Auferstehung seiner geliebten Maya. Er muß sich wenigstens eingestehen, daß er das Mädchen sehr liebte, vielleicht sogar begehrte. Das ließ sich nicht ändern. Aber er verließ nie seine Vaterrolle. Und: »Die Gedanken sind frei.« Vorzuwerfen hat er sich nichts. Nein, das nicht. Dann schiebt er, plötzlich verunsichert, in Gedanken das Wort »fast« zwischen die Wörter »sich« und »nichts«, weil ihn eine Reise einholt. Sie sollte ein Geschenk zu Mayas 16. Geburtstag sein. Jemina und der zweijährige Fabian waren noch zu klein, und die Mutter wollte sie nicht der alten Dame überlassen. So fuhr er mit Maya allein nach Paris.

Das grauschwarze Häusermeer stieß sie zuerst ab, aber das Leben in den Straßen, von einem Straßencafé aus beobachtet, die laute, bunte Stadt im Zentrum faszinierten sie. Schon als

Kind war sie allem Neuen gegenüber aufgeschlossen, neugierig, zum Staunen bereit. Auch das Leise wollte sie erlauschen, die Musik der Sprache, die sie als dritte Fremdsprache in der Schule gewählt hatte.

Eines Tages trieb sie ein Regenschauer mitten in das Wortgeflecht eines Bistros. Mehrere Menschen sprachen zur gleichen Zeit, überschrien sich, fielen sich ins Wort oder entzogen es dem Partner. Es war eine laute, aber selten eindrucksvolle Musik. In den sich ineinander spiegelnden Spiegeln verdoppelte, verdreifachten sich die lebhaften Gespräche. So heiter und aufgeschlossen hatte er Maya noch nicht gesehen. Später tanzten sie, und das Mädchen lag in seinen Armen, bedankte sich mit einem Kuß. Er spürte noch ihren Atem. Hätte er nicht doch annehmen sollen, daß sie nicht nur den Vater in ihm sah? Aber auch andere Töchter küssen ihre Väter. Jeder Erwachsene empfindet das als normal.

Sie besuchten das orientalische Viertel und Saint Germain, um die Gemälde der Maler und Kunststudenten anzuschauen und die Pseudokünstler beim Porträtieren der Touristen zu beobachten.

Im Louvre saß Maya neben ihm auf dem Boden oder auf der Bank und wartete geduldig, bis er das Bild, das er betrachtete, nicht mehr ertrug. Etwas Romantisches lag in der Luft, und Maya neigte zu träumen, war auf diese Atmosphäre anfällig, eingeschworen. Sie war glücklich, ihn eine Woche für sich allein zu haben. Auch Notre Dame, eine der schönsten französischen Kirchen und Saint Chapelle standen auf dem Programm. Nie klagte sie über sein Überangebot. Nichts war ihr zu anstrengend. Ihr gefiel, was ihm gefiel, als wäre sie in seinen Besitz übergegangen. Sie stieg interessiert auf den 300 m hohen Eisenturm, das Symbol der neuen technischen Welt, und freute sich ebenso am Vogelmarkt über das Gezwitscher der Vögel aus allen Erdteilen.

Mit 16 Jahren darf man noch Vorlieben für Geschmacklosigkeit zeigen. Die Veranstaltung im Louvre mit den angestrahlten Kunstwerken glich einer Theateraufführung. In seinen Armen verknotet, ging Maya die halbe Nacht von Bild zu Bild. Wo immer sie sich aufhielten, ob in Galerien oder im Garten der Dichter, wo sie unter anderem das Palais, das Maria de Medici Richelieu schenkte, betrachteten, immer hielt er seine Tochter in den Armen oder an der Hand.

Vielleicht sind es die Erinnerungsbilder, die mir erst jetzt unsere Beziehung bewußt werden lassen, denkt er. Bereiteten sich ihre schwarzen Augen hinter ihrem Wimpernschirm nicht doch auf einen Raubanschlag vor? Hatte er nicht gespannt gewartet? Ihr dunkler Blick, meist von Träumen überflutet, war schwer zu entschlüsseln. Aber warum sollte seine Frau eifersüchtig gewesen sein? Er würde sich daran erinnern. Maya verhielt sich in ihrer Gegenwart sehr distanziert. Warum zeigte sie ihm nur in Abwesenheit der Mutter, daß sie ihn liebte? Wie viele Tage mußten oft Licht für ihre Geduld erfinden, bis sich diese Gelegenheit bot? Das hätte ihm doch auffallen müssen! Aber es gibt viele Mädchen, die sich in diesem Alter nicht mehr mit der Mutter verstehen. Im Gespräch spielte Maya ihre aufqualmende Unzufriedenheit aus. Er bemühte sich dann zu vermitteln. Meist geschah es aber in seiner Abwesenheit. Maya war zu ihm aufgebrochen, und er hatte ihr Gemüt aufgebrochen, nicht die Mutter. Ja, das war es.

Einmal fragte sie ihn, ob ein Vater seine Tochter auch mehr lieben könne als seine Frau. Er erinnert sich noch genau an diese Frage, die ihn aus dem Hinterhalt angriff. Die Liebe zu ihm mußte ihr wie das alltägliche Amen zugestoßen sein.

Sollte es also doch der große Schrecken über ihre unkontrollierten Emotionen gewesen sein, der sich nach innen schlug? Er ahnt, daß dieser Faden, der ihn mit der Vergangenheit verbindet, beim Großvater, dem SS-Mann beginnt, nie mehr reißen wird, daß der Rest seines Lebens vielleicht ein unbeantworteter Brief an die Vergangenheit bleiben wird.

Gotelinde hatte ein normales Verhältnis zu ihrer halbwüchsigen Adoptivtochter, wenn ihre Meinungen auch recht unterschiedlich waren, das weiß er sicher. Deshalb kann er nicht glauben, daß sie Eifersucht empfand und dieses Gefühl leugnen würde. Daß der Zug bereits seit zehn Minuten steht, hat Hildwin nicht bemerkt. Sein Blick streift einen alten Dorffriedhof, der sich im Rhythmus eines Wiegenliedes sanft bewegt. Die Partitur eines jeden Verstorbenen ist bei einem anderen Takt angelangt, singt sich ihm vor, mischt sich in das Rauschen des Sprachflusses vom gegenüberliegenden Abteil.

Er ist Techniker, und sein Name nicht unbekannt in der Wissenschaft, aber jetzt will er sich im praktischen Bereich bewähren, seine Tochter in seiner Roboterdame auferwecken. Dabei wird ihm die Auseinandersetzung mit bestimmten Fragen nicht erspart bleiben. Welche Hirnzustände gehen mit bestimmten Bewußtseinszuständen einher? Das visuelle Bewußtsein muß ihn besonders beschäftigten. Er wird sich fragen, was man unter einem wachen Menschen versteht, welche Wahrnehmungen das Gehirn nicht bewußt werden läßt. Wichtig wäre die hohe Speicherleistung, damit der Computer die Gesichter wiedererkennt und die Personen zu unterscheiden vermag. Die Gesichtsbilder mit verschiedenen Grautönen und Bildpunkten würden dem Roboter die Arbeit erleichtern. Er müßte sogar das Geschlecht der Person erkennen und zuordnen.

Bei der nächsten Station hält der Zug. Hildwin steigt um. Da er eine halbe Stunde bis zur Weiterfahrt warten muß, geht er durch die Fußgängerzone des alten Städtchens, bis Strohhüte in einem Schaufenster seine Aufmerksamkeit erregen. Einer dieser Strohhüte mit kleinen bunten Strohblumen gleicht dem, den er damals in Paris für Maya kaufte. Er paßte so gut zu ihrer Hautfarbe und ihren schwarzen Augen, daß sie einem expressionistischen Bild glich. »Als ob du von einem fremden Stern kämest«, sagte er damals.

Wir lieben einen Gegenstand, der uns pünktlich die Treue erweist. Daher will er ihn nicht missen, diesen Hut, der noch an der Garderobe hing, als ihn die Besitzerin längst nicht mehr trug, bis ihn seine Frau nach Mayas Tod zu seinem Entsetzen deponierte. Er will ihn erwerben, diesen Hut im Schaufenster. Sie wird ihn nicht verstehen, sein Verhalten als »Kinderei« interpretieren.

Nach Mayas Tod hat er sie mit Vermutungen gequält. Lauernd seine Fragen ausgelegt. Sie ist eine kluge Frau. Eifersucht auf die eigene Tochter kann ihr nicht entsprechen, denkt er immer wieder. Ihr »Nein« bestätigte seine Vorstellung, aber es sprang ihm aus zerfranstem Ton entgegen und erzeugte seinen Zweifel, der den Rhythmus des Tages störte.

Obwohl er sich entschlossen hat, mutig auf die Vergangenheit zuzugehen, krümmt er sich unter dieser Last.

Die Tragik liegt in den Randbereichen. Könnte das Mädchen für Eifersucht gehalten haben, was berechtigte Sorge war? Lag es an den Kommunikationsstrukturen zwischen Mutter und Tochter? Oder an seiner eigenen? Über seiner tiefen Trauer um Maya schwebt dieses Schuldgefühl, das er selbst nicht zu interpretieren wagt.

Zehn Minuten bleiben noch bis zur Weiterfahrt, und er telefoniert mit der zweiten Freundin seiner Tochter, deren Verweis auf ein Tagebuch eine neue Hoffnung aufblühen läßt.

Er erinnert sich an einen Badeurlaub. Maya legte sich immer in den von seinem Körper vorgewärmten Sand, beobachtete, aufnahmebereit für jene lautlose Musik von Luft und Wasser, für die Geräusche der Stille alles, was um sie herum geschah. Manchmal schrieb sie in ihr Reisetagebuch.

Eine Zeitlang jagt er einem verlorenen Augenblick nach, dann verdichtet sich das Geschehen wieder zu einem Bild, und das Wort »Hild« klingt sanft in seinen Ohren. »Papi« hörte er zu dieser Zeit aus ihrem Mund nicht mehr. Warum hätten sie dieser Namensverkürzung Bedeutung beimessen sollen? Kann er Mayas Probleme wirklich überhört haben? Übersehen haben, daß sie so leicht in der Tiefe ihrer Existenz verletzbar war?

Seine Frau wird er nicht über das Tagebuch informieren. Er will es selbst suchen, wenn er zurückkommt.

Trotz der Sonneneinstrahlung weht ihm ein kalter Wind entgegen, und er stellt seinen Mantelkragen auf. Dann fährt der Zug ein, und Hildwin steigt ein. Bäume fliehen am Fenster vorbei, ein kleines Dorf duckt sich an einen Hügel, ein Weiher, mit dem die Sonne spielt, prahlt mit seinen Seerosen.

Eine Frage verbirgt sich hinter seiner Stirn, wird immer aufdringlicher: Was mag Maya ihrem Tagebuch anvertraut haben? Hildwin sieht sie wieder vor sich, mit dem Blumenhut am Strand, nicht im Bikini, nein, in ihrem Kinderbadeanzug schwimmt sie neben ihm, im tomatenroten Strandanzug geht sie zwischen ihm und Gotelinde. Maya baut mit Jemina und Fabian Sandburgen. Sie spazieren durch die Altstadt, ein langweiliges Abendrot hängt am Horizont.

Er kann ihn nicht zulassen, den Gedanken, daß es etwas gab, das dieses ausgeglichene Mädchen zur Verzweiflung trieb. Auch mit dem Leiter des Kinderheimes wird er sprechen, nimmt er sich vor, weil Maya ihren Ferienjob dort ableistete. »Solche Kinder«, sagte der Großvater, »wurden damals getötet.« Und er erzählte von Euthanasie an Behinderten, von Experimenten mit behinderten Kindern und präparieren Gehirnen, aber gerade Maya beeindruckten die großväterlichen Geschichten scheinbar nicht.

Es ist warm, und Hildwin döst und träumt vor sich hin, bis ihm die Landschaft fremd erscheint. Die Berge vergrößern sich. Entsetzt stellt er fest, daß er in die falsche Richtung fährt. Er stieg nach dem Abkoppeln in den vorderen, statt in den hinteren Wagen ein, hätte längst umsteigen müssen. Die Wärme mochte ihn verleitet haben zu bleiben.

Warum friert er jetzt so oft? Bereits in der Kindheit gehörte Abhärtung zum Erziehungskonzept der Eltern. Ist es der Verlust der emotionalen Wärme seit Mayas Tod, der sich auch physisch auswirkt? In Gotelinde glaubte er immer eine verläßliche Freundin gefunden zu haben, aber in den letzten Jahren fiel ihm oft der gefrorene Zug um ihren Mund auf. Sie war schon immer eine distanzierte, logisch denkende Frau, die sich nicht von

Emotionen leiten läßt und unbeeinflußt Entscheidungen trifft. Hat seine Tochter wirklich nur in seinem Fühlen eine so große Lücke hinterlassen?

Bei der nächsten Station steigt er aus.

Die Trauer hat keine Worte, und der Schmerz ist ein stummes Sich-in-die-falsche-Richtung-Weiterbewegen.

Ein Bekannter, der auf den gleichen Zug wartet, kommt, eine Zeitung in der Hand schwingend, auf ihn zu und grüßt. »Haben Sie es gelesen? Israel hat die Eichmann-Memoiren freigegeben. Der Mann verkleinert seine Rolle in Hitlers kriminellem Räderwerk, und das völlig emotionslos, mitleidslos, ohne jede Spur von Reue«, berichtet er. »Das wird Ihren Vater interessieren.«

Hildwin wehrt entsetzt ab. »Sagen Sie es ihm bitte nicht! Er quält meinen Sohn mit seinen Schauergeschichten.«

»Die nächste Generation wird sich mit einer Nation identifizieren, die in einem bis zur Regierungskrise ausgeweiteten Spendenskandal steckt. Was kann dann der Jugend noch Hitlers Inferno bedeuten? Acht, neun Millionen DM sollen von einem Schwarzgeldkonto an die Partei geflossen sein. 20,8 Millionen DM brachte die CDU in anderen Bundesländern außer Landes, um sie, illegal verbucht, wieder einzuführen. Ein Staatskanzleichef, ein Schatzmeister, ein Landesgeneralsekretär, ein Geschäftsführer sollen beteiligt gewesen sein. Also werden sie sich für illegale Spenden, Intrigen, Racheakte einer Schatzmeisterin, kurz für den fehlenden Rechenschaftsbericht und seinen Folgen zur Buße verpflichtet fühlen. Deutschland galt zwar ein halbes Jahrhundert nach dem Ende des Naziregimes als mustergültiger Rechtsstaat, aber jetzt ermittelt man gegen diese politischen Führungskräfte, und die Nation darf sich nicht mehr erwachsen fühlen. Ja, wer friedlich leben will, ist auch heute schon gerichtet«, höhnt er.

Wind ist aufgekommen. Hildwin hält ihm den Kopf entgegen. Die dunkle Wolke frißt das Licht. Eine große Müdigkeit liegt plötzlich über ihm; eine ungewohnte Schwäche kriecht bleich in sein Gesicht. Er kämpft nicht mehr, er schweigt. »Sie zerfleischen sich gegenseitig«, setzt der andere erneut an. »Sie sprechen von ›Intrigen mit kriminellen Elementen‹, vernichten Akten, entscheiden undemokratisch im Alleingang. Ja, es werden sogar Filme über die brisanten Aussagen der Parteimitglieder gedreht. Den Skandal tragen sie in der Öffentlichkeit aus, obwohl die deutsche Nation noch nicht einmal die Massaker des Dritten Reiches überwunden hat. Geschädigte wehren sich gegen das Vergessen, werfen uns vor, die Verbrechen der Nazieinsätze auf dem Balkan zu übersehen. Dem Holocaust sei Gleichgültigkeit gefolgt, behaupten sie.

Auch das jüdische Volk sollte sich neuen Horizonten zuwenden, den Anforderungen des Lebens, nicht dem Tod. Mit der Entschädigung muß die Abfolge der Klagelieder über diese Katastrophe doch endlich beendet sein. Auch das jüdische Volk sollte die Schrecken der Nazivergangenheit und die Angst vor den Folgen des deutschen Zusammenschlusses endlich überwunden haben. Freilich kann man die Vergangenheit nicht vergessen, sondern verarbeiten, aber das sollte man von beiden Nationen erwarten können. Wem hilft es, wenn Ermordete bei Gedenkfeiern heraufbeschworen werden, weil sie nicht mehr leben? Längst ruft die junge deutsche Generation nach einem Schlußstrich unter die Nazivergangenheit. Auch die Juden dürfen sich nicht länger in einer ewigen Opferrolle sehen, von moralischer Überlegenheit gespeist. Unsere Vätergeneration kann eben die Rolle des verfolgten Gewissens nicht aufgeben. Sagen Sie, sollte sich ein Jude in Deutschland in enger Bindung an sein Volk nicht endlich mit der deutschen und europäischen Zukunft auseinandersetzen, statt sich als Nachkomme der Opferlämmer zu empfinden?«

»Die Gegenwart kann sich nicht ständig an den Restbeständen orientieren, die aus der Vergangenheit übriggeblieben sind.«

Hildwin erschrickt über seinen Satz. Etwas in ihm verpflichtet ihn wieder zu Beweisen seiner erwünschten Einstellung, etwas in

46

ihm wehrt sich gegen diese permanente Verpflichtung. So reibt er sich ständig zwischen zwei Steinen.

»Ich glaube, die junge Generation nützt heute die Situation schamlos aus, um Renten, die der eigene Staat nicht zahlt, von Deutschland zu erhalten. Es sind nicht etwa die Naziopfer, sondern deren Kinder, die sich längst eine neue Existenz hätten aufbauen können. Freilich, um die Menschen, die wir auf dem Trümmerhaufen des Dritten Reiches auflesen, müssen wir uns kümmern, aber nicht um deren Kinder. Mag sein, daß die Bildungschancen damals gering waren, aber die Arbeit, welcher Art auch immer, hätte ihnen die Rente sichern können.«

Hildwin nickt, vergleicht Fahrplan und Armbanduhr.

»Die aus Tschechien Vertriebenen wohnten in Deutschland auch zuerst in Holzbaracken auf kleinstem Raum zusammen, mußten sich oft berufsfern den nötigen Unterhalt für die Familien verdienen, bevor sie sich wieder Besitz erwerben konnten. Sie können doch auch nicht von Tschechien ihre Renten fordern.« Er kämpft gegen das Aufglühen seiner Unzufriedenheit. »Wer aus der Vergangenheit gelernt hat, identifiziert sich nicht mehr mit der Regierung, nicht einmal wenn er die Partei gewählt hat. Wer kann schon derartige Konflikte vorhersehen! Aber obwohl das Unrecht aufgeklärt wurde, obwohl man Konsequenzen zog, wird die Welt die Nation wieder eines Tages dafür verantwortlich machen und uns das Büßergewand aufzwingen. Ich frage mich oft, ob wirklich keine Strategie den Lauf dieser Kurve ändern kann. Nach diesem Regenbogen des Friedens und der Ruhe nimmt der Himmel schon wieder andere Farben an. Ihr Fabian wird nicht nur aus der unerschöpflichen Bibliothek der Hitler-Ära, die ihm der Großvater erschließt, lesen. Eines Tages kann er entweder sein Volk neu einschätzen und an der Abscheu vor diesem Geschehen vorbeisehen, oder er emigriert, ohne den Standort zu wechseln.«

Der einfahrende Zug unterbricht seinen erhitzten Monolog. Sie steigen ein.

Hildwin schaut auf den grauen kleinen Bahnhof. Eine trübe Stunde kriecht durch das Fenster. »Sie haben die Wiedergutmachung für die Großvätergeneration übernommen. Kinder adoptiert, die die Not auf der Straße zurückgelassen hat. Ihre Maya war mit acht vielleicht auch schon in die Sprache der Taschendiebe einge-weiht«, sagt er und zwingt ihn, den Fuß wieder an die Schwelle der Erinnerung zu setzen. Daß sie nicht mehr lebt, weiß er nicht, und er schweigt betroffen, als er es erfährt.

Der Mann mit dem Reisekatalog neben ihm deutet gerade auf ein Landschaftsbild. »Nach Italien wollen's halt, die jungen Leut'. Als ob Deutschland nicht auch genug schöne Platzerln hätt.«

»Ich fühl' mich nirgends so wohl wie in Deutschland«, sagt sein Nachbar. »Die deutsche Landschaft hat Profil. Wenn man an das Panorama der Rebhänge denkt! Und: Deutschland, deine Burgen und Schlösser, an der Mosel wie am Rhein. – An der Mosel bin ich geboren«, betont er. »Ist das ein Anblick, wie der Fluß mit den Windungen einer Schlange das Schiefergebirge überwindet, eine einzigartige Signatur!« schwärmt er.

»Fachwerkhäuser und Marktplätze wie aus dem Bilderbuch«, weiß der andere.

»Mir ist die rauhe Oberpfalz lieber, der Wald in seiner Urtüm-lichkeit und Ruhe, der unverfälschte Charakter der Burgruinen und alten Mühlen. Wir wandern gerne zu den Granitfelstürmen, den bizarren Felsen, oder besteigen die erloschenen Vulkane.«

»Ja, Deutschland hat alles, was wir brauchen«, sagt sein Ge-sprächspartner, »Meer, Berge und Hügel, wild-romantische Täler. Denkens an das Lerautal! Wir wandern gerne durch die Wolfslohklamm oder zur Burgmühle.« Er läßt sich vom Fluß sei-ner Worte treiben.

»Sie haben recht. Schön ist unser Land. Ob der einzelne Berge, Meer oder Hügel liebt, er hat die Auswahl.«

»Es muß ja nicht immer die antike Kunst sein! Das bayerische Barock ist auch nicht zu verachten, und die schönen romani-schen und gotischen Kirchen!« schwärmt er. »Auf dem Gebiet der Wissenschaft haben die Deutschen ja schließlich auch etwas geleistet.« Er weist auf Hildwin. »Die Fortschritte der Technik wird er ja morgen erläutern.«

Der sammelt nur die Sätze ein, aber in seinen Gedanken herrscht eine auf den Kopf gestellte Ordnung, seit er Mayas Deutschlehrer einsteigen sah. Er hört gerade noch: »Ja, große Künstler und Philosophen sind aus unserem Volk hervorgegangen, und der Humanismus hat die Menschen geprägt, bevor diese Bestie ein ganzes Volk verführt hat. Unsere Väter und wir müssen dafür büßen.«

Die beiden älteren Herren Hildwin schräg gegenüber unterhalten sich immer noch über die Landschaft.

»Freilich, die Welt muß man sich anschauen, fremde Kulturen und Kunstschätze, aber deshalb sollte man das eigene Land nicht geringschätzen. Am schönsten ist es doch immer wieder daheim«, beendet er seinen Diskurs.

»Ja, viele glauben, gut und richtig ist nur, was aus dem Ausland kommt. Denkens doch nur an die Lehnwörter! Was wir alles übernehmen, nachahmen!« stimmt sein Partner zu.

Ein wilder Tanz von Worten, Sätzen spielt sich in Hildwins Kopf ab. Er ist inzwischen wieder ausgestiegen, der Lehrer. Nicht dessen Unterrichtsstil war es, der ihm zusetzte, sondern ein Elternsprechtag. Kreischend trifft ihn die Erinnerung an Mayas Aufsatz.

»Lesen Sie!« forderte er ihn auf. Ja, er hatte ihn damals gelesen, diesen Erlebnisaufsatz. Der Blick des Lehrers verurteilte ihn. Die sonore Stimme klingt noch in seinen Ohren nach: »Sie sind nicht der leibliche Vater, und die Mädchen in diesem Alter haben eine blühende Phantasie!«

Sie hatten sich in einem Museum verlaufen; daß es um 17 Uhr geschlossen wurde, wußte er nicht. Während der Nacht lagen sie auf einer der Bänke. Da Maya fror, kroch sie unter sein Jackett. Sie schlief wie ein Kind in seinen Armen, wie er glaubte. »Mayas Aufsatz nach hätte es sich um ein Liebesabenteuer

handeln können«, behauptete der Lehrer damals. An sein er-
müdendes langsames Von-Bild-zu-Bild-Gehen erinnert er sich
noch genau. Mayas kleiner Finger hakte sich in seinen ein. In
der Nacht wagte er sich nicht zu bewegen, um sie nicht zu wek-
ken. Sie hatte damals gerade das 16. Lebensjahr erreicht und
war für ihn kein Scherenschnitt in den Wolken, sondern ein
lebendiger junger Mensch, aber eben seine Tochter. Wo lag seine Schuld? Warum durfte eine 16-jährige nicht feststellen, wo
das Herz des Vaters schlug, wenn sie an seiner Brust lag, um
zu schlafen? Die Sprache der Mädchen ist in diesem Alter oft
emotional gefärbt. Freilich, für ein nach außen hin so distanziert
wirkendes Mädchen wie Maya war eine derartige Darstellung
eines Ereignisses verwunderlich, aber nicht abnorm.

Hildwin fragte den Lehrer damals, ob er in einer Klosterschule
erzogen wurde, und würzte seine Bemerkung mit einer entsprechenden Prise Spott. Bei dem Gedanken, er könnte jetzt Mayas
Tod auf ein Problem zurückführen, das auf seiner Ignoranz beruht, schaudert er.

»Ja, viel haben die Deutschen geleistet. An Künstlern und
Philosophen, an Wissenschaftlern fehlt es nicht, aber die
Welt sieht unsere Wesensart sehr negativ.« Hildwin sieht sein
Gegenüber wie durch eine dicke Nebelschicht, hört die Stimme
aus großer Entfernung, aber er zwingt sich zur Konzentration, um
nicht aufzufallen.

»›Angeber‹, sagen die Briten. Und ›Übertrieben fleißig‹ die
Franzosen. Sie bemängeln wohl unser verbissenes Erfolgstraining,
das jeden Spielwitz besiegt. An der Stelle der Spielfreude stehen
Härte, Disziplin, Kampfgeist und Ausdauer. Schauen Sie bei einem Tennis- oder Fußballspiel zu!« ereifert er sich. »Das läßt sich
doch nicht verallgemeinern. Deutschland stellt keine Einheit
dar. Heute kann man ›typisch bayerisch‹, ›typisch schwäbisch‹
oder ›typisch hessisch‹ sagen, aber doch nicht ›typisch deutsch‹!
Nur die hektische Arbeitswut verbindet alle Deutschen, behaupten die Südländer.«

»Sie haben recht. Deutschland wird im Ausland nicht positiv eingeschätzt. Da spielt auch das Asylrecht eine Rolle. Vielleicht vergessen viele die Relation zur Bevölkerungszahl. Unser Land hat unter den europäischen Staaten in dieser Relation die meisten Asylbewerber und Flüchtlinge aufgenommen, obwohl die Gefahr der Überfremdung nicht wegdiskutiert werden kann. Zwei Millionen zusätzlicher Zuwanderer kommen innerhalb von zehn Jahren aus dem Osten. Ist da nicht die Grenze der Belastbarkeit überschritten?«

Sein Nachbar mischt sich ein. »Ein Volk sollte die Gefahr der Vermischung und Überfremdung nicht unterschätzen. Manchmal benachteiligen wir ja unsere eigene Nation. Im Gegensatz zu den Deutschen aus der Sowjetunion, die sich harten Sprachprüfungen unterziehen müssen, dürfen Juden unbegrenzt, ohne Einschränkung einwandern, wenn sie beweisen können, ›reine Juden‹ zu sein.«

»Die Sprachprüfungen sind berechtigt«, lenkt Hildwin ab. »Wenn sie bei uns leben wollen, müssen sie die Landsleute auch verstehen. Deutsche sollten auch ihre Muttersprache beherrschen, um sich die Staatsbürgerschaft zu erwerben. Deutsch müßte neben Englisch und Französisch auch als gleichberechtigte EU-Sprache anerkannt werden.«

Darüber sind sie sich einig.

»Wir sind viel zu wenig auf unser eigenes Land bedacht!« setzt der alte Herr erneut an. »Das sieht man auch an den Gefallenengedenkstätten. Geld wird für die Mahnmale auf deutschem Boden ausgegeben! Denken Sie nur an die letzten Einweihungen!« Er wendet sich wieder an Hildwin. Dessen Worte queren sich im Mund. Sein Gewissen ist jetzt das Gewissen der Nation. »Natürlich brauchen wir Mahnmale ...« Sein betont langsames Sprechen, das Heben des Satzendes läßt ein »aber« erwarten, aber der Gedanke bleibt nichtverbal in der Luft stehen. »Den Deutschen in der Sowjetunion sollte man wirklich die Zuwanderung erleichtern!« Seine Forderung füllt Hildwins zu lange Sprechpause. »Meine Base wartet seit einem Jahr auf die Bearbeitung ihres Antrages. Na, ich glaube, die wird auch noch lange warten. Eigentlich wollte sich die Familie in Tschechien ansiedeln, aber da würden sich die Probleme erst recht häufen. Die Deutschen sind eben im Ausland wenig beliebt. Besonders der deutsche Autofahrer wird kritisiert. Das Auto bietet dem Besitzer gewisse Freiheiten, die er in seinem Geschwindigkeitsrausch wahrnimmt. Besonders rücksichtsvolles Verhalten bescheinigt uns das Ausland nicht.«

»Wir haben Kommunikationsprobleme«, sagt Hildwin. »Vor den Nachbarn schirmen wir uns durch hohe Zäune, Hecken, Mauern ab, auf der Straße fühlen sich die Überholten in ihrem persönlichen Prestige geschädigt.«

»Auf seinen Besitz ist der Deutsche sehr bedacht, ob Auto oder Häuschen. Er hat ihn ja auch schon oft genug verloren, diesen Besitz. Vielleicht drückt er auch unser Sicherheitsbedürfnis aus. Trotz unserer Mobilität sind wir doch recht bodenständig, das setzt Eingrenzung, Abgeschlossenheit voraus.«

»Warum sollten wir neben unserem fanatischen Erfolgsstreben nicht auch Wert auf ein intaktes Familienleben legen?« Das Wort »Familienleben« schmeckt plötzlich leicht bitter auf Hildwins Gaumen.

Die beiden Herren steigen eine Station vor Hildwin aus. Sein Zeigefinger aber verläuft sich inzwischen am Stadtplan. Eine Verpflichtung ist es nicht, das Referat, das er zur Besichtigung des Konzentrationslagers hält. Seine freiwillige Meldung wurde natürlich begrüßt. Der Ort liegt nur wenige Kilometer von der Stadt entfernt, in der er morgen über die letzten wissenschaftlichen Erkenntnisse auf dem Gebiet der Computertechnik referieren wird. Hätte ihn aber jemand gefragt, welchen Sinn diese zusätzliche Belastung für ihn hat, welchen Sinn sie haben könnte, hätte er den Sinn nicht benennen können.

Das Referat belastet ihn. Wie immer in derartigen Situationen fühlt er sich aber verpflichtet, glaubt mit seiner Zusage seine antinationalsozialistische Einstellung demonstrieren zu müssen. Immer wieder fällt er in die alte Rolle zurück. Er wird bei seinem nächsten Vortrag den Schrecken des KZs in einem Bericht einer Menschenrechtsaktivistin lebendig werden lassen. Hildwin blättert in seiner Mappe.

»Totenstille lag über dem KZ. Das Fleckfieber grassierte. Halbtote lagen auf den Toten, um ihre Knochen vor dem Boden zu schützen, in einem Morast aus Kot, Urin, verwestem Fleisch. Hatte jemand den Holocaust überstanden, blieb er doch ohne Hoffnung, ohne Existenzgrundlage und kapitulierte vor den Furien des Nationalsozialismus'.«

Er leidet unter der Diskrepanz zwischen seinem Denken und dem Mut, es auszusprechen, dem Zwang, dafür sein zu müssen, obwohl die Mahnmale oft ein Gefühl der Übelkeit in ihm auslösen. Er weiß sich unschuldig und wird trotzdem ständig an die Schuld der anderen erinnert. Nie hätte er sich an diesem Holocaust beteiligt, und er kann den inneren Aufstand gegen die auferlegte Buße kaum niederwerfen. Wo in Tschechien oder in einem anderen Land findet man diese Mahnmale an die Vertreibung, Abschiebung, Aussiedlung? Wo die an die damals Erschossenen? In diesem Zwiespalt zwischen Denken und Handeln, Denken und Reden finden Geist und Witz keinen Anlauf mehr. Er spürt es, wie sein geistiger Höhenflug dadurch behindert wird. Sein unsteter Blick verrät ihn im Gespräch. Die Einsamkeit hat sich hinter seine Maske geschlichen, weil er sich nicht mitteilen darf. Was ihn verunsichert, ist auch die Erkenntnis, daß man ihn längst durchschaute. Nach jedem seiner letzten Referate bestätigen Luftballon-Botschaften in seinem Garten, daß man ihm vorwarf, die eigentlichen Probleme nicht zu begreifen. So fragte man ihn z. B. per Luftpost, ob er Menschen, die deutsch denken und deutsch fühlen, für Rassisten halte.

Im Vortragssaal wird er bereits erwartet. Der erste Referent hat seinen Ärger über die Räumlichkeiten des KZs bereits mit vielen Vorwürfen verheizt, führt bei Hildwins Ankunft gerade ein

53

halbes Duzend abwertender Adjektive an der Leine herum. Nur sein chiffriertes Lächeln widerlegt zuweilen seine Worte, läßt eine Unstimmigkeit zwischen analoger und digitaler Kommunikation aufkommen.

Hildwins Rede hätte sich auf Information und Anklage reduzieren lassen oder auf einen Komplex von Informationen und Anklagen mit einem entsprechenden Kommentar, aber ein Satz drängt sich in seine Gedanken. Er denkt ihn permanent parallel zu seinem Referat: »Die Gegenwart darf sich nicht an Restbeständen orientieren, die aus der Vergangenheit übriggeblieben sind.« Er findet Sätze, mit denen er diesen verhängnisvollen Satz, der ihn geradezu belästigt, belegen, veranschaulichen könnte.

Dann passiert es. Der Satz fällt auf seine Zunge. Er dreht ihn verbissen im Mund, zieht ihn durch die Zahnreihen, aber er läßt sich nicht halten. Der bittere Geschmack am Gaumen erzeugt eine gefährliche Leere in der Magengegend, die das Gefühl Übelkeit stimuliert.

Er spürt sofort die Unzufriedenheit einzelner Zuhörer, deren Erstaunen und gerät in Atemnot. Hildwin schaut nach oben, als könnte er von dort Hilfe erwarten. Der Gedanke, mißverstanden zu werden, schlägt Purzelbäume in seinem Kopf. Er ruft sofort einen zweiten Satz gegen diesen Satz auf: »Aber im Spannungsgefälle zwischen Gegenwart und Vergangenheit wächst Aktivität.« Erleichtert rechtfertigt er durch Beispiele sein vermeintliches Ausgleiten.

Der sich zu Wort meldet, muß seinen Zweifel erkannt haben. »Ist nicht bei vielen Deutschen das Gedächtnis lückenhaft geworden? Sollten wir nicht auch die jungen Menschen ständig an dieses Verbrechen erinnern?«

Er schildert den Abtransport der Juden vor diesem Konzentrationslager in die Gaskammern, schildert die Behandlungsmethode im KZ durch die SS. Empörung greift um sich, pflanzt sich unter den Anwesenden fort, noch ehe er Stellung nehmen kann. Auf ironischem Unterton richtet er seine Frage direkt an Hildwin. »Sind das vielleicht nur *Reste* aus der Vergangenheit?«

Das Wort »Rest« muß sein Ohr so vehement beleidigt haben, als hätte Hildwin eine falsche Seite angeschlagen, daß er es nicht hinnehmen kann. Er ringt Hildwin nicht nur eine Stellungnahme ab, nein, er zwingt ihn, gegen seinen Satz zu sein. Noch einmal wiederholt er sein Anliegen. Die Frage wird aufdringlich. »Die Endlösung der Judenfrage, die Konzentrationslager, das alles soll ein *Rest* aus der Vergangenheit sein, an dem sich die Gegenwart nicht orientierten darf?«

Das Klopfen einzelner Zuhörer bekundet Zustimmung, obwohl Hildwin inbrünstig hofft, daß nur dieser aufdringliche junge Mann ihn mißverstanden hat. Auf den scharfen Angriff nicht vorbereitet, fühlt er sich in die Enge gedrängt.

»Nein, ein Mißverständnis« – so hat er das nicht gemeint. Er verbirgt sich hinter seiner Stimme, läßt den falschen Ton nicht zu. Auf den zweiten Satz verweist er, betont das Wort »Aktivität«, nennt Beispiele für das Engagement der Deutschen, für den Willen zur Wiedergutmachung, aber Verunsicherung springt ihn aus jedem seiner Worte an. Dann sagt er sein Loblied auf die Entwicklung des israelitischen Staates seit jenem Holocaust wie ein Gedicht auf. Es soll ein Bekenntnis sein. Jeder Atemzug beweist seine Anstrengung. Beweisen will er ihnen seine Gegnerschaft, seine Einstellung. Schließlich adoptierte er zwei Kinder, um ...

Da hat er ihn auch schon gefaßt, dieser Name. »Maya«, sagt er ins Atemlose, und sie nehmen Gestalt an, diese vier Buchstaben, während die Anwesenden beim Verlassen des Saales noch ihre Meinungsverschiedenheiten austragen.

Den Willen zur Wiedergutmachung hat er bewiesen, seine Einstellung oft genug demonstriert, aber es ist sein Schicksal, mißverstanden zu werden. Selbst seine Wiedergutmachung endete in einer Katastrophe.

Der Vertreter der Stadt bedankt sich bei Hildwin für das »anregende Referat«. Verlegen reibt er die Handflächen gegeneinander. Er hat ein Anliegen. Fragen soll er den Referenten, ob er in der Schule über dieses Thema sprechen und damit den Besuch eines Lehrers im Konzentrationslager einleiten will. Daß er aufgeschlossene Schüler fände, dafür würde er schon sorgen.

Hildwin spürt den kalten Schauer, der sich vom Rücken her über den ganzen Körper verbreitet. Sein Widerwille schiebt sich zähflüssig vor den Gedanken der Zusage. Bevor er geht, soll er dem, der ihn um das Referat bat, seine Entscheidung mitteilen.

Ablehnen kann er nicht. Das ist er dem Vater und seiner Nation schuldig, daß er das Angebot annimmt. Die junge Generation muß informiert, muß vorgewarnt werden. Dieses Argument ruft er gegen seinen Widerwillen auf. Er erinnert sich an einen Lichtbildervortrag seines Vaters über die Schrecken des Dritten Reiches, den er im Altenclub hielt. Hildwin engagierte sich als technischer Assistent. Es war unhöflich zu gähnen, aber Maya, auf deren Anwesenheit er großen Wert gelegt hatte, schien müde zu sein. Sie rutschte gelangweilt auf ihrem Stuhl herum, während auf der Leinwand die SA durch die Straßen marschierte, die Schaufenster jüdischer Geschäfte von Schulkindern demoliert wurden und der Himmel über den Konzentrationslagern seine düstere Farbe annahm. Hildwin hörte die auf Tonband nachgespielten Schreie der zum Abtransport in Eisenbahnwagen Getriebenen, sah die verängstigten Gesichter und Kinder mit erhobenen Händen auf der Leinwand.

Jetzt hat man ihn als Referenten des Holocaust entdeckt. Wagt er es nicht, sich einzugestehen, daß er an der Verantwortung leidet, die man ihm übertragen hat? In Gedanken spart er nicht mit versteckter Selbstironie, während sich in seine innere Auseinandersetzung Mayas gelangweiltes Gähnen stemmt.

Manchmal addiert er die sinnlosen Aktivitäten des Vaters, kritisiert dessen psychopathische Schuldzuweisung. Dann fühlt er sich selbst schuldig, weil er auf dem falschen Fuß zu stehen glaubt. Auch auf seinem Herzen gähnt die Langeweile, wenn er an die Wiederholung des Referates mit kleinen Veränderungen denkt. Er würde es natürlich der Altersstufe der Schüler anpassen, aber im Prinzip geht es um den gleichen Inhalt. Er prangert die

Schuldigen an, zu denen er nicht gehört. Oft zieht er sich, wenn er nach Hintergründen sucht, an Vermutungen hoch, probt Klimmzüge, um seiner Nation mildernde Umstände zuzubilligen, indem er den Hang zur Ordnung, die Sehnsucht nach einem einheitlichem Reich betont. Dann fallen seine Behauptungen nicht steil genug zu den verbrieften Tatsachen ab, und er fürchtet, jemand könnte den Vorsprung der Wirklichkeit geltend machen. Erinnerungsfetzen des Vaters bringt er selten ein. Hildwin wäre so gerne stolz auf sein Volk gewesen, und er kann es nicht verwinden, daß man auch seine Generation für ein Verbrechen der Großväter, für einen Völkermord eines Wahnsinnigen verantwortlich machen will. Soll er zulassen, daß bei seinem Sohn Fabian Schuldgefühle erzeugt werden, um einer Einstellung vorzubeugen, die er sich nie erwerben würde? Der Erziehungsfehler des Großvaters belastet schon genug, wenn sich der Fünfjährige durch seine Rassenzugehörigkeit für ein Leben im Jenseits für verloren hält. Denkt man nicht bereits an eine Erbsünde der deutschen Nation?

Hildwin setzt sich erschöpft auf einen der leeren Stühle, seine Finger durchwühlen seine graudurchwirkten Haare und finden nicht mehr zurück. Dann erhebt er sich ruckartig. Der ihn um das Referat bat, sitzt bereits in der kleinen Anlage auf einer Bank. Unruhige Erwartung stürzt aus seinem Blick.

»Na, haben Sie sich entschieden?« fragt er.

Hildwin nickt, nickt noch einmal. »Ja.« Es klingt gepreßt.

»Also, in zwei Wochen am Donnerstag!«

Auf dem Weg zu seinem Appartement in seiner Pension verdrängt nicht einmal der Gedanke an seine wissenschaftliche Arbeit sein Problem.

Am Abend ruft er die Eltern der Freundin seiner Tochter an. Von der Mutter erfährt er, wo sich das Tagebuch befindet. Maya hat es, um es den Eltern beim Putzen nicht auszuliefern, bei der Freundin versteckt. Er beschließt, es bei seiner Rückkehr sofort zu holen. Daß es auch einen aufschlußreichen Brief gibt, den

Maya an die Freundin richtete, erwähnt die Mutter nebenbei. Die Information belastet ihn sehr. Er bittet die Familie, den Brief nicht zu übersenden, um seine Frau nicht zu »belasten«, verspricht, ihn am Rückweg persönlich abzuholen.

Ein seltsames Gefühl beschleicht ihn. Ein Sonnenuntergang aus Schmerz und Erwartungsangst schwebt über ihm. Zwischen Angst und Schmerz und Neugierde und Angst ist er einem Wort auf der Spur, einem Wort, das er in jenem Brief zu finden hofft, zu finden fürchtet.

Hildwin öffnet das Fenster. Sein Blick verschwimmt in der Ferne. Die Dämmerung hat sich in der Talung festgebissen. Ein Schimmer Mondlicht bleibt auf der Hecke unter seinem Fenster liegen, bildet einen gespenstischen Kontrast zur Zimmerbeleuchtung. Er setzt sich zum Tisch, um sich auf das Referat vorzubereiten. Zuerst reibt er lange die Schläfen an den Handinnenflächen, als könnte diese Geste seine trüben Gedanken vertreiben, die Konzentration erhöhen. Dann legt er seinen Arm als Tangente an den Lichtschein der Tischlampe an.

Wind ist aufgekommen. Vom Bahnhof her hört er das Pfeifen und Rattern der Züge. Sein Arm berührt den David, der neben ihm auf den Schreibtisch steht, der David aus Bronze. Über dem Schreibtisch hängt Goethe in Weimar. Mit Gotelinde und den Töchtern besuchte er dort vor Jahren das Goethe-Museum. Nur Maya begleitete ihn nach einem anstrengenden Tag noch in die Fürstengruft. Wie ein Brief zu seinem Bestimmungsort war sie, in ihr Schicksal verflochten, unterwegs zu ihm. Nichts hätte sie bewegen können, mit Mutter und Schwester auf einer Bank neben dem Springbrunnen auf seine Rückkehr zu warten.

Die alte Traurigkeit steigt wieder in ihm auf. Er läßt sich gegen die Stuhllehne fallen. Seine Frau, die trotz der Adoptivtöchter immer wieder die Wahrscheinlichkeit, ein eigenes Kind zur Welt zu bringen, berechnete, konstruierte sich eine glückliche Zukunft, weil sie sich nicht an eine glückliche Vergangenheit erinnern wollte. Das betrübte ihn damals sehr.

Seine Ehe war nicht problemlos geblieben. Die Adoption der Kinder hatte ihren Lebensrhythmus verändert. Sie verloren den mühsam geschaffenen Spielraum, und Maya entschädigte nur ihn dafür. Manchmal lief sprachlos ein Streit zwischen ihnen ab, weil er Maya verteidigte, wenn das, was den Anstoß der Frau erregte, zu deren Wesen gehörte. Dann ging Gotelinde zu einem militärischen Stil über.

»Bist du mit mir oder mit Maya verheiratet?« fragte sie ihn eines Tages.

Die Frage war eigentlich gleichgültig in den Raum gestellt und bezog sich auf die Wahl seiner Hemden. Die sie stellte, erwartete nicht unbedingt eine konkrete Antwort. Noch nie hat er einen Gedanken auf den Bestand, die Fortdauer seiner Ehe verschwendet. Er heiratete Gotelinde, ohne je den Versuch zu unternehmen, diese Ehe zu gefährden.

Maya war zu dieser Zeit 18 Jahre alt, ein begehrenswertes Mädchen, das ihn liebte und, wie es scheinbar im Spaß behauptete, ihn, den Adoptivvater, jedem jungen Freund vorzog. Daß Maya keine feste Bindung einging und einen gewissen Abstand wahrte, hing freilich mit den Wertvorstellungen und Erziehungsmethoden der Adoptiveltern zusammen. Er kann nicht leugnen, daß ihn Mayas Liebe beeindruckte, aber zu einer Eifersuchtsszene bot sich kein Anlaß. Manchmal allerdings wußte er, wenn er das Haus verließ, daß er ein lächerlicher Vater wäre, falls seine Wiedergutmachung eine derartige Form annehmen würde. Beim Aufstehen atmete er ihn aus, diesen Gedanken. Ja, er fürchtete sogar, im Halbschlaf versehentlich die Namen zu verwechseln und die Aufmerksamkeit seiner Frau auf seine scheinbar abwegige Phantasie zu lenken. Das war bereits einmal geschehen, und er mußte die Niederlage hinnehmen.

Eine Zeitlang gewöhnte er sich in ihrer Gegenwart sogar im Bett das Reden ab, um ihrer stummen Vernichtung zu entgehen. Dann fühlte er sich geohrfeigt, wäre am liebsten aus sich herausgesprungen, weil er für etwas bestraft wurde, das sich nur im Inneren seiner Person abspielte.

Eine Zeitlang konzentriert sich Hildwin auf sein Referat. Die zwölf Glockentöne, in die Nacht geschickt, kommen durch das Wasser zu ihm, dröhnen durch den plötzlich einsetzenden Regen und ergeben eine gespenstische Klangfolge.

Daß er am nächsten Morgen statt mit dem Gedanken an sein Referat mit einer Lawine von Gedanken, mit Schuldgefühlen durchwühlt, aufwacht, hängt mit seinem Traum zusammen, in dem er Maya an der Stelle seiner Frau in den Armen hielt. Selbstvorwürfe plagen ihn. Ja, er wäre gerne aus sich herausgesprungen. Dann erinnert er sich an den Brief, den er in Mayas Jeansjacke fand und in Eile einsteckte.

Mit einer Auseinandersetzung mit Gotelinde fing es an. Der Rundfunk hatte an diesem Tag Erinnerungen ehemaliger Häftlinge des Konzentrationslagers Flossenbürg vorgestellt. Die Interviews mit den Betroffenen vermittelten Eindrücke vom Leben im Lager und von den »Todesmärschen«.

»Das kann man ja nicht mehr hören!« stellte seine Frau fest. »Wir büßen ständig dafür.«

Sein Entsetzen äußerte sich in einer völligen Bewegungslosigkeit, und es dauerte lange, bis er sich aus dieser Starre lösen konnte.

»Willst du unsere Kinder als Buße bezeichnen?« fragte er hinterhältig.

»Du kennst doch Mayas Unehrlichkeit!« klagte sie. »Sie wird wie ihre Mutter. Die lügt uns auch etwas vor.«

Sie wollte nicht verstehen. Dazu kam, daß die drei Kinder ihre Kräfte bis zum Rand des Tragbaren erschöpften. Das war die Zeit, in der ein Brief von einer Frau eintraf, die sich als Mayas Mutter bezeichnete, die behauptete, das Kind wäre ihr vom Großvater gewaltsam weggenommen worden. Kurz, sie wollte die Tochter abholen, um sie vermutlich für sich arbeiten zu lassen. Es gelang ihm, über einen Juristen die Frau auszuschalten. Die Zeit drängt. Er steckt den Brief ein. Verzweifelt kämpft er um Konzentration, weil das Referat für neun Uhr angesetzt ist. Zuerst entzieht sich ihm das Wort, als hätte er seinen Text verlernt. Dann geht es um praktische Versuche, um Computer, die menschliche Gesichtszüge erkennen. Biologische Prinzipien sollen auf einen Rechner übertragen werden. Er veranschaulicht, wie das menschliche Gehirn in Hundertstelsekunden ein Gesicht erkennt und ein Zehntel Sekunden später weiß, ob er die Person kennt. Die Zuhörer sollen die Prinzipien des Sehens am Rechner überprüfen.

Unermüdlich stellt er immer neue Experimente vor: Computer ordnen das Geschlecht zu. Ein elektronischer Pförtner erkennt unerwünschte Besucher. Ein Biologe mißt am Forschungsinstitut die Aktivität einer Gehirnzelle.

Dann bringt er die Seele ins Spiel. In der Wechselwirkung zweier Gehirne bildet sich das Bewußtsein. Die Maschine entwickelt eine eigene Sicht.

Aber etwas schwingt in seiner Stimme mit. Ist es der abgestandene Abschied? Der Schmerz? Seiner Stimme fehlt die Leichtigkeit. Angst und Trauer schweben mit. Der Gedanke an seine Roboterdame weckt die Erinnerung an Maya.

Immer noch redet er von einer menschlichen Maschine, die über Batterien läuft und sich in der Natur selbst aufzuladen vermag. Wie der Mensch müßte sie ihre natürlichen Bedürfnisse nach Nahrung und Wasser selbst befriedigen. Sie könnte die Landschaft wahrnehmen und auch die Umgebung wiedererkennen. Das würde bestimmte Vorstellungen voraussetzen. Begriffe, Farben und Formen wären ihr vertraut.

Bilderreich stehen seine Sätze im Raum. Gefühle müsse seine Maschine entwickeln und Entscheidungen treffen, sagt er. Er würde ihr die Möglichkeit bieten, Erfahrungen zu machen, zu lernen und sich eine Sprache zu erwerben. Sie wäre die Voraussetzung für die Kommunikationsfähigkeit seines Roboters und Ausgangspunkt sozialer Kontakte.

In die reale Welt will er seine aus einfachen Elementen und Verschaltungen, die die Funktion der Nervenzellen im Gehirn ersetzen, bestehende Maschine einführen. Kurz, nach dem Vorbild des Homo sapiens will er sie konstruieren.

Auch unaufmerksame Zuhörer werden aufmerksam. Es ist eine faszinierende Idee. Ob der Computer auch mit einem Charakter ausgestattet wird, wollen sie wissen, ob er sich im Lebenskampf bewähren kann.

Ja, er muß sich bewähren können, sagt er und denkt an Maya. Ihre Situation nachzuspielen, dazu will er ihn bauen, diesen künstlichen Organismus, und beweisen, wie Maya auf Eifersucht oder Prestigeverlust durch die leibliche Mutter reagiert hat, ob Selbstmord die Antwort auf eine verständnislose Umwelt gewesen sein könnte. Der Roboter soll seine individuelle Spielart des Abschieds von seiner Tochter sein. Aber das sagt er nicht.

Nach dem Referat eilt Hildwin zielgerichtet durch die Straßen. Seine erschöpften Augen folgen dem Licht. Schon lange schafft er es nicht mehr, einfach zu gehen, seinen Füßen das Ziel zu überlassen. Unter perfektem Himmel knirscht er seinen Ärger darüber auf den sandigen Weg der Anlage, die er durchquert. Wird ihm der Aufbruch in die Vergangenheit mit Maya in dieser Weise gelingen? Aufbruch sollte ein Weg zum Glück sein.

Wer liebt, läßt sich im Vertrauen auf den anderen ein. Sie vertraute ihm, das weiß er. Liebe ist eine Sehnsucht nach Selbstüberwindung, die zum Größeren, Reiferen drängt.

»Sie ist so verschlossen«, behauptete seine Frau. Nein, seine Maya war ihm gegenüber offen. Wer sich nicht zum anderen hin öffnet, kann nicht wachsen, und seine Tochter wollte in ihm wachsen, eins mit ihm sein.

Dann drängt sich ihm eine Frage mit solcher Vehemenz auf, daß er erschöpft stehenbleibt. Kann er ihre Innenwelt wirklich beurteilen? Warum, wenn sie ihn liebte, hat sie ihm ihr Problem nicht anvertraut?

Der Zug steht abfahrbereit am Bahnsteig, als er ankommt. Daß Hildwin noch einmal in die falsche Richtung fährt, ist geplanter Zufall, so paradox es auch klingt.

Er steigt aus, ohne so recht zu wissen, was er hier will. Er überquert den Fluß, bleibt auf der Brücke stehen, geht auf der Gegenseite zurück, ein Stück am Fluß entlang. Ruhe und Besinnlichkeit umgeben ihn. Das ist es, was er sucht.

Am Hang lehnt die Altstadt, vergeistigt, in sich versunken. So hat er ihr dieses Städtchen nahegebracht. Maya sollte hier studieren, in dieser Oase der Besinnlichkeit.

Er steigt die Bergstraße hinauf, betritt eine der gotischen Kirchen. Kühle weht ihn an. Selbst zum Gebet fehlen ihm in diesem Augenblick die Worte. Ein Mystiker ist er nicht, aber auch er erwartet die Erfüllung nicht erst am Ende der Zeiten.

Der Zweifel plagt ihn, weil er Maya doch nicht bis zum Rand denken kann, ihr Innenleben vielleicht nur zu kennen glaubt.

Eigentlich wollte er durch die Adoption der beiden Kinder mit der Vergangenheit abschließen.

Er steigt die Treppen zur Burg auf, läßt den Blick zum Fluß schweifen, hin zur Universität. Dort unten standen sie, dort auf der Brücke, weil er ihr die Universität zeigen wollte. Sie schaute sich dann interessiert im Hörsaal um, setzte sich auf einen der Stühle. Auch ihr gefiel diese Stadt, und sie wollte, was er wollte.

Trägt die Adoptivmutter nicht doch einen Teil der Schuld? Stieß sie in ihrem Egoismus Maya zurück? Lehnte das Mädchen nicht die autoritäre Form der Erziehung entschieden ab? Die geronnene Wut in der Stimme, als er sie nach der Auseinandersetzung fragte, klingt noch in seinen Ohren nach.

Oder hat er sich im Labyrinth seiner Gefühle verirrt? Stellt er sein Mißtrauen in Frage. Er fühlt sich jedenfalls leergebrannt, zieht den linken Mundwinkel nach oben, kneift das Auge zu. Dann geht er wieder die Treppen zum Fluß hinunter. In der Bewegung löste sich die Spannung langsam.

Unten setzt er sich auf eine Bank, weil sein Handy piepst. Seine Frau hat eine Information für ihn. Die Polizei will etwas über ihre Beziehung zu Maya wissen.

»Was soll das? Was hast du ihnen gesagt?« will sie wissen.

Wieder der geronnene, abgestandene Ärger in der Stimme, den sie wegklagen muß. Er sieht sie vor sich, wie sie verständnislos mit der Schulter zuckt. Er hat sie durch sein »Geschwätz« in eine peinliche Situation gebracht. Was soll sie ihnen sagen?

Er sprach natürlich nur von einem »natürlichen Verhältnis« zwischen Tochter und Adoptivmutter, von »Spannungen, die durch Wachsen und Reifen junger Menschen« bedingt sind, aber diese Versicherung ändert die Endzeitstimmung nicht, die auf dem Gespräch lastet. Die Frau ärgert sich über sein »unsachgemäßes Geschwätz«, und sie ärgert sich über das Gerede der Leute, wenn die Polizei ins Haus kommt und Fragen beantwortet haben möchte. Kurz, es schwirren giftige Worte durch die Luft, und er beendet das Telefonat so rasch wie möglich.

Aus der Universität kommen Studenten und Studentinnen mit kleinen Rucksäcken, in denen sie ihre neu erworbenen Kenntnisse, schriftlich fixiert, nach Hause tragen. Viele kommen und gehen, die Mappen unter dem Arm, zu Fuß oder lehnen die Fahrräder an das Brückengeländer, bevor sie die Brücke betreten. Ein Paar steigt über die Treppen zu der bergigen Wohngegend auf. Er dreht die Zeit um Jahre zurück, eine Handvoll Erinnerung in der Tasche:

Maya will ihren kleinen blauen Rucksack benutzen. Sprachen wird sie vielleicht studieren, oder Literatur und Philosophie, weil er es will, aber sie muß noch zwei Jahre die Schule besuchen, das Abitur ablegen.

Hat es nicht damals Gotelinde schon an Verständnis gefehlt? An Mayas Geburtstag verheizte sie mit dem verblichenen blauen Rucksack, den sie durch eine teuere Schultasche aus feinem Leder ersetzte, Mayas Kinderträume. Den stummen Vorwurf ihrer großen schwarzen Augen nahm sie nicht einmal wahr.

Hildwins Blick folgt den Mädchen und jungen Männern, die dem Eingang zustreben oder die Universität verlassen, am Fluß entlanggehen.

Unten, auf dem sauber gemähten Rasen, den die Sonne lindgrün aufleuchten läßt, spielen Studenten Baseball. Dort lief sie damals barfuß durch das Gras. Es war heiß. Er fand ein vierblättriges Kleeblatt. Sie preßte es. Kleine Dinge aus seiner Hand waren ihr kostbar.

Auch er hatte versagt. Darum vertraute sie ihm nicht mehr. War er nicht immer zu sehr mit seinem eigenen Pulsschlag beschäftigt? Statt das in ihr zögernd reifende Mädchen zu sehen? Dazu kam, daß ihn Mayas Gegenwart in einen Zwiespalt stürzte, denn Gotelindes Anspruch ließ sich nicht wegdiskutieren. Liebte ihn Maya in einer Weise, wie es zwischen Vater und Tochter unüblich, vielleicht sogar *abnorm* ist? Er spürt das Wort zwischen den Zähnen hervorkommen.

»Unsinn«, sagt er laut. »Unsinn!« Was soll an ihrer Beziehung abnorm sein? Aber er kann es nicht verhindern, daß dieser Gedanke schwer auf seinem Gemüt lastet. Ein Zweifel, ein stummer Vorwurf schleichen sich immer erneut in seine Überlegungen. Warum hat er nie eine offene Aussprache über ihre Beziehung zu ihm provoziert? Warum nicht eine Diskussion über das Problem allgemein angeregt, um sich Klarheit zu verschaffen? Hildwin ist nicht dazu geboren, in Angst zu leben, aber er hat jetzt oft das Gefühl, in sich hineinzuwachsen, vor Angst auszutrocknen.

Ein sanfter, frischer Wind weht vom Fluß her. Hildwin, der sonst Sportliche, erhebt sich langsam. Mit den kurzen, schleppenden Schritten eines alten Mannes geht er zum Bahnhof zurück. Wird er, wie geplant, durch seinen Aufenthalt zwei Stunden verspätet – 90 Minuten hat er mit eingerechnet –, mit seinem Kollegen zusammentreffen?

Er setzt sich am Bahnsteig auf eine Bank, zieht erneut ihr Bild aus der Innentasche seines Jacketts. Dann legt er das Bild der

Mutter, das diese dem Brief an die Tochter beilegte, daneben. Ja, wie die Mutter, denkt er.

Er schlägt Maya nicht wie einen Begriff in einem Inhaltsverzeichnis nach, überfliegt ihr Wesen nicht, wie er es mit Sarah versuchte, gelegentlich auch mit Gotelinde praktizierte; er unterzieht sie immer wieder einer systematischen Lektüre, prüft ihre dunkle Stimme, die Tonfarbe, holt ihren Blick, ihr Lächeln ein, jede ihrer Bewegungen, mit der sie ihre schwarzen glänzenden Haare zurückwarf, wenn sie nicht mit einer Spange zusammengehalten waren.

Wie schrecklich muß die Erkenntnis gewesen sein, daß die Mutter in einem Dirnenmilieu lebt! Das Tagebuch! Ja das Tagebuch wird Einblick vermitteln. Daß eine halbe Stunde später die Mutter der Freundin dieses Tagebuch freigeben würde, nimmt er nicht an.

Die heiseren Töne der alten Turmuhr der kleinen Dorfkirche erinnern ihn an die verlängerte Mittagspause, an die Verzögerung, als das Handtelefon piepst. Die Dame teilt ihm sachlich mit, daß die Tochter bereit ist, ihm das Tagebuch, das sie für Maya aufbewahrte, zu übergeben, da anzunehmen sei, daß die Information zur Klärung der Todesursache beitragen könne. Ob sie es zum Bahnhof bringen soll, will sie wissen. Hildwin bedankt sich, fragt nach dem Grund dieser zweifelhaften Verhaltensweise. Maya besaß ein eigenes Zimmer und hätte das Tagebuch einsperren können.

»Allüren pubertierender Mädchen?« sagt die Stimme im Telefon, und die Frage beschreibt eine ausschweifende Kurve.

Hildwin verspricht, am nächsten Morgen zum Ausgang zu kommen. Dann begleitet ein langes Pfeifen die Abfahrt.

So schnell wie möglich will er dieses Dokument besitzen. Er läßt das Gesicht in die Handflächen fallen, Gedankenlawinen verschütten ihn.

Dann folgen seine Augen automatisch der Veränderung der Landschaft, der Geometrie der leuchtend gelben Rapsfelder, den kleinen, sonnenbeschienenen Ziegeldächern in den Tälern und an den Hängen.

Er ist nicht zu einer Unterhaltung, zu Diskussionen aufgelegt, aber nachdem er, durch seine Verspätung bedingt, den Bekannten nicht mehr begegnete, steigt er bei der nächsten Station aus und folgt der Einladung eines Fachkollegen, weil er es versprach, eines Fachkollegen, der zu den interessierten Zuhörern gehörte. Er wohnt etwas abseits am Waldrand. Hildwin hat mit ihm studiert und verschiedene technische Methoden praktiziert.

Schwüle Luft liegt über den späten Nachmittagsstunden und verleitet zu einem Essen im Freien. Auf der Terrasse hat die Frau bereits den Tisch gedeckt. Ein bunter Schmetterling kreist um ihr frisch blondiertes, in kleine Löckchen gelegtes Haar. Während sie das Tablett mit den belegten Broten, den Kuchen und die Tassen bringt, beobachtet Hildwin den vierzehnjährigen Sohn der Familie, der für die Salat- und Erdbeerbeete Vogelscheuchen baut.

»Ein schwererziehbares Kind, eigenwillig und trotzig«, klagt die Mutter.

»Zum Lernen müssen wir den Jungen zwingen, aber er ist künstlerisch hochbegabt, sagt sein Lehrer.«

Aus Ton geformte Köpfe stecken auf langen Stangen mit fliegenden Gewändern. Hildwin betrachtet interessiert die seltenen Gestalten. Wo hat er nur diese Gesichter schon gesehen? Dann erkennt er sie. Die Augenstellung, die Brille etwas nach unten geschoben, die verhältnismäßig gerade Nase, eine hohe Stirne unter dem weißen Haaransatz, die zusammengekniffenen Lippen, nach unten tendierende Mundwinkel, der bittere Zug, ein trotzig, unnachgiebiger Ausdruck des breiten Gesichtes. »Kohl-Dampf« steht auf dem Mantelärmel. In der Hand hält die Gestalt ein Bündel Banknoten, die sich im Wind bewegen. Daneben steht der zweite Brillenträger, etwas kleiner von Gestalt, Sorgenfurchen unter braunem Haar, auch er läßt unter dunklem Mantel die weißen Manschetten sehen. Er hält eine Weinflasche in der Hand. »Späth-Lese« kann er entziffern. Der sich als »Geißler« ausweist, trägt eine Krawatte und hält einen Riesenstift mit einer Geißel in der Hand. Einer Frau, noch kopflos, hat der kleine Künstler einen großen Schreibblock unter den Arm geklemmt. Schilder für die noch unfertigen Köpfe liegen bereit: »Goldwäscherei«. Soll das ein Schatzmeister werden? Dort Riesenstifte, eine Lupe.

»Die Spendenaffäre kennt der Junge aus dem Fernsehen«, erläutert die Mutter. »Und der Lehrer hat in der Schule darüber gesprochen.

Ja, die Jugend muß die neuen Taten der Nation verarbeiten. Der Wähler erwartet ein Vorbild, dem er vertrauen kann.«

Das Wort »Vorbild« stellt Hildwins Person in Frage, weil er in diesem Moment nicht an die Politik, sondern an seine eigenen Kinder denkt. Es zwingt ihm das Erschrecken ins Gesicht. Der Gedanke, der längst parallel zu dem abläuft, was gesprochen wird, der ihn bedrängt, sich verbalisieren will, ihn wehrt er erbittert ab, bevor er sich zu einer Entgegnung zwingt: »Haben nicht unsere Großväter bedenkenlos Hitler gewählt, weil sie ihm vertrauten? In der Hoffnung auf ein vereinigtes starkes Reich, ohne an eine Katastrophe, ein Verbrechen zu denken? Freilich, damals ging es um Mord, diesmal um Geld, aber das Vertrauen der Wähler wurde nicht weniger mißbraucht. Wie viele hätten für diese veruntreuten Millionen gespeist werden können? Wie vielen Pflegefällen wäre damit geholfen gewesen? Viele Bauwerke in Ostdeutschland könnten saniert werden.«

Vor seinen Augen sammeln sich unzählige bunte Tupfen. Automatisch schiebt er den Löffel mit der köstlichen Nachspeise zwischen die Lippen. »Man denke nur an diese fragwürdigen Wahlkämpfe!« sagt er. »Wahlkämpfe mit fragwürdigen Spendengeldern.«

Aber in Hildwin lärmt es noch. Er hört kaum die Entgegnung der Gastgeber. Die Frau gießt Tee auf, fordert zum Essen auf. Der Nachtisch besteht aus verschiedenen Obstsorten in Alkohol, mit einer Sahnehaube verfeinert. »Sehr schmackhaft!« lobt er, aber sein Gaumen stößt den Geschmack ab, sein Geruchsinn weigert sich, den feinen Duft wahrzunehmen.

Das Gespräch kreist längst um die geplante Parkanlage um das Konzentrationslager, die den Besuchern die Möglichkeit zum Verweilen bieten soll. Hildwins Gesprächsbeteiligung besteht nur noch aus Kopfschütteln, Nicken und einem schwachen »Ja, ja.«

Der Gedanke geißelt ihn. Er hat versagt, weil er sich nicht durchzusetzen verstand. Warum hat er Mayas Beziehung zu Gotelinde nicht geklärt? Sie glaubte ihn auf deren Seite und fühlte sich verlassen. Ihm fehlte der Mut, den sie von ihm erwartete.

»Nicht wahr, Vogelscheuchen sollen immer abschrecken«, fragt der Junge den Vater.

Dem wird die Situation peinlich, und er versucht abzulenken. »Dein Fabian wird die Schauergeschichten deines Vaters auch bald vergessen und sich mit dem gegenwärtigen Geschehen auseinandersetzen.«

Hildwins zynische Bemerkung übernimmt stellvertretend der Zug um seinen Mund. Sein linker Mundwinkel zieht sich leicht nach oben. »Er hat Probleme, weil er nicht zum auserwählten Volk gehört.«

Die Gastgeber lachen, aber der Gedanke an Fabians Gebet zieht Hildwin immer wieder kalte Schauer über den Rücken. »Lieber Gott, laß mich bitte auch einmal in den Himmel kommen, weil ich doch nichts dafür kann, daß ich ein Arier bin wie mein Großvater, der die Juden erschossen hat.«

Hildwin erinnert sich genau an die Haltung seines Sohnes. Er stand aufrecht vor seinem Bett, überlegte lange, bevor er hinzufügte: »... und meine tote Schwester auch, weil sie doch wie ich ein Christ ist, und du hast ja nur die Israeliten ausgewählt.«

Das Wort »auserwählt« liegt seinem Verständnis zu fern.

Der Freund rät ihm, den Vater davon abzuhalten, Fabian weiter zu Minderwertigkeitsgefühlen zu verhelfen.

Hildwin hebt resigniert die Schultern. »Er liebt ihn. Wie soll ich den Enkel vom Großvater trennen? Mein Vater sollte endlich die Vergangenheit zu überholen imstande sein. Aber er schiebt sie wie einen Felsbrocken vor sich her. Entgleitet sie ihm, weiß er sie immer wieder zu finden. Er hält die Beschäftigung mit ihr für seine Pflicht.«

Zum Zeichen seiner Ohnmacht läßt er sich in den Sessel zurückfallen. »Fabians heller Kopf schafft ihm genug Probleme. Er stellt Fragen, auf die auch ich nicht antworten kann. Der Vater nimmt jetzt oft die Bibel zur Hilfe. Warum die Juden nach der Taufe Christi nicht Christen wurden und sich nach seinem Vorbild taufen ließen, wenn sie schon ausgewählt waren, wollte er wissen. Einmal verfiel er sogar auf den Gedanken, daß sie deshalb, weil sie sich nicht wie Christus taufen ließen, für ihren Ungehorsam bestraft wurden und vergast werden mußten. ›Wenn ich ausgewählt werde aufzupassen und die Kinder lärmen, weil ich es nicht mache, werde ich von der Heidi bestraft‹, erläuterte er mir seine Vorstellung und versetzte den Großvater in helle Verzweiflung. ›Da siehst du, wie deine Bemühungen mißverstanden werden, welche Verwirrung du stiftest!‹ sagten wir ihm. Aber er kann sich eben nicht gegen seinen Strich verhalten.«

Selbst der kleine Künstler, der inzwischen zum Abendbrot erschienen ist, lacht.

»Andererseits lebt mein Sohn noch in der Welt der Märchen. Als er vom Tod der Schwester hörte und daß man Schilf neben der Leiche fand, verbanden sich zwei Märchen, Schneewittchen und das Märchen vom Wassermann, in seiner Phantasie. Wir hätten sie nicht aus dem Meer tragen sollen, meinte er, weil sie zu Poseidon und den Nymphen schwimmen wollte. Er setzt Poseidon und den Wassermann gleich. Die Nymphen hätten sie in einen gläsernen Sarg gelegt und wären gestolpert. Dann hätte Maya das Wasser wieder ausgespuckt und wäre zum Leben erwacht.«

»Ihr kleiner Sohn soll sehr begabt sein«, sagt die Gastgeberin. »Der Lehrer hat es erzählt.«

Hildwin kennt ihn seit seiner Kindheit, lädt ihn gelegentlich ein. Mit seinen unerschöpflichen Themen und einem Malkasten regt er Fabian zu seinen Gemälden an.

»Ich bin froh, daß er nicht nur die Erzählungen des Vaters wiedergibt«, sagt Hildwin. »Seine Darstellung des Todes der Schwester liegt noch in meiner Schublade. Er hat es mir geschenkt.

Mit reinen, unvermischten Farben, kontrastreich zeigt er ihr Schicksal. Das helle und dunkle Grün des Schilfs steht gegen die grell leuchtenden Rottöne in Mayas Gesicht und gegen die der Fische. Er besitzt ein Aquarium mit Goldfischen.

Der schwarze, bizarr wirkende Kopfschmuck des Meeresgottes, durch grüne Schatten gesteigert, wirkt beängstigend. Schwarze Linien betonen Mayas geschlossene Augen, die Konturen ihres Gesichtes. Das tote Antlitz wirkt starr, maskiert, die Gestalt dagegen puppenhaft, hölzern, unwirklich. Fabian malt grob vereinfacht, oft mit aggressiven Farbakkorden, gelegentlich wirken seine Farbflecken und Punkte, wenn er Schiffe oder Autos darstellt, fast pointillistisch. Seine Gestalten aber charakterisieren klare Konturen. Der in der Sonne hell leuchtende Uferstreifen, der von Bäumen begrenzt wird, beweist, daß der Maler das Geschehen in die Mittagsstunden verlegt hat, aber der hügelige Sandfleck wirkt einsam, verlassen und sicher sehr realistisch.

Ein schwefelgelber Himmel über dem Blauviolett des Flusses beweist seine Vorliebe für Kontraste. Trotz der ungelenken kindlichen Handschrift ist das Bild nach Aussagen des Lehrers das Werk eines sehr begabten Kindes.«

Der Freund nickt zustimmend.

»Mayas Tod ist sicher sehr schmerzlich für euch, aber der Kleine wird euch darüber hinweghelfen. War nicht die Zwölfjährige, die durch einen schweren Unfall starb, auch Asiatin?«

»Ja, unser zweites Adoptivkind. Ein Lastwagen achtete nicht auf die Radfahrerin. Jemina war sofort tot.«

Der sachliche Berichtton, in dem Hildwin dieses Ereignis feststellt, läßt den Gastgeber erstaunt aufhorchen.

Gotelinde klagte nie über Erziehungsprobleme. Jemina wurde auch in der Schule für brav, leicht beeinflußbar gehalten. Aber er fragte sich damals ernsthaft, ob nicht ihre fanatische Selbständigkeitserziehung wesentlich zu diesem Unfall beitrug.

Wie Hammerschläge treffen die Worte des anderen sein Ohr: »War deine Frau eigentlich sofort einverstanden, als du Kinder adoptieren wolltest?«

Dann sagt er es, daß sie sich wehrte, seinen Wunsch und den der Schwiegereltern als Zumutung empfand, daß sie erst nach langem Zögern zustimmte.

»Sie gewöhnte sich bald an ihre neue Rolle.« Das ist nicht der Satz, der Hildwin zwischen die Lippen fällt, den er verbissen mit den Zähnen festhält.

*Sie hat Mayas Tod verschuldet.* Er glaubt es jetzt sicher zu wissen, daß sich die Frau unbewußt jahrelang gegen den Druck von außen wehrte und die Frustration an Maya abbaute. Sie war es, die Maya in den Tod trieb, weil sie sie zwangen, fremde Kinder zu erziehen. *Wir sind die Mörder*, denkt er. Aber er sagt es nicht.

»Sie war ja nicht allein. Du konntest sie mit deiner Freude über die Mädchen sicher mitreißen.« Er hat sich nie darum bemüht, ihr zu helfen. Die stumme Selbstanklage treibt ihm die Farbe aus dem Gesicht.

»Ist Ihnen nicht gut?« fragt die Hausfrau besorgt, aber Hildwin hat sich wieder gefaßt, lobt die schmackhafte Zubereitung der Speisen, besonders den Nachtisch, den auch sein kleiner Sohn vorziehen würde.

»Laß nicht zu, daß der Großvater den Enkel so belastet! Schick ihn doch zu einem Psychiater!« rät der Hausherr.

Der alte Herr, den er als seinen Vater vorstellte, mischt sich ins Gespräch. »Wer Hitler so hautnah miterlebte, braucht lange, bis er dessen kriminelle Taten verarbeitet hat.«

Seine Erscheinung nähert sich Bildern von Spitzweg. Ein schrulliger Geselle, der in seinem grünsamtenen »Schlafrock« vom Schnitt eines Bademantels in einer bequemen Sofaecke lehnt.

Hildwin hat einzelne seiner anekdotischen Briefe aus dem Feld gelesen, kennt seine skurrilen Ideen wie seine biedermeierlichen Sehnsüchte.

Aber über Hitlers Blendwerk weiß er Bescheid. Da kennt er sich genau aus. Schließlich hat er, mit todbringendem Wissen angereichert, als Pilot Giftbomben abgeworfen. Er war noch viel zu jung für den Krieg. Es war die Zeit, in der man studiert, forscht. Ja, verlorene Jahre waren es, vergeudete Kräfte. Was hätte er in dieser Zeit nicht alles lernen, leisten können! Aber andere waren noch schlimmer dran. Dem Bruder seines Schulfreundes zwang man mit sechzehn die SS-Uniform auf und zog ihn ein. Ein Kind, unerfahren. Als er schwerverletzt im Lazarett lag, schrie er nach der Mama. In seinem gut sortierten Gedächtnis findet der alte Mann noch viele Namen, mit zugehörigem Alter und Funktion versehen, und ruft unzählige Opfer Hitlers in Erinnerung.

»Nein, Hildwin, wir waren nicht schuld! Die Politik hat der Adolf gemacht.« Seiner humorig-spießbürgerlichen Art, seiner Sehnsucht nach Ruhe und Abgeschlossenheit steht jede kriegerische Auseinandersetzung, jede gefährliche Einmischung in das politische Geschehen entgegen.

»Hitlers Blendwerk wurde von einer Nation, die nach Stärke, Einheit und Ordnung lechzte, nicht durchschaut. Man erwartete von ihm ein starkes, einheitliches Vaterland und glaubte seinen Parolen. Worin lag unsere Schuld?«

Er wollte und konnte Hildwins Argumente nicht verstehen, der den Völkermord jedem Deutschen, der sich nicht am aktiven Widerstand beteiligte, auf die Rechnung setzte, die er zu begleichen hatte; aber selbst nichts sehnsüchtiger wünschte, als davon befreit zu sein. Immer ist seine Rolle eine Nummer zu groß als Gegner des Nationalsozialismus, was der alte Herr sofort merkt. »Mit diesem Holocaust werden wir leben müssen«, sagt er gleichgültig.

Der Alte kramt in der Schublade, legt Fotos von einer Ausstellung vor Hildwin auf den Tisch.

Allgemein bekannte Bilder, die eine Folge von Szenen der Vertreibung festhalten, fliegen ihn an. Ja, die sudentendeutsche Misere, die kennt er natürlich. Aber warum will er die mit einem Völkermord vergleichen?

»Sollen die Wiedergutmachung treiben? In den Marienbader Gesprächen wird der tschechische Versöhnungsfond angesprochen. Experten stellen fest, daß die vertriebenen und völlig entrechteten Sudetendeutschen von tschechischer Seite noch keine Krone Entschädigung erhielten, während sich unsere deutsche Wiedergutmachung an tschechischen NS-Opfern auf eine halbe Milliarde Mark summiert. Die Gedenkstätten sind unauffällig, bescheiden; ein Kreuz auf freiem Feld erinnert an die Gewalttaten, an die des Brünner Todesmarsches in Porlitz und Prerau. Tausende Sudetendeutsche wurden von tschechischen Mordbanden zur österreichischen Grenze getrieben, wo sie unter schrecklichen Martern umkamen.

In der Nähe von Olmitz wird der von slowakischer Soldateska ermordeten Deutschen gedacht. Glauben Sie an ein schlechtes Gewissen dieser Nation? Apropos schlechtes Gewissen: Das wird unsere Kinder und Enkel auch verfolgen, wenn sie sich an die Spendenaffäre erinnern!«

Dann tickt die Schmiergeldsituation noch eine Zeitlang vor sich hin. Der Alte im langen »Schlafrock« zieht mit der Zeitung ein verschmitztes Lächeln aus der Schublade.

»Da, Geldwäsche, das gibt es auch bei uns! Neue Spuren zur Quelle der CDU-Millionen hat man entdeckt und ein ›klinisch reines Büro‹, ›aktenlose Übergänge‹. Was glauben Sie, wie vielen Generationen unseres Volkes man diese Misere vorwerfen wird? Der vorbildlich empfundene Rechtsstaat entschädigte lange die Bürger, erfüllte steile Hoffnungen oder schien sie zu erfüllen, wenn sie an den Zusammenschluß denken. Deshalb ist unsere Enttäuschung um so größer, aber wir sind nicht schuld. Wollen Sie vielleicht auch noch für die veruntreuten Millionen Wiedergutmachung übernehmen?«

»Wollen Sie behaupten, daß wir für Überflüssiges eintreten?«
Hildwin fühlt sich persönlich angegriffen, glaubt sich als Referent
und Adoptivvater in seiner Intention in Frage gestellt. Aber seine mit etwas zerfranster Stimme gestellte Frage wird von zwei
Uhren übertönt, die gleichzeitig in die Mitternachtsstunde schlagen, wobei der Kuckuck die Kirchenuhr überschreit.
Der alte Herr winkt ab, erhebt sich, winkt Hildwin einen Gruß
zu und schlurft, »Deutschland, Deutschland über alles« pfeifend,
aus dem Zimmer.
Es hat leicht zu regnen angefangen. Die großen Tropfen ver-
schmieren die etwas staubige Windschutzscheibe, als Hildwin mit
dem Freund zum Bahnhof fährt. Bald kann er das Tagebuch in der
Hand halten. Im Eisenbahnwagen spielt er den Mitreisenden den
unschuldig Schlafenden vor. Die Nacht treibt bereits schwarze
Gespenster am Fenster vorbei.
Die Vergangenheit holt ihn wieder ein: Maya mit dem
Blumenstrohhut am Strand. Er schaukelt sie in den Armen. Der
große Wasserball trifft ihn am Ohr. Hand in Hand laufen sie
durch den weißen Sand. Sie wächst unter seinen Augen. »Siehst
du das Schloß im Sand? Ich habe es für dich gebaut.« Maya sitzt
unter ihrem langen Haar im Gras und schreibt in das Tagebuch.
»Ist das eigentlich deine Freundin, der du da schreibst?« Paß
auf, Kind! Verrat wälzt sich um dich! Wie soll ich dich vor meinen Feinden schützen? Umgeben will ich dich mit mir, aber sei
vorsichtig, denn du bist meine Königin. Der Maibaum hat dich
gewählt, und die Erde trägt dich als Frühling. Laß dich leicht
werden, damit sie deiner Last nicht überdrüssig wird!
Eine Welt läßt er in seiner Phantasie entstehen, in der er sie
schützen, vor verständnislosen Menschen bewahren kann. Fiktiv
will er ein versäumtes Verhalten nachholen.
Siehst du dort unten den einsamen, goldgelb leuchtenden Tempel
inmitten der grünbraunen Hügel? Von Portinico kamen wir und
fuhren nach Alcamo, nach Califafimi. Du stauntest die gigantische Ruinenstätte an, das Trümmerfeld vor dem Hintergrund

des afrikanischen Meeres. Segesta und das Ruinengelände Seliunt waren es, die du in deinem Reisetagebuch skizziertest. Dein Tagebuch faßte die Erlebnisse nicht, und wir kauften in Catania, in dieser turbulenten, hektischen Stadt, einen dicken Schreibblock für dich. Dort schriebst du auch jenen Brief an die Freundin, der mich befreien oder vernichten kann.

Hildwins Seufzer windet sich aus dem Uferschilf. Es stöhnt ihm vom Fluß her entgegen, von dort, wo man sie fand. Schwimm weiter, Maya, langsamer atmen! Sieh die Windmarken im Wasser! Strudel sind gefährlich. Die Strömung reißt dich mit und trennt dich von mir, wenn du sie nicht besiegst.

Fahrgäste sind eingestiegen. »Schläft der Mann, Mami?« fragt ein kleines Mädchen. Nur jetzt die Augen nicht öffnen!

Deine Augen sehen mich so ungläubig an wie damals. Der Ginster blühte zwischen den schwarzen Lavaformationen. Wir liefen um die Kratermündung herum, kletterten über den roten vulkanischen Grus, über Asche und über die Steine, aus denen der Berg zusammengehäufelt ist.

Deine Mutter war es, die plötzlich unkontrolliert sagte, daß das Lügen zu deinem Wesen gehöre, weil sie die Absicht des jungen Mannes verkannte, mit dem du verreisen wolltest. Sehr heftig hast du den Angriff beantwortet, aber ich begnügte mich mit einer scherzhaften Rüge, um keinen Streit zu entfachen. War meine Feigheit der Grund, daß du jetzt beschrieben und fotografiert unter vielen Vermutungen und Blumen liegst?

Er probiert in Gedanken ein Wort aus in ihrem Ohr. Oh Gott, wie jung du bist, Maya! Atme die Luft, mein Kind, die in den Rosen geschlafen hat! Die Vergangenheit hat noch nicht begonnen.

Hätte der Computer die Fahrgäste nicht auf die Stationen aufmerksam gemacht, hätte Hildwin vergessen auszusteigen, um am Ausgang Brief und Tagebuch abzuholen.

Der Vater der Freundin ist es, der das Tagebuch zum Bahnsteig bringt. Den Brief hat die Mutter verlegt, aber sie wird ihn, wenn sie zurückkommt, sofort suchen und nachschicken. Darauf kann er sich verlassen, sagt er. Das seltsamen Lächeln des Mannes verunsichert ihn. Will man ihm etwas vorenthalten?

Trotzdem vertieft er sich, den Todesursachen auf der Spur, im Abteil sofort in das Tagebuch, das er seiner Tochter zuletzt schenkte. Sie hat es nur bis zur Hälfte beschrieben. Ob sie die anderen Tagebücher in ihrem Zimmer aufbewahrte oder vernichtete, will er bei seiner Rückkehr feststellen.

Der Abend ist längst eingeschlafen, und alle Farben laufen auf Schwarz aus.

Er sitzt beim Fenster, versucht sich durch eine Brille vor dem grell einfallenden Licht der Bahnhofsbeleuchtung zu schützen, bis sich der Zug in Bewegung setzt. Unter der sparsamen Beleuchtung des Abteils fallen seine Augen über die Tagebuchseiten her.

»Donnerstag, 1. August.

Die Babi sagt, daß das Leben, alles, was wir tun, ob es gelingt oder nicht, von Schicksalsmächten abhängt. Sie hat mir die Konstellation der Sterne erklärt und mir die Zukunft vorausgesagt. Dagegen ist der Mensch machtlos. Die Stellung des Mondes, des Merkurs und dort die Venus. Der Saturn verweist auf eine Katastrophe. Nein, die Sterne lügen nicht. Ich habe das Schicksal im Gebet beschworen, aber es läßt sich nur sehr schwer umstimmen. Wie soll ich das Unheil, das mir vielleicht droht, bannen? Meine Eltern sagen, das Leben läge in Gottes Hand, aber dann hätte er uns auch zur Ohnmacht verurteilt. Der Mensch ist unfrei.«

Hildwin denkt an den Dominanzanspruch seiner Frau, den sie den Kindern gegenüber geltend macht. Er denkt an ihren kategorischen Imperativ. Maya fühlte sich sicher unterdrückt. Dann glaubt er in einem Anflug von Angst und Unsicherheit, von Unsicherheit und Schuldgefühl einen Schuldigen zu suchen, der er selbst nicht ist.

Nervös hebt sein Zeigefinger die nächste Seite.

»Montag, 8. August.
Etwas anzudeuten ist völlig sinnlos. Mutter kann nicht in das Schweigen anderer hineinhören, die Wünsche, Bedürfnisse und die Sehnsucht ihrer Mitmenschen, nicht einmal die ihrer Kinder erkennen. Mit Hild wollte ich unter vier Augen sprechen, aber sie hat uns nicht eine Minute allein gelassen. Es ging um Kim, und ich wollte ihren bohrenden Fragen entgehen. Sie merkte es auch nicht, als sich Hild nicht wohlfühlte, und sie lud ihm an diesem Tag so viel Arbeit auf, daß ich vor Wut weinte. Aber auch Hild nimmt sich oft wenig Zeit, mich zu verstehen.«

Hildwins Fingerknöchel trommeln nervös auf dem Abfallbehälter unter dem Fenster. Ist uns wirklich durch das mentale Denken, durch die von Absichten geleitete Ratio diese Fähigkeit verlorengegangen? Dann liest er noch einmal, was er bereits gelesen hat. Ja, er wollte einem Ehestreit aus dem Wege gehen, das ist wahr, Gotelinde keinen Anlaß liefern. Vielleicht fehlte ihm der Mut zu einer ernsthaften Auseinandersetzung?
Sein Blick, immer noch auf die gleiche Seite geheftet, bleibt plötzlich an dem Wort »Fügung« hängen, verliert sich in einem Bild: Seine Frau war ärgerlich, weil Maya schon den zweiten Termin versäumt hatte, sich aber weigerte, einen Terminkalender zu führen. »Fügung« war ihre Begründung. Die alte Frau, die Maya »Babi« nannte, war es, die von einer »nicht willentlich zerstörbaren Fügung« sprach, alles Geschehen von einem Schicksal abhängig sah und Maya beeinflußte.
Alles konstellierte sich in ihrem Denken in einer natürlichen Beziehung, in einer Art magischer Verbundenheit, die nicht durch Angst oder Sorge zerstört werden kann. Daher lehnte Maya eine durch die Vernunft geleitete Ordnung ab. Sie haßte Terminkalender, die diese Ordnung verkörpern. Es wäre seine Aufgabe gewesen, zwischen Mutter und Tochter zu vermitteln, Gotelindes Verständnis für Maya zu wecken. Er hatte versagt. Das wußte er jetzt. Maya glaubte sich dem Schicksal ausgeliefert,

das sie nicht zu beeinflussen imstande war, und weder er noch seine Frau begriffen ihre Probleme.

»Babi hat es aus den Sternen gelesen, daß ich das Abitur bestehen und erfolgreich tanzen würde, und ich bestand es. Der Applaus nach der Feier war groß. Warum sollten die Sterne jetzt lügen? Ich werde an einer eifersüchtigen Frau scheitern. Aber den Menschen, den ich liebe, kann ich, wenn ich mich selbst dabei in Gefahr begebe, retten. Hild ist es, das weiß ich gewiß. Ich muß ihn retten.
Meine Freundin glaubt, meine leibliche Mutter sei auf meine Adoptivmutter eifersüchtig, weil es ihr Wunsch ist, daß ich bei ihr lebe, aber ich weiß es sicher, daß Gotelinde eifersüchtig ist, weil ich Hild liebe, sie aber ablehne. Sie kritisiert mich nur, glaubt mir nicht und hält mich für eine Lügnerin.«

Hildwin stöhnt. Maya träumte. Die Dinge ereigneten sich für sie wie im Schlaf. Ihr wenig begriffliches Denken schuf schon in der Schule Probleme. Besonders naturwissenschaftliche Fächer erfordern diese Fähigkeit. Ihre Lehrer sprachen auch von Inkonsequenz.
Begrifflich klar abgrenzendes Denken ermüdete sie, als wäre ihr Bewußtsein anders strukturiert als unser unterscheidendes Bewußtsein. Freilich, der Einfluß könnte auch auf den Zen-Meister, bei dem sich die jungen Leute trafen, oder auf den Guru zurückzuführen sein.
Das Entsetzen, das ihn damals ergriff, als Maya von einem Guru erzählte, belastet sofort erneut die Erinnerung, obwohl er der Jugend »absichtslose Arbeit an sich selbst und Bewahrung vor rauschhafter Entrückung« zu empfehlen verstand. »Rausch ist kein Ersatz für Glückseligkeitserfahrung«, sagte er, und Hildwin freute sich zuerst über die vernünftige Vorstellung, bis seine Idee des »Absinkens in das zeitlose Zeitenmeer« bei Maya gefährliche Verhaltensweisen auslöste.

Maya verstand nicht, daß Meditation nicht mit Traumzuständen verwechselt werden sollte.

Hildwin blättert vor und zurück. Ungeduldig sucht er etwas, was er nicht zu finden wagt. Dann saugen sich seine Augen an einer Seite fest. Das Datum ist unlesbar, etwas seitwärts vom Seitenrand gerutscht. Es muß im Winter gewesen sein, denn sie spricht vom »Schnee-Einfall«, von einer »Vereisung, die auch das Gemüt erfaßt hat«. Das Wort »sie« scheint Gotelinde zu meinen. Es folgen Sätze, die Hildwin das Blut gerinnen lassen.

»Die Sterne haben recht. Ich muß meine Feindin besiegen. Im Gebet das Schicksal zu beschwören, genügt nicht.
Kim warnt mich vor einer Tat, die ich später bereuen könnte. Aber ich muß ihren Willen brechen. Babi kennt die Pflanze, die das bewirkt. Trotzdem fürchte ich, ihrer Gesundheit zu schaden. Meine Freundin will mich zu Babis Freundin begleiten, sie soll mir die Pflanze geben und mich beraten. Aber auch Babi rät mir ab, weil sie mich für zu ungeschickt und zu unreif hält. Was soll ich tun?«

Tage später scheint sie wieder eingetragen zu haben. Sie hat nicht einmal das Datum angegeben.

»Was soll denn schon passieren? Es ist doch nur eine Pflanze, von der die alte Frau behauptet, daß sie zu Zufriedenheit und Ausgeglichenheit, bei falscher Dosierung aber zu Passivität und Willensschwäche führen kann. Kim reagiert hysterisch. Er prophezeit mir eine Gefängnisstrafe. Aber ich will ihr ja nicht schaden. Sie soll mich nur in Ruhe lassen. Wenn ihr etwas passiert, richte ich mich selbst. Der Tod ist belanglos, sagt der Guru. Der Mensch wird doch wiedergeboren. Diese Wiederkehr im Kreisen des Schicksalsrades, bis man in das Nirwana eingeht – er spricht von einer »gestaltlosen Leere« –, kann ich nicht beeinflussen. Unser Religionslehrer nennt es Paradies und hält die guten Taten

für den Weg dorthin.
Eigentlich weiß ich nicht mehr, was ich überhaupt glauben kann.«

Hildwins Fingerknöchel krachen, er steht auf, setzt sich wieder, deckt das Gesicht mit den Handinnenflächen ab. Sein Stöhnen verschluckt das Geräusch des dahinrasenden Zuges.

»Mi., 7. September.
Auch Hild ist unzufrieden, weil ich meine Probleme nur vage formuliere und weil er nie weiß, wie er mich interpretieren soll. Er wagt es immer seltener, mich Mutter gegenüber zu verteidigen. ›Fühligkeit‹ nennt der Guru diese Fähigkeit, die mehr ist als Einfühlungsvermögen, die auch bei Hild jetzt permanent abnimmt.«

Hildwin nickt, nickt. Dann gleiten seine Augen wieder über die Seiten.

»1. Oktober.
Ich habe es ihr zweimal in den Tee gestreut. Es scheint wirkungslos zu sein. Aus Verzweiflung habe ich geraucht. Aber meine Freunde sagen: ›Echte Sehnsucht wird durch Gifte fehlgeleitet.‹ Freilich, Nikotin ist auch ein Rauschmittel, und ich will mich ja nicht betäuben. Kim beschwört mich, es zu lassen. Außerdem glaubt er, daß mir die alte Frau einen harmlosen Tee gegeben hat.«

In Erwartung der Katastrophe schließt Hildwin wieder die Augen. Hat ihn nicht der Klassenlehrer und der Religionslehrer bereits vor Mayas Verwirrung durch unterschiedliche religiöse Vorstellungen gewarnt? Aber hätte er ihr den harmlosen Umgang mit ihren Freunden und Freundinnen verbieten können? Er maß den Spinnereien, wie er ihre Verblendung sah, keine Bedeutung bei. Ihr Alter hätte ihn vielleicht warnen müssen. Den Vorschlag des Freundes, einmal mit seiner Frau den Zen-Meister zu besuchen oder den Guru einzuladen, lehnte er entschieden ab.

Die alte Frau wird Maya einen harmlosen Tee gegeben haben, der Gotelindes Verhalten natürlich nicht beeinflußte. Das Problem blieb also bestehen, vermutet er. Aber er weiß, daß Maya, die ihn liebte, sich ihm anvertraut hätte, wäre die Beziehung zur Mutter unerträglich gewesen. Die Darstellung erscheint ihm überzogen, extrem. Ein Zweifel frißt sich aber in seine Gedanken. Wovor wollte sie ausgerechnet ihn retten? Hildwin fällt die Schlange ein, die ihn bei einem Spaziergang bedrohte und, von Maya abgelenkt, von ihm abließ.

»Sie hätte dich doch selbst beißen können! Ihr Gift kann tödlich sein«, hatte er gesagt.

Ihre Antwort hätte ihm Anlaß zum Nachdenken geben müssen: »Das Leben ist nicht so wichtig. Schicksal ist alles.«

Im Hinduismus hat alles Sein den gleichen Ursprung. Das Ich ist eine veränderbare Größe. Der schwache Mensch, in das Naturgeschehen eingewoben, fühlt sich vom Schicksal zur Ohnmacht verurteilt. Aber dieser Gedankengang mündet nicht im Selbstmord, sondern in der Beschwörung des Schicksals.

Dann fängt sein Auge das Wort »Ichhaftigkeit« ein.

»Sonntag, 3. September.

Manchmal taucht mein Ich unter. Ich glaube, diese Fähigkeit fehlt Mama. Sie ist in ihrer Ichhaftigkeit verhärtet, ichsüchtig, mitleidslos. Ihre Machtgier mündet in Rücksichtslosigkeit. Unsere Beziehung wird manchmal unerträglich. Hild möchte ich nicht damit belasten. Heute hat sie mir Heuchelei vorgeworfen, weil ich glaube, daß man überall beten kann. Wer einen Gott erzürnt hat – Mama ist über den Plural empört –, muß ihn wieder versöhnen und den Fehler sühnen. Ich bete, um das Schicksal zu beschwören. ›Vorsehung‹, sagt unser Religionslehrer. Aber der Mensch ist ihr ausgeliefert, und ich kann nicht geduldig warten, was sich ereignen wird.

Kims Rat, den Guru zu fragen, gefällt mir nicht. Es wäre nicht in Hilds Sinn. Er lehnt ihn ab.
Meine Freundinnen gehören der islamischen und Hella der christlichen Glaubensgemeinschaft an. Sie glauben, daß mich die unterschiedlichen religiösen Auffassungen verwirren.«

Geahnt hat er den Konflikt, aber nicht für lebensbedrohend gehalten. Erziehung soll das Hinauswachsen über die Ichhaftigkeit anstreben. Den reifen Menschen erkennt man an seiner souveränen Ich-Freiheit, an der Fähigkeit, die Ich-Identität zu kontrollieren. Vielleicht hätte er konkreter mit ihr darüber sprechen sollen? Sie tauchte unter, strebte Ichlosigkeit an, weil sich das Schicksal nicht willentlich steuern läßt.
»Nimm dein Schicksal selbst in die Hand!« riet er, als sie die Abschlußprüfung fürchtete.
Ihre Antwort »Das kann man nicht« klingt noch in seinem Ohr nach.
Daß sich seine Tochter im Gottesdienst langweilte, war ihm aufgefallen. Viele Jugendliche lassen sich in diesem Alter nicht religiös ansprechen. Warum hätte er es als Alarmsignal nehmen sollen?
Den Tod der Großmutter nahm Maya kaum wahr. Sie hatte keine Beziehung zu den Großeltern gefunden. Die Eintragung bestätigt, was er bereits weiß.

»3. Oktober.
Mutter erinnert jetzt sehr an Großmutter, wenn sie sagt: ›Du kannst uns dankbar sein, daß wir dich in einem zivilisierten Land erzogen haben.‹ Ich ärgerte mich über den Bürokratismus in den Ämtern, was Mama nicht verstehen wollte. Diese Verpflichtung zum Dank ertrage ich nicht. Es war eben mein Schicksal, adoptiert zu werden.
Die Kräuter haben eher das Gegenteil bewirkt. Sie ist nicht ausgeglichener, eher extrem aggressiv. Aber ich habe ein schlechtes

Gewissen, weil sie hustet und über Halsentzündung klagt.«
Hildwin schüttelt ärgerlich den Kopf. Er nimmt sich vor, Babi zu fragen, sie vor Gericht zu stellen, wenn sie sich als schuldig erweisen sollte.

»10. Oktober.
Ich habe meine Mutter gesehen, mit ihr gesprochen. Bisher lehnte ich sie ab, weil ich nur über ihren Job und ihre Lebensweise informiert war. Es ist schrecklich zu wissen, daß es die leibliche Mutter nötig hat, auf die Straße zu gehen. Gotelinde ist darüber informiert, und das heizt natürlich ihre Emotionen auf.
Jetzt kenne ich meine leibliche Mutter persönlich. Sie scheint eine liebevolle Frau zu sein. Bei meiner Adoption billigte man ihr kein Mitspracherecht zu.
Ich möchte allerdings nicht so beengt wohnen wie sie. Auch sie möchte meine Situation nicht verschlechtert sehen. Meine Eltern vermuteten, sie würde mich zur Arbeit brauchen. Sie will mich aber nur in ihrer Nähe wissen.
Hild war damit nicht einverstanden. Ich liebe ihn und will in seiner Nähe wohnen. Trotz der Konflikte mit meiner Adoptivmutter werde ich bleiben, wo ich bin.
Sie ist jedem Wort hinterdrein, das ihre Person meinen könnte. Ist es nicht in ihrem Sinne, stürzt die Strafe aus jedem ihrer Blicke. Von der Begegnung mit meiner leiblichen Mutter habe ich ihr nichts gesagt, denn deren Name liegt sehr schwer in der Atemluft. Sie haßt sie, ist vielleicht wirklich eifersüchtig.
Meine innere Stimme sagt mir, daß meine leibliche Mutter unschuldig ist. Sie fühlt sich getreten und gestoßen. Vielleicht kann sie mir den Tee besorgen, dann gebe ich ihr mein Taschengeld dafür. Sie ist heilkräuterkundig und wird die Wirkung vielleicht beurteilen können. Da sie dringend Geld braucht, muß sie auf meine Bitte eingehen. Ich bete jeden Tag dafür, daß das Kraut Gotelinde nicht schadet und mir nützt.«

Hildwin steckt das Tagebuch ein. Er muß aussteigen, um sein Hotel zu erreichen, in dem er die letzte Nacht seiner Vortragsreise verbringen will.

Er betritt die leere Bahnhofshalle. Nur eine dunkle Gestalt lehnt schemenhaft am Fenster.

Draußen die Ankunft und Abfahrt der Züge, wartende Menschen, abgestelltes Gepäck, die Spuren einer zurückgelassenen Vergangenheit, Abschied und Wiederkehr, Hektik und Ruhe, Warten und Aufbruch, Kommen und Gehen. Die Zeit fließt, und er muß ihr folgen, Vergangenheit und Gegenwart aushalten. Von einer anderen Gegenwart würde er sich gerne wieder mitreißen lassen, suchen muß er, was er nicht fand, was da ist und neu entdeckt werden kann. Er hätte es so gerne mit Maya zusammen versucht.

Etwas beengt seine Brust. Er muß immer wieder tief durchatmen. Der Atem ist eine geheimnisvolle Realität, metrische Präsenz und Repräsentanz des Lebens.

Die Nacht im Museum wiederholt sich in seiner Erinnerung. Eine Frühlingsnacht war es, von den Erwartungen eines romantisch fühlenden Mädchens bestochen. Maya zählte seine Herzschläge, bis Zählen und Atmen eins wurden. Im Atmen liegen Leben und Tod, Alles und das Nichts. Damals, ja damals liebte sie ihn noch uneingeschränkt. In letzter Zeit aber mußte sie an seiner Liebe erheblich gezweifelt haben, obwohl seine Gefühle für sie in einem Crescendo auftraten, das sie nicht überhören konnte. Maya war ein Reiz, der seine Sinnesorgane aktivierte, der ihn sensibel werden ließ. Auch später versuchte er nie, sie zu verändern. Einen Menschen lieben, heißt, ihn so zu sehen, wie der Schöpfer ihn gemeint hat.

Warum aber wollte sie ihn schonen, um ihn zu vernichten? Er will die Episode mit den »beruhigenden Kräutern« nicht auf die Bühne bringen. Übersehen kann er sie nicht. Daß Maya nicht so kindisch war, um ihren Erfolg von dergleichen Zaubermitteln abhängig zu machen, weiß er. Nur Babis Vorausschau, die

85

Ankündigung ihres Schicksals in den Sternen konnte diese Selbsthilfemaßnahmen ausgelöst haben.

Hildwin blättert vor und zurück, liest diagonal, weil er es nicht erwarten kann, die Ursachen zu lesen. Nur eine Tagebuchseite sagt etwas über die Reaktion von Mayas Mutter aus.

»Meine Mutter weigert sich, mir die Kräuter zu beschaffen. Es sei Unsinn, behauptet sie. Mit Kräutern könne man menschliches Verhalten nicht beeinflussen, ohne den Betroffenen in seiner Gesundheit zu schädigen. Das wäre aber ein Verbrechen und würde eine Gefängnisstrafe auf sich ziehen.

Ich habe ihr trotzdem mein Taschengeld angeboten, weil ich sie für bedürftig halte, aber sie hat es abgelehnt. Mutter will mich nicht berauben.«

In dieser Nacht schläft er, über das Tagebuch gebeugt, ein und erwacht, als der Morgen dem Lichtgesetz erliegt, wie aus einem schweren Traum.

Sein zweites Referat über Computertechnik wird um neun Uhr erwartet. Obwohl es sich nur um eine Wiederholung handelt, kann er das Gefühl der Erregung nicht bannen. Er ist es auch gewöhnt, bei anschließenden Diskussionen auf unerwartete Fragen zu antworten. An diesem Tage aber vibriert in Erwartung einer Katastrophe jeder seiner Nerven.

Hildwin öffnet ein Fenster. Es regnet leise, monoton vor sich hin. Graue, dünne Streifen ziehen sich vor seinen Blick. Er hat noch drei Stunden Zeit und legt sich wieder in das für ihn etwas unbequeme niedrige Bett. Das gleichmäßige Ticken seines Weckers mischt sich in das Aufprallen der Wassertropfen auf das Fensterblech. Sein Blick verschwimmt in einer Reihe von Bildern.

Nicht die Entstehung, der Bau des Roboters ist es, der sich bebildert, sondern es geht um Hildwins Beziehung zu ihm. Vor allem darum geht es.

Seine Hand berührt das blauschwarz glänzende Haar. Der Strohhut mit den Blumen ist etwas verrutscht. Der Roboter nimmt ihn ab, hängt ihn an der Garderobe auf. Als »infantil« bezeichnet ihn seine Frau, weil er ihn kaufte. Der lange bunte Rock läßt die Gestalt groß und schmal erscheinen.

Maya greift nach dem kleinen blauen Rucksack, öffnet ihn, nimmt eine Mappe in die Hand und legt sie auf den Tisch. Dann dreht sie sich im Rhythmus einer leise gespielten Melodie. Er kann sie deutlich hören. Es ist die in Ballettmusik umgeschriebene Szene, in der die seelenlose Undine beseelt werden soll.

Mitten im Wirbel erspäht sie ihn. Im Zweitakt kommt sie auf ihn zu. Rhythmische Freiheiten erzeugen erhöhte Spannung. Die Verbindung von Dominante und Tonika erweckt das Gefühl des Ziehens, Zerreißens, bevor es zur Explosion der Töne kommt, wird die Spannung fast unerträglich. Selten verfolgte er eine Melodie mit solch großer Erwartung. Bei der Wiederholung ändert sich das Metrum.

Durch den Taktwechsel wirkt die Bewegung der Maschine linkisch, unsicher.

Weitgespannte Arpeggios der Streicher erzeugen das Gefühl rasch schwingender Wellen. Die synkopierten Auftakte der Holzbläser bringen noch mehr Bewegung ein.

Maya tanzt. Die Art, wie sie die Episode des seelenlosen Wesens für ihn lebendig werden läßt, fasziniert ihn. Es gibt keine Schaltungen, die er bedient. Nein, sein Gedanke genügt, sie zu beeinflussen. Sie übernimmt seinen Wunsch, hört seinen Rat, ja, sie führt seinen Willen aus, ehe er ihn ausspricht.

Er schlägt Maya verschiedene Verhaltensweisen vor. Sie kommt auf ihn zu, umarmt ihn, setzt sich auf seine Knie. Hildwin schickt sie in den Garten. Sie soll Blumen holen. Maya kommt mit einer Rose zurück, gibt sie ihm. Er steckt sie in eines ihrer Knopflöcher der Jacke.

Dann passiert es. Woher kam der Befehl? Hat sie ihn mißverstanden? Verwechselt? Statt der Vase holt sie einen Eimer mit

Wasser, entleert ihn über seinem Kopf. Er sitzt auf einem Sessel, und sie erreicht ihn kaum.

Vielleicht ist es nur das Rasseln des Weckers, das er für das Rauschen des Wassers hält. Es soll ihn zum Aufstehen motivieren.
Er springt aus dem Bett. Das Duschwasser rieselt über seinen Körper, prickelt auf seiner Haut.
Das Bild hat sich verändert: Maya mit ihm auf dem Festplatz. Der Roboter fährt auf dem Riesenrad. Hat der Gedanke das Schwindelgefühl verursacht? Er spürt das hohle Gefühl in der Magengegend, wenn das Rad an Höhe verliert.
Erst das eiskalte Wasser bringt ihn in die Realität zurück.
An diesem Morgen kleidet er sich sehr sorgfältig an, prüft den Glanz der vom Hotelpersonal gereinigten Schuhe. Beim Frühstück liest er sein Referat, verbietet sich unüberlegte Zwischenbemerkungen, beschließt, die Diskussionen abzukürzen, um unerwünschten Fragen zu entgehen. Er will sich nicht wieder auf vermintes Gelände wagen.
Eine lange Besinnungspause bleibt Hildwin nicht. Die Dame, die ihn im Vortragssaal begrüßt, kennt ihn sofort wieder. Sie lacht seinen Namen in den ersten Satz, der über ihre schmalen, etwas blassen Lippen kommt. »Als ich die Ankündigung des Themas sah, wußte ich sofort, das nur Sie der Referent sein können.«
Auch er sieht sie an, erinnert sich an ein Kaffeekränzchen seiner Frau. Sie trafen sich in einem Café, und er lernte die Dame flüchtig kennen. Zuerst sind es die Kondolenz, Fragen nach der Todesursache, die das Gespräch mehr oder weniger bereichern.
Dann erweitert sich der Fragenkomplex. Warum gerade dieses Asiatenkind? will sie wissen. Auch seine Erfahrung mit Maya interessiert sie. Wie konnte das geschehen? Ob er diese Katastrophe nicht zu verhindern imstande gewesen wäre, fragt sie schließlich. Dann das Wort »Vertrauen«. Es überschlägt sich im Satz, stellt seine Erziehungsmethode in Frage. Hildwin bricht das Gespräch

ab, verabschiedet sich. So viel Verständnislosigkeit kann er nicht kompensieren.

Das Referat verläuft planmäßig. Seine üblichen Veranschaulichungen werden interessiert aufgenommen. Auch die Diskussion beweist die Harmlosigkeit der Zuhörer.

Dann steht ein hagerer, großgewachsener Mann vor ihm, klopft ihm auf die Schulter. Es ist sein ehemaliger Freund, den man schon in der Jugendzeit seiner »nationalsozialistischen Umtriebe« wegen Prüfungen verweigerte und von der Schule verwies. Er hatte, als einer seiner Klassenkameraden ein jüdisches Geschäft demolierte, die Polizei mit Lehmkugeln beschossen; nicht weil er rechtsradikal dachte, nein, weil er dem Bedrängten gegen die Autorität verteidigen wollte.

Paradoxerweise heißt er Adolf. »Adi« nannten sie ihn. Später nützte er seine sportlichen Fähigkeiten, da man ihn daran hinderte, Sportlehrer zu werden, als Artist und Clown in einem Zirkus.

Bald lernten sie den klugen Kopf und sein rhetorisches Geschick ebenso schätzen wie seine artistischen Fähigkeiten.

Hildwin lädt ihn zum Mittagessen ein und schafft so eine Gelegenheit, sich ausgiebig mit ihm zu unterhalten.

Er hat es nicht eilig, nach Hause zu fahren. Die Eintönigkeit der Dinge bedrückt ihn. Eigentlich ist es seine innere Eintönigkeit, die er fürchtet und die ihn überall hin folgt, seine eigenen Gewohnheiten sind es, Gewohnheiten, die sich täglich wiederholen, und die Gotelindes beim Aufstehen, bei der Morgentoilette. Sie alle gehören plötzlich zu den kleinen Widerlichkeiten des Alltags; die Art, wie sie den Tisch deckt, in falscher Reihenfolge stellt sie zuerst die Tassen und dann die Teller auf den Tisch, Kaffee, den er nicht trinkt, weil zum Müsli nur Fruchtsäfte passen, wird ihm täglich angeboten, obwohl er seine Meinung oft genug ausgesprochen hat.

War es nur Mayas Gegenwart, daß die Tage sich unterschieden wie seine Gefühlslage? Sein Denken sich von dem der Person unterschied, die er gestern war?

Seit dem Tod der geliebten Tochter stößt er täglich an die harten Kanten der Welt, an denen er sich früher selten verletzte.

Mittags und am Abend wird die Familie jetzt immer das gleiche Bühnenstück ohne Maya in Szene setzen: die Berichte der Kinder, die Klagen der Frau.

Zum zweiten Male vertraut er seit Mayas Tod seine Last einem Menschen an. Der ältere Freund versteht, daß Hildwin gerne fliehen würde vor dem, was er kennt, vor denen, die ihn kennen, wäre er nicht ein pflichtbewußter Familienvater.

»Du solltest von deiner Erinnerung ausruhen«, rät er, aber Hildwin weiß, daß sie ihn wie die Eintönigkeit begleiten wird, weil er die väterliche Geschichtenlandschaft so wenig verlassen kann, wie er das Lamento des Sisyphos zu überhören außerstande ist. Immer wird er Mayas Tod mit diesen Problemen in Verbindung bringen. Die entlegenste Insel würde keine Veränderung herbeiführen.

Während sich der Vater, wie er ist, mitsamt seiner Last seiner Umwelt aushändigt, so zieht er sich gewöhnlich zurück, aber ignorieren kann er sich nicht.

Adi lädt ihn ein, eine Nacht im Zirkus zu verbringen; sein Heim, wo er lebt und arbeitet, will er ihm zeigen.

Zu Hause kündet er seine Rückkehr für Sonntag an und fährt mit Adi zum Zirkus. Schließlich kam der mit der Absicht, den Freund abzuholen.

Von weitem leuchtet das rote Zelt. Sie gehen durch die Reihe der leeren, scheinbar unbewohnten, verlassener Wohnwagen.

Adi zeigt Hildwin die Manege, die Tiere, führt ihm seine Gymnastikübungen vor. Er rollt mit einem zweirädrigen Karren über die Zirkusbühne, schlägt ein Rad, Rolle vor und zurück, übt Klimmzüge und schwingt am Trapez.

Alles ist zur Routine geworden. Der Reifen fällt, wohin er fallen soll. Die bunten Kugeln loben den Jongleur. Die Zuschauer beklatschen Adis Sprünge und seine Ironie.

»Wird ein gelungener Auftritt«, sagt der Chef.

Dann ziehen sie sich in den Wagen des Clowns zurück. Beim Schminken will er dem Freund sein Leben erzählen.

»Ich schminke mir täglich ein neues Gesicht, erschaffe meine Gestalt. Ich wähle meine Augen, meine Nase, meinen Mund, wie es mir beliebt. Gelingt der Betrug, tauche ich in grellen Farben unter, richte mich in Heiterkeit, Witz oder in Ironie und bitterem Spott ein.

Wie ich dazu kam? Also Neptun, Uranus und Saturn waren mir gewogen; ich, auf Erfolgskurs, zu sportlicher Höchstleitung angespornt, nahm am Sportfest teil, und man prophezeite mir, meiner Ergebnisse wegen, den Olympiasieg.

Meinen Freund, dem man vorwarf, das Gemälde eines Sportlers durch das Hitlerbild ersetzt zu haben, schloß man von Wettkämpfen aus, und es war das zweite Mal, daß ich die Polizei attackierte. Vom Stier gestoßen, energiegeladen, wie es mir das Horoskop vorhersagte, zielte ich meine Lehmkugeln auf die Köpfe der Polizeistreife, die gerade durch die Straßen marschierte. Sie erreichten ihr Ziel, und die braunen Lehmspuren auf den Mänteln bewiesen meinen erbitterten Kampfeinsatz. Hitler hielt ich für einen Irren, aber die Einschränkung individueller Freiheit ärgerte mich. Was einem ›Verräter‹ droht, war mir bekannt. ›Adi, du verschwindest von hier, bevor sie dich schnappen!‹ riet mein Vater. Die Mutter packte weinend meine Koffer, und ich floh zu einem Onkel auf das Land.

Mehr als zwölf Monate bringt mein Gedächtnis aber nicht zusammen. Ich half bei der Heuernte, grub Kartoffeln aus und fuhr mit dem Traktor übers Land. Zum Glück hatte mich keiner meiner Freunde verraten.

An den Abenden übte ich Klimmzüge an der Teppichstange, sprang mit dem Stab über die Heuhaufen, trainierte auf meiner Matte und verbarg mich vor unliebsamen Besuchern in einem Schneemann, der im Frühjahr mit meinem Optimismus schmolz. Eines Tages lernte ich einen Zirkusdirektor kennen, der in der Nähe der Felder sein Zelt aufgeschlagen hatte. Er wollte bei

91

meinem Großvater Futter für die Tiere kaufen. Dieser Mann erkannte mein Talent – er hatte mich Abend für Abend beobachtet – und bot mir einen Job im Zirkus an. Widerstrebend stimmten meine Eltern zu. Der Direktor ließ mich ausbilden, und ich reiste mit ihm als Clown um die halbe Welt.

Als es mit Gabi anfing, war ich gerade 20 Jahre alt, waren die zweiten Rechten auf dem besten Weg, eine Katastrophe auszulösen. Es war aber auch eine erfolgversprechende Widerstandsbewegung unter der Bevölkerung bereits im Vormarsch. Man baute die ersten Mahnmale, wenn der Wunsch des Generals von Tschechow, die deutsche Widerstandsbewegung möge der Welt die Haltung der deutschen Nation beweisen, auch nicht ganz in Erfüllung ging. Wie du an deinem Vater feststellen kannst, klagt uns die Welt immer noch an, und viele fühlen sich schuldig, weil die Großväter die Katastrophe nicht verhindern konnten.

Ja, als es anfing, war Gabi noch nicht sechzehn Jahre alt, groß, sehnig, hager. Die Tochter eines Tierbändigers war kein Mädchen, dessen Namen man bei jeder Gelegenheit aus dem Ohr schüttelt, nein, sie war ein Kobold, vor dem man sich in acht nehmen mußte. ›Freche Göre!‹ schimpfte ich, wenn meinen Kopf ein harter Schneeball traf, den sie in ihrem Versteck lange geknetet hatte. Was mich vor allem ärgerte, war die Bezeichnung ›Kaspar‹, wenn ich ihr maskiert begegnete. Eine Zeitlang boxten wir uns wie Geschwister herum, ärgerten uns.

Die Arbeit im Zirkus reizte mich, denn ich durfte täglich mein Gesicht ändern und es nach der Vorstellung wieder löschen. Ich trat immer weiter hinter der Maske zurück, bis mein Ich beim Rollenwechsel keine Probleme mehr signalisierte. Es akzeptierte die hundert Gesichter, ohne sich mit einer Zigarette löschen zu lassen. Kurz, ich tauchte in jeder Hinsicht unter. Das ironische Wort und Spott lag mir leicht auf den Lippen, und es ärgerte mich, daß diese unreife Göre den Kaspar in mir sah.

Im Oktober verabschiedete ich mich vorübergehend vom Zirkus, um meine Eltern zu suchen, nach den Großeltern zu sehen.

Gabi, hellhörig, wie sie war, fragte mich in die Enge, bis ich meine Absicht gestand. Sie wäre gerne mit mir gereist, aber sie war noch zu jung, sollte außerdem die Buchhaltung übernehmen und bereitete sich daher mit Hilfe der Bücher auf die mittlere Reife vor. Ich versprach schließlich, im Frühjahr wieder zum Zirkus, der im folgendem Mai in Deutschland gastieren sollte, zurückzukehren.

Mein Versprechen nützte wenig. Hinter ihren blaugrünen Augen fing die Veränderung an. Ich bin ein guter Beobachter und erkannte die Situation sofort. Obwohl unser Gespräch zuerst von ihren raschen Lachfolgen über mein zukünftiges Leben ohne Maske lebte, brach sie plötzlich in Tränen aus. »Ich liebe dich doch. Ich will mit dir gehen«, hauchte sie ins Atemlose, und ich bemühte mich, ihr, der Unmündigen, die Folgen ihrer Flucht zu erklären. Wir legten die Zeit meiner Rückkehr genau fest. Aber es ist nicht immer leicht zu tun, was man sich vorschlägt. Es war ein Herbst, der sich bereits auf den Winter eingestellt hatte, als ich den Zirkus verließ, um meine Familie aufzusuchen.

Als ich meinen Heimatort betrat, erschienen mir die Menschen verändert. Der Durchschnittsbürger, durch den Krieg ausgebombt, vertrieben, kriegsverletzt, harmloser Mitläufer im nationalsozialistischen Deutschland, hatte sich aufatmend ins Private zurückgezogen, froh, endlich in Freiheit leben zu können. Der Begriff ›deutsche Nation‹ besaß keine Strahlkraft mehr.

In diesem zufriedenen biedermeierlichen Zustand traf ich meine Eltern. Sie gehörten nie zu den Bewunderern der nationalsozialistischen Jagdflieger, der U-Bootkapitäne und der deutschen Infanterie. Sie genossen die neue Zivilisation.

Ich gewöhnte mich rasch an Urlaub, Freizeit und Ruhe, tanzte die neuen Tänze und den Boogie-Woogie und lernte einen Lehrer kennen, für den Wissen Macht bedeutete, die er entsprechend auszuspielen wußte, während ich seine Frau tröstete. Seine Eltern waren brave Mitläufer im Dritten Reich, denunzierten fleißig ihre Mitmenschen, distanzierten sich aber, nachdem sie sich auf der Seite eines Verbrechers sahen, sehr rasch. In dieser Zeit ging der alte Herr längst ohne ›Heil Hitler‹ durch die Stadt, ohne die Schüler zu ermahnen, sich zum Führer zu bekennen.

Wie die meisten Bewohner wollte sich der Sohn eine solide Basis für einen höheren Lebensstandard ersparen und arbeitete sich zum Leiter der Schule empor. Außerdem saß er halbe Nächte über Steuererklärungen. Die Kasse stimmte, aber Zeit für ein Privatleben fand er nicht mehr.

Ich ging mit seiner jungen, sehr hübschen Frau, die personifizierte Lebensfreude und Lebenslust, tanzen, oder wir ruderten in der späten Frühlingssonne auf dem Fluß herum. Elisabeth war trotz ihrer Jugend eine reife Frau, und ich dachte erst wieder an den Zirkus und die freche Göre, als sich meine Banknoten lichteten.

Dann beschloß ich, zum Zirkus zurückzukehren. Was hätte ich sonst arbeiten sollen? Bei einem Obsthändler Kisten schleppen oder auf der Post Pakete sortieren? Elisabeth riet mir, das Abitur nachzuholen, eine Abendschule zu besuchen, aber das hätte sich mit meiner Arbeit im Zirkus nur sehr schwer vereinigen lassen. Was mich wunderte, war Gabis fehlendes Engagement, als der Zirkus am Stadtrande gastierte. Sie versuchte nicht, mich zu erreichen. Außerdem war seit Weihnachten ihre Post ausgeblieben. In ihrem letzten Brief nannte sie sachlich den veränderten Termin. Ende Juni wollte er sein Zelt aufschlagen.

Ich telefonierte mit dem Direktor und sagte meinen Besuch an. Die ganze Mannschaft war bei meiner Ankunft anwesend. Sie freute sich über das Wiedersehen. Aber die Trauerfahne wehte über dem Zelt. Ich erfuhr es bereits nach den ersten Sätzen. Gabi, die nur etwas besorgen wollte, war seit acht Stunden nicht zurückgekehrt. Die Suchaktion verlief erfolglos. Ich vermutete, daß sie mich der Verspätung wegen bestrafen wollte, und beschloß selbst den Wald zu durchforsten, vielleicht durch die Stadt zu fahren. Schließlich kannte ich sie lange genug.

Bei ihrer Geburt stand die Sonne im Zeichen des Widders. Ihr Temperament konnte die Flucht, wie ich ihr Verhalten interpretierte, ausgelöst haben.

Sie war nicht nur allen Bewegungen hinterdrein, ob beim Tanzen oder beim Training, ihre angriffslustige Energie spielte ihr manchen Streich. Gabis Temperament glich einer lodernden Fackel, einer Explosion. Sie verstand es schon immer, Aufregung in jeder Menge zu liefern. An meiner Funktion, Auslöser zu sein, zweifelte ich nicht. Gabi bekannte sich leidenschaftlich zu ihrer Liebe, um sich im nächsten Moment kühl, abweisend zu verhalten. Ihre Gefühlsausbrüche, ihr ungestümes Wesen standen in krassem Gegensatz zu ihrer Argumentation, ihrer Selbständigkeit. Oft wirkte sie herrschsüchtig, glaubte alles besser zu wissen als die Männer und schwor, nicht zu heiraten. Das hinderte sie aber nicht daran, den Mann ihrer Träume zu suchen, der älter und reifer sein sollte als sie selbst, ein mutiger Ritter aus Sagen und Märchen sollte er sein.

Die Kraft des Mars ließ sie nach jeder Tragödie wieder normal leben, und Gabi trat sehr gerne auf der Bühne auf. Meist kam es dann zur Katastrophe, wenn sie feststellte, daß sie sich doch nicht im Mittelpunkt der Welt befand. Dann flüchtete sie in meine Arme. Obwohl ich sie bereits leicht reizbar und zu Szenen neigend kannte, blieb sie doch ein hilfloses, leicht verletzliches Wesen.

Ich fuhr zuerst in meine Wohnung zurück, fragte die Nachbarn. Niemand hatte sie gesehen.

Der halbgare Sommer verleitete viele zur Übernachtung im Freien. Daher stolperte ich lange durch das Gebüsch, am Bach entlang und durch den Wald, bald rief ich sie, bald spielte ich auf meiner Blockflöte wie auf einer Zauberflöte, in der Hoffnung, von ihr gehört zu werden. Dabei überlegte ich das Angebot des Direktors, bei einem ehemaligen Schauspielschüler Unterricht zu nehmen. Er sollte mir gute Tips geben.

Nach zwei Stunden kehrte ich müde zurück, setzte mich in mein Auto, um in der Stadt weiterzusuchen.

Tatsächlich entdeckte ich Gabi, die auf der Rathaustreppe saß. Ihre langen Haare, ein aus Schatten geschnittenes Geflecht, lagen neben ihrem auf die Treppe gestützten braunen Arm. Ich sah ihr lange zu und wußte plötzlich, daß ich beinahe mein Leben in der falschen Ecke der Welt eingerichtet hätte, weil es gerade diese freche Göre war, die mir ein Jahr fehlte.

Als sie mich sah, lief sie über die Treppe in meine Arme. Ihr das Bekenntnis der Flucht zu entlocken, erwies sich nicht als notwendig. Sie lieferte es ungefragt, freiwillig. Bestrafen wollte sie mich und den Vater, der nichts unternahm, als ich nicht pünktlich eintraf.

Ganz nebenbei fragte sie nach Elisabeth; wie es ihr ginge, was der Gatte arbeite und ob ich mich gut amüsiert hätte.

Mit dieser Information konnte ich nicht rechnen und rückte unbehaglich auf der Treppe herum, nachdem ich Gabis Vater verständigt und mich neben ihr niedergelassen hatte.

Zugegeben, eine Eifersuchtsszene wäre mir sehr peinlich gewesen. Hätte ich den Auftritt vor dem Rathaus ignorieren können? Trotzdem kann ich nicht leugnen, daß mich ihre sachlichen Fragen beunruhigten, ärgerten. Ich bemühte mich deshalb, sie ebenso sachlich zu beantworten.

Eine Bemerkung in den Briefen an den Direktor hatte offensichtlich Elisabeths Existenz verraten. Ich nannte sie eine ›gute Freundin‹, ließ ihren Ehestand nicht unerwähnt und sprach von geistigen Anregungen, von gemeinsamen Spaziergängen und Bootsfahrten. Schließlich hätten wir unsere Ausflüge auch zu dritt unternehmen können. Gabi schien unsere Beziehung gleichgültig zu sein.

Ich spendierte ihr eine Portion Pommes frites mit Ketchup. Wir tranken Fruchtsaft und Mineralwasser und kehrten in den späten Abendstunden zum Zirkus zurück. Natürlich mußte ich versprechen, wieder dort zu arbeiten und dort zu wohnen, was mir Unbehausten nicht allzu schwerfiel. Da der endlos arbeitende Gatte Elisabeths unsere Beziehung, die so empfindlich war wie ein leicht zerbrechliches Glas, ohnehin zu sprengen drohte, erschien eine vorübergehende Distanz erforderlich.

In Gedanken verglich ich meine beiden Freundinnen: Elisabeth warf mir vor, daß ich mich bei ihr nur mit mir beschäftige, da ich nie darauf verzichtete, ihr meine Probleme zu erläutern. Gabi bot mir dazu keine Möglichkeit. Sie beschäftigte meine Gedanken auch gegen meinen Willen, ihr Temperament ließ mich nie zur Ruhe kommen.

Elisabeth bestand auf meiner Melancholie wie auf meinem frischen weißen Hemd. In Gabis Augen durfte ich melancholisch, traurig wie heiter, ausgelassen oder ironisch-sarkastisch sein.

»Es gibt keine Veränderung, die man einem Clown nicht zugesteht«, sagte sie.

Was meinen Anzug betraf, stellte sie keine Ansprüche. Sie liebte mich, wie ich war, wenn ich in meinen Rollen auch weit hinter mir zurücktrat.

In dieser ersten Nacht im Zirkus geriet ich im Traum in eine Falle. Elisabeth hätte ihn auf meine Skrupel oder auf meinen defekten Charakter zurückgeführt.

Ich weiß nicht, ob ich in dieser Nacht wachte, wenn ich schlief, oder schlief, wenn ich wachte. Manchmal hörte ich die Zeit rinnen. Personen sprachen leise durcheinander. Es waren Stimmen wie die Bewegungen der Blätter in fremden Wäldern. Dann flog ich plötzlich mit dem Trapez durch die Luft, bis mir die Luft ausblieb. Der Wind nahm mich in sein Rauschen und trug mich in eine Landschaft, die ihre Unschuld verloren hatte. Spitze schwarze Felsen, tiefe Höhlen, nächtliche Verneinungen. Die Natur stieß mich zurück.

Am Eingang der ersten Höhle stand Gabi. Als ich mich ihr näherte, verwandelte sie sich in eine Sphinx. Ihr Löwengebrüll schreckte mich, und ich lief weiter. Der Pfad wurde immer unwegsamer. Meine Füße stolperten über Wurzeln und Grasbüschel. Das seltsame Kichern im Nacken – es war Gabis Kichern, das ihre Streiche begleitete, – lief ich an gespensterhaften schwarzen Felsen vorbei bis zu einem hellerleuchteten Hügel. Als ich näher kam, sah ich die vielen beflügelten kleinen Tiere, die emsig durcheinanderliefen.

Erschöpft schaute ich mich nach einer Möglichkeit, mich auszuruhen, um. Eine Schlange züngelte über meinen Weg, und ich wandte mich rasch in die Gegenrichtung. Eingeschlossen, weil in jeder Richtung eine Gefahr drohte, kaute ich unschlüssig meine Hoffnungslosigkeit. Die meinen Namen rief, war Elisabeth. Sie saß unerreichbar auf einem hohen Felsen und winkte mir zu. Ich versuchte mich ihr zu nähern, aber der Weg verzweigte sich labyrinthisch. Er führte an Elisabeths Felsen vorbei in die Ferne.
Ein alter Mann schaukelte auf zwei Ästen hin und her. ›Wer zwischen zwei Ästen sitzt wie ich, gerät in Gefahr, durch die Mitte zu stürzen. Kehre um, Freund!‹ rief er mir zu.
Ich kletterte auf einen Felsen, um mich besser orientieren zu können, verlor das Gleichgewicht und stürzte, stürzte durch die Luft in die Tiefe.
Als ich erwachte, glaubte ich immer noch Gabis Kichern zu hören. Aber ich wußte endlich, daß es nur eine Frau für mich gibt. Du standest ja auch ein Leben lang zwischen zwei Frauen. Wäre es nicht für euch alle besser gewesen, wenn du eure Beziehung offen geklärt hättest? Deiner Frau wäre so kein Grund zur Eifersucht geblieben.«
Hildwins gesunde Hautfarbe flieht aus seinem Gesicht. »Es gab *keinen* Grund!«
Das Wort »keinen« überschlägt sich im Satz. Aber der trotzige Ton will ihn widerlegen. Im Spiegel sieht er Mayas Gesicht, wie sie ihr offenes langes Haar schüttelt, kämmt, die Spange zwischen den Lippen. Aber es ist nicht Maya.
Adi hat das Bild seiner damals noch unmündigen Gabi beim Erzählen in die Nähe des Spiegels gerückt. Hildwin narrt seine Phantasie.
Adi lacht. »So sah sie aus.« Er hebt das Gemälde auf den Tisch. Aus dem Spiegel schaut Hildwin jetzt ein fremder Mann entgegen. Unter der mattweißen Schminke scheint das Ich langsam zu verlöschen, beim Abschminken wieder zum Vorschein zu kommen.

»Weißt du, mit der Vorstellung, hinter der Maske frei mit meinem Ich jonglieren zu können, erwacht die Freude an der Arbeit«, sagt Adi.

Diesen Auflösungsprozeß demonstriert er dann am Ende seines Auftrittes, wenn er mit verzerrtem Ausdruck Perücke und Nase fallen läßt, den Unterkiefer nach unten klappt. Das Kinn fällt zu Boden. Seine harten, rhythmischen Tritte setzen ihn in Schwingungen. Die Begleitmusik schließt das Leid des ganzen Erdkreises ein.

Mit hängenden Schultern und tiefen Falten unter den schrägen Augen, seinem schleppenden Gang wirkt er leidend, erinnert Hildwin an seinen Vater.

Ob Adi als komischer Kauz auftritt, der das Unmögliche so beiläufig behauptet, als wäre es selbstverständlich, ob als übermütiger Narr oder ob er den skrupellosen Kriminellen mimt, der lügt, betrügt, fälscht, blendet und intrigiert, er überzeugt die Zuschauer bis auf seinen letzten Auftritt. Oft begnügt er sich mit der kleinen Geste, wenn er nur eine Augenbraue hebt oder ein Auge zukneift, um Zweifel oder Widerwillen zu bekunden.

Einem Impuls folgend, dreht er sich plötzlich in rasendem Tempo unter dem Trommelwirbel um die eigene Achse, verliert im Zustand des Tumultes die Richtung.

Eingeleitet wird dieser Auflösungsprozeß nach den routinemäßigen artistischen Proben und Spielereien mit einem Dressurakt. Die Katzen sind gegen ihn. Seine verwunderte Zunge schnalzt, schnalzt, ohne die Tiere in Bewegung zu bringen.

Keine der Katzen springt durch seine Reifen. Kleine Turner und Turnerinnen, die seilspringend die Arena füllen, lassen in einem gut einstudierten Puppenweinen auf hohem Ton künstliche Tränen fließen. Sie leiten auch mit einem großen Kalender das Zwiegespräch zwischen »Pat« und »Paterchen« ein.

Der als Pat verkleidete Adi hält seinem kleineren Freund den Kalender unter die Nase, der den 30. 1. 1933 anzeigt, dann den 23. 3. 1933. Paterchens Wissen soll abgefragt werden. Er scheint über Hitlers Gesetze nicht informiert zu sein. Als er anstelle der geforderten Eigenschaften der Hitlerjugend »zäh wie Leder, hart wie Kruppstahl und flink wie Windhunde« »standhaft, verschwiegen und duldsam« nennt, zeigt der müde Applaus der Zuschauer, daß der Clown die Erwartungen nicht erfüllt.

Nach der Vorstellung fragt ihn Hildwin nach seiner Absicht, Adi wollte auf etwas aufmerksam machen, das die Aufmerksamkeit der Deutschen längst überstrapaziert.

»Ich weiß, ich weiß«, sagt er, »ich werde alt, und ein alter Clown befriedigt das Publikum nicht.«

Hildwin will ihn beruhigen, aber er winkt ab. »Den Respekt des einzelnen vor einem Übermenschen, der das ganze Gesellschaftssystem erstarren läßt, Mißstände übertüncht, wo die Vernunft ihren berechtigten Platz nicht mehr einnehmen kann, demonstriert man besser an aktuellen Beispielen, ich weiß. Aber ich habe mich festgebissen, meine Flexibilität verloren.

»Auch mich kotzt diese Befragung an, aber der Direktor glaubt dem Trend der Deutschen, sich ständig direkt oder indirekt anzuklagen, nachgeben zu müssen. Er will meinen Zungenbrecher, wenn der Zirkus hier gastiert, durch Quiz, Befragungen dieser Art, Verhöre ersetzt sehen. Für mich liegt Auschwitz weit zurück. Ja, ich blieb also beim Zirkus. Elisabeth sah ich nicht wieder. Laut Medienberichten starb sie an einem Tee aus den Blättern der Herbstzeitlosen. Man vermutete Selbstmord. Niemand konnte sich vorstellen, warum sie es tat. Ich wußte es vom ersten Augenblick an: Elisabeth war ermordet worden, denn so emotional bewegt, so leidenschaftlich sie auch sein konnte, sie hätte nie selbst ihr Leben beendet.

Ich heiratete Gabi, die inzwischen in der Buchhaltung arbeitete.« Hildwin hört nicht mehr, was Adi sagt. *Herbstzeitlose?* Vierzehn Buchstaben quellen auf in seinem Mund. Die Erinnerung zu durchkämmen erweist sich als unnötig. Maya beschrieb in einem Tagebuchblatt die lilafarbigen, langröhrigen Blüten, die ihr die Freundin nannte, die sie in der feuchten Wiese fand, ihr schrieb sie diese besänftigende Wirkung zu. »Wenn sie bei Vollmond gepflückt, richtig dosiert verabreicht werden« – der Wortlaut klingt noch in Hildwins Ohr. Beim Lesen hatte er den Namen der Pflanze nicht mit deren Erscheinungsbild verbunden und daher nicht an eine Giftpflanze gedacht.

*Wollte Maya Gotelinde töten?* Die Frage frißt sich in seine Gedanken. Maya war eine junge Frau, kein naives Kind, und es erscheint ihm unwahrscheinlich, daß sie einer giftigen Pflanze die erwünschte Wirkung zuschrieb, ihr Tun nicht hinterfragte.

Hildwin entschuldigt sich. Telefonisch warnt er Gotelinde vor Kräutertees, die sich länger als zehn Tage in der Küche befanden. Erläutern will er den Sachverhalt bei seiner Rückkehr.

»Wir verstanden uns gut, und unsere Ehe verwies sich als relativ stabil, bis mir Gabi eines Nachts gestand, wie sie die Briefe der Rivalin zurückschickte, und mein Entsetzen in einem Verdacht vibrierte.«

Hildwins Ohr läßt nur allmählich Adis Stimme wieder zu. »Seit Elisabeths Tod waren sieben Jahre vergangen, und niemand hätte nachweisen können, wer den Kräutertee vertauschte.

Obwohl Gabi hartnäckig leugnete, mit dem Mordanschlag an der Rivalin etwas zu tun zu haben, entfernten wir uns psychisch voneinander. Meine Verzweiflung ertränkte ich in Alkohol. Am Morgen stand oft eine leere Flasche auf meinem Tisch, und ich erinnerte mich nicht einmal, sie ausgetrunken zu haben. Es dauerte lange, bis ich mein Gleichgewicht wiederfand und Gabi wieder als meine Frau akzeptieren konnte.

Vor fünf Jahren verunglückte sie bei einem Autounfall tödlich. Daß ich inzwischen alt geworden bin, hast du ja heute gesehen.«

Mit einem verächtlichen Stoß nach seinem Schminkkasten beendet Adi seinen Bericht.

Leichte Nebelschwaden ziehen vor Hildwin her, als er zum Bahnhof geht. Er will Adi nicht wecken und auch nicht gefahren werden. Seine Gedanken arbeiten fieberhaft.

In der Nacht hat er das Tagebuch noch einmal überflogen, zwei Seiten mehrmals gelesen, die seine Angst erneut in diesem Augenblick extrem auflodern lassen.

»Der Alte hatte heute einen Asthmaanfall. Auch Linde hustet. Ich bin furchtbar erschrocken, denn sie haben den Tee getrunken. Mama glaubt sich angesteckt zu haben. Soll ich mich selbst richten? Nein, nicht um für diesen Unfug zu büßen, sondern für meinen bösen Wunsch und weil ich an Fabian denke.
Mama und ich hatten eine Auseinandersetzung. Sie greift mich wegen jeder Kleinigkeit an. Unsere Beziehung belastet mich, erscheint mir oft unerträglich. Ich stelle sie mir manchmal tot vor, lege in Gedanken Blumen auf ihr Grab und weine dann über meinen bösen Wunsch. Aber ich will nicht zur Verbrecherin werden. Tod oder Flucht? Ich will die Sterne über mein Schicksal befragen. Der Mensch kann ihm nicht entgehen.«

Seine Erregung hat den Siedepunkt erreicht. Als könnte er die Zeit beeinflussen, beschwören seine Augen immer wieder seine Armbanduhr. Hat sich der Zug verspätet oder die Uhr verzählt? Hildwin berechnet die Ankunftszeit. Er will die Frau aufsuchen, mit der er bisher nur über einen Rechtsanwalt in Verbindung stand. Der Gedanke geht daher nicht ohne Hefe auf. Die Not ringt ihm diese Entscheidung ab. Wer könnte besser informiert sein als die leibliche Mutter?
Die Stadt, in der die Frau lebt, ist nur eine Station von seinem Wohnort entfernt. Er überlegt lange, ob er anrufen soll, aber dann entschließt er sich, ohne Ankündigung seinen Besuch abzustatten; Adi würde es Überfall nennen.
Wird sie informiert sein? Ihre Informationen wahrheitsgetreu an ihn weitergeben? Hildwin meint eine Zeitlang still vor sich hin.
Das feine Nebelgespinst hat sich inzwischen aufgelöst. Die hügelige Landschaft kommt ihm durch die Fensterscheibe entgegen. Wind ist aufgekommen. Wo das Fenster nicht dicht abschließt,

spürt man den feinen Luftzug. Die Befragung des Clowns fällt ihm ein. Es ist unser krankhafter Drang, ständig an die Braunhemdeneuphorie und ihre Folgen zu erinnern, denkt er bitter. Eines Tages wird die deutsche Nation beim Psychiater Schlange stehen. Sollte man nicht die nächste Generation doch von dem Druck befreien, immer von neuem die Jahre aus der Erinnerung der Väter zu graben, die ihre Qualität verloren, weil die Ahnen einen Wahnsinnigen gewähren ließen?

Dann schämt er sich aber für diesen Gedanken, ohne eine Möglichkeit zu finden, seine vermeintliche Schwäche zu entschuldigen. Hat ihm nicht dieser krankhafte Drang den Verlust des Vertrauens eingebracht? In dem Versuch, sich abzulenken, skizziert er seine Computeridee. Wenn er auch nicht gerade seine Sternstunde erwartet, die ihn in die Nähe des Zenits bringt, so erhofft er sich doch neben wissenschaftlicher Anerkennung eine Möglichkeit, Mayas Beweggründe von dieser Seite bestätigt zu sehen.

Von seiner Erwartung bestochen, fängt seine Phantasie einen wissenschaftlich orientierten Traum für ihn ein. Es geht ihm nicht darum, seine Forschungsergebnisse werbegerecht und mediengerecht zu inszenieren, es geht nicht um Medienkonferenzen und die Gegenwart der Persönlichkeiten aus Politik und Wissenschaft. Was ihn reizt, ist die Übertragung und Anwendung der Ergebnisse der Gehirnforschung, um zu zeigen, wie neue Lebensprozesse und Interessen des Menschen die materiell-elektrische Verknüpfung in den Hirnzellen umbauen.

Das Hauptproblem kann er nicht lösen: Milliarden von Nervenzellen bilden die Hardware des Superrechners im Kopf. Sie werden zur Einheit. Das fehlt dem Computer. Wie sollte er in einer Gehirnrinde des Computers jede einzelne verschachteln? Das menschliche Gehirn ist sehr wandlungsfähig. Auch sein Maschinenmensch soll denken und kombinieren, abstrahieren und schöpferisch handeln.

Er ist untergetaucht, fistelt vor sich hin, bis ihn eine bekannte Stimme aus seinen Träumen reißt.

»Hallo Hildwin, störe ich deine Kreise?«

Die etwas zu laute, schrille Stimme gehört zu einem kräftigen Mann mit rötlichem Gesicht. Sein steifes dunkles Haar ist hoch aus der Stirn gekämmt. Die unregelmäßigen Züge verstärken die hellen, etwas flackernden Augen, die jedem seine Verachtung entgegenzuschleudern scheinen. Er setzt sich neben ihn.

»Du hast wieder ein Referat im Rahmen einer KZ-Besichtigung gehalten? Ich las es heute früh in der Zeitung. Hast du diese unersättlichen Besucher der Stätte des Grauens befriedigt? Ihnen das Gruseln gelehrt?«

»Ja, an organisierten Veranstaltungen nehmen immer Interessierte teil, aber der Durchschnittsbürger soll ja mit diesem Thema überstrapaziert sein.«

»Und du? Referierst du immer noch gerne über dieses Thema?« Die Frage schwingt die ganze Skepsis dessen aus, der sie stellt.

Daß er die junge Generation informieren will, sagt er. In Vergessenheit dürfe dieser Völkermord natürlich nicht geraten. Er bemüht sich etwas zu hastig, die letzten Ereignisse mit rechtsradikalen Kreisen, mit rechten Elementen zahlenmäßig aufzureihen, die die Notwendigkeit der Erinnerung beweisen sollen: Im Juni wurde in Sachsen ein schwerbehinderter Asylbewerber überfallen. Ein Unbekannter fuhr an der Kreuzung den Rollstuhlfahrer an. Bei der anschließenden Auseinandersetzung schlug ihn der Autofahrer nieder.

Zwei Wochen später konnte eine gewaltsame Konfrontation zwischen zwanzig Rechtsradikalen und zehn Linken am Marktplatz von Wittenberg nur mit großem Polizeiaufgebot beendet werden.

Im gleichen Monat wurde in Gera auf das Haus einer islamischen Religionsgemeinschaft ein Anschlag verübt. Die Jugendlichen gehörten der NPD an.

Im Juli verletzten randalierende junge Menschen auf einem Volksfest in Mecklenburg-Vorpommern sechs Menschen.

Die Täter wiesen sich durch ausländerfeindliche Parolen aus. Im gleichen Monat wurde in Annaberg ein fünfundvierzigjähriger Vietnamese von einem Siebzehnjährigen niedergeschlagen, der der rechten Szene angehörte.

Soll ich diese Chronik der Gewalt fortsetzen?«

Der andere gibt sich nicht zufrieden. »Und du?« Seine analoge Kommunikation läßt die zwei Wörter zur rhetorischen Frage werden. Er neigt den Kopf schräg nach unten, zieht Augenbrauen und Mundwinkel nach oben. Sein Blick zielt aus dem Hinterhalt auf den Gesprächspartner. Er weiß es besser. Soll der ihm doch nichts vorgaukeln.

Hildwin räuspert sich. »Du meinst, ich habe mich auch überstrapaziert? Ja, Spaß ist das nicht mehr. Da hast du recht, aber schließlich zwingt uns das Pflichtgefühl zum Engagement.«

»Wie lange noch?« will der Zweifler wissen. »Sind nicht durch die Vertreibung aus den Ostgebieten, durch Aussiedlung und Flucht auch sehr viele umgekommen und ermordet worden? Wurden nicht unzählige unschuldige politische Häftlinge in Konzentrationslagern getötet? Und das Erbe des Kosovo-Konfliktes? Die serbische Machtdemonstration und der Untergang eines ganzen Volkes? Die Blutbäder in Osttimor, wo sich die Schrecken des Kosovo wiederholten? Von mehr als 20 000 Toten wurde berichtet. Nichtgeständige wurden unter dissonanten Klängen moderner Musik gefoltert. Auch Frauen und Kinder schonte man nicht. Blieb dort vielleicht dem Humanismus eine Chance? Glaubst du, daß dieses Volk das gleiche Verantwortungsgefühl entwickeln und die Nachkommen ständig daran erinnert wird?

Ende der 30er Jahre experimentierten japanische Wissenschaftler im Auftrag der Armee mit tödlichen Pestbakterien und erprobten sie an Chinesen. Sind das keine kriminellen Verstöße gegen die Menschlichkeit? Frage diese Völker einmal, ob sie ihr Gewissen belasten! Hat sich je eine Nation so zermürbt wie die deutsche?«

»Das entbindet uns nicht der Verantwortung für unsere nächste Generation!«

Hildwin spürt dieses Unwohlsein, das den Magen belastet, bis in den Hals steigt. Er kann den Gedanken, der sich parallel zu allen seinen Gedanken verbalisieren will, nicht abwehren. Hat er sich nicht wieder unter Druck zu den Referaten und Einweihungen von Gedenkstätten gemeldet? Unter innerem Zwang Aufträge dieser Art angenommen? Seine Finger zupfen nervös an seiner Krawatte herum.

Seit er sich in unkontrollierten Augenblicken immer wieder in die Rolle des Vaters gezwungen fühlt, stellvertretend für ihn aktiv wird, mit dessen Zunge zu reden scheint, verunsichert ihn jede Herausforderung. Seit er sich zu seinem Entsetzen dabei überrascht hat, wie sein Zeigefinger nach dem Vorbild des Vater seinen Worten Nachdruck zu verleihen sucht, seit ihn sogar das Wort »ich« an falscher Stelle attackiert, befindet er sich in Abwehrstellung, ohne es fertig zu bringen, sich der vermeintlichen Verantwortung zu entziehen. Adi, der Gesicht und Gestalt täglich neu erschafft, als Clown in unzählige Rollen schlüpft, ließ ihm seine Situation bewußt werden, an der Maya offensichtlich litt. Aber darüber spricht er nicht.

»Das falsche Parken anderer berechtigt dich doch nicht, das gleiche zu tun!« Der Ärger preßt ihm den Vergleich durch die Lippen.

»Zum Glück gehörst du nicht zu den Eindimensionalen, die nur aus einer Perspektive die Welt betrachten und vom Extrem ins Extrem abstürzen. Uns Schülern erschienst du als Vieleck. Aber Perfektion, das Unerreichbare, strebtest du schon immer an. Uns Gewichtlose trägt das Leben leichter als dich. Jetzt hast du ja durch den Clown wichtige Einsichten gewonnen.«

Er lacht. Ironie färbt seine Stimme auf.

Hildwin ignoriert den Spott, bleibt sachlich, gerät in ein Dozieren, das ihm nicht bewußt wird.

»Dimensionen entstehen im Laufe der Zeit im Auge und in der Vorstellung des Betrachters. Als Säuglinge konnten wir die Höhe nicht wahrnehmen, verspürten keine Angst und wären aus dem

Fenster geklettert, hätte es niemand verhindert. Wir haben die Welt nur zweidimensional gesehen. Heute hängt unsere Einstellung zum Leben und zur Vergangenheit, unser Erwachsenenverhalten von vielen Faktoren, von allen unseren Dimensionen ab. Reife setzt eben auch die Beschäftigung mit der Vergangenheit voraus.«
»Aber warum so einseitig?« ärgert sich der andere.
»Es wird zu selten gezeigt, daß viele nicht zustimmten, nicht nur der organisierte Widerstand. Viele Frauen, auch Männer, in Bayern, Baden-Württemberg und Sachsen, auch in Berlin, haben 60 Jahre lang ihr Leben riskiert, indem sie Verfolgte, Deserteure versteckten und versorgten.«
»Halte deine Referate nur, solange sie nicht deine Nerven kosten! Würde man mich fragen, lehnte ich ab, weil mir die Erbschuld der Deutschen nicht behagt, die man uns auflädt. Reicht es nicht, daß wir alle für die ersten Menschen büßen müssen? Vielleicht deshalb, weil sie den faustischen Hang in sich trugen? Ich bin nicht Adam, und ich bin kein Nazi.« Das spöttische Grinsen verzerrt sein Gesicht.
Hildwin schluckt dessen spitzzüngige Bemerkung. Er wehrt sich gegen seine innere Zustimmung und ärgert sich über die eigene Ungereimtheit. Schweigen artikuliert seine Hilflosigkeit. Sein Innenleben ist selbst für ihn unzugänglich, seit er sich oft mit fremder Zunge reden hört.
Beweist nicht die Luftballonpost, daß die Gegner seine Schwachstelle längst erkannt haben? Siedendheiß durchströmt es seinen Kopf, wenn er an die Botschaften denkt, die ihn nach seinen letzten Referaten im eigenen Garten erwarteten, ihm entgegensegelten: Die Fragen leuchteten schwarz auf hellem Grund. Der Gruß ließ ihn zu seinem Entsetzen zum Verbündeten werden.
»Hallo Bruder! Dürfen wir zusehen, wenn deutsche Jugendliche arbeitslos und Ausländer beim Arbeitsamt erfolgreich sind? Liegt es an unserem Verstand oder an der Bildungspolitik, daß wir ausländische Fachkräfte brauchen?«
Der zweite Ballon hing an seiner Haustüre.

»Hallo Bruder! Sind Menschen, die deutsch denken und fühlen, und Deutsche, die um die nationale Identität besorgt sind,
Rassisten?«

»Hallo Bruder! Sind Deutsche, die Überfremdung durch
Massenzuwanderung fürchten, ausländerfeindlich? Und Deutsche, die sich nationale Einheit, ›ein einig Volk von Brüdern‹
wünschen, Nationalisten?«

Die Schüler hatten die Ungerechtigkeit den Rußlanddeutschen
gegenüber erwähnt, die im Gegensatz zu jüdischen Zuwanderern
entsprechende Sprachkenntnisse nachweisen müssen.

»Hallo Bruder! Gehören Deutsche, die nicht an eine
Kollektivschuld, an eine nationale Erbsünde glauben, der rechten Szene an? Sind die Deutschen, die Tradition, Brauchtum
und Mundarten als Insignien des deutschen Volkes schätzen,
altmodisch? Fremdenfeindlich?«

»Hallo Bruder! Sollte uns nicht die Verkleinerung der
Streitkräfte, die Verkürzung des Wehrdienstes, der in kleine Happen zerbröselt werden darf, verunsichern, weil es
nicht mehr um Landesverteidigung, sondern um weltweite
Interventionen in Krisensituationen geht?«

»Hallo Bruder, reichen 5000 Mahnmale, die die deutsche
Schuld verewigen, indem sie auf Hitlers Verbrechen verweisen, für die Vergangenheitsbewältigung nicht aus?«

Könnten die Unsummen, die für neue Mahnmale und deren
Renovierung fließen, nicht neue Arbeitsplätze für die Jugend
schaffen?«

Das letzte seiner Referate brachte ihm einen Riesenballon mit
leuchtend roten Lettern ein.

Die Demonstration in Beirut gegen israelitische Schandtagen
erwähnte ein Lehramtsanwärter. Man hatte wehrlose Kinder
und Jugendliche, wie Mohammed al Durra und Salah Nejim,
erschossen.

»Hallo Bruder! Warum nur deutsche Schuld beschwören? Kein
lebender Deutscher war an diesem Massaker beteiligt, während

in dieser Stunde vielleicht in Palästina wieder gemordet wird.«
Hildwin schweigt immer noch, bis dem anderen die Situation peinlich wird.
»Ich wollte dich nicht beleidigen, aber ...«
Hildwin winkt ab. Er weiß, daß man ihn erkannt hat, aber er will es sich wenigstens nicht anmerken lassen und wechselt das Thema.
Er redet von seinem Fachreferat, von der praktischen Arbeit und seiner Menschenmaschine, die eine hochdimensionale geometrische Welt sein soll.
Der mit der Hakennase zieht langsam sein Grinsen ein.
»Erinnerst du dich an den Levi? Ein fleißiger, unscheinbarer Junge, aber noch mit dem Schlamm der Jugend behaftet, etwas trinkfreudig. Er brachte mit 21 Jahren nur eine recht ordentliche Handschrift von drüben mit. Ein Computerspezialist stellte ihn gerade seiner Theorielosigkeit und Schattenlosigkeit wegen ein.«
»Leviathan? Ja, berufslos.« Hildwin läßt die Nachsilbe los auf langgezogenem Ton auspendeln, bevor er Kurs auf den Dienstherrn nimmt. Dessen konträre wissenschaftliche Vorstellung steckt ihm noch als Dorn im Fleisch.
»Er wollte die Produktion steigern, nicht der Wissenschaft dienen. Menschenmaschinen interessierten ihn auch nicht.«
Als höre ihn der andere nicht zu, sagt er: »Das Glück über diesen Job, der ihn eine kleine Wohnung und seine Versorgung sicherte, leuchtete ihm aus den schwarzen kleinen Augen.«
»Bei diesem Chef wird er nur bleiben, wenn er im Akkord arbeitet.« Hildwin lehnt den Fachkollegen ab, aber er hat begriffen, daß der andere mit seinem Hinweis auf Levi etwas gegen ihn im Gepäck trägt, und zieht sich an allerlei Vermutungen hoch.
»Habt ihr eigentlich wieder vermietet?« Die Frage bestätigt Hildwins Vermutung. Mit dem Hinweis auf familiäre Probleme, die erst bereinigt werden müssen, begründet er sein geringes Engagement.

Der Hakennasige läßt sich nicht schrecken. »An Ausländer zu vermieten, fühlst du dich doch sicher verpflichtet!«

Dies heimliche Triebmittel, mit dem der Gedanke an Levi als Mieter über ihm aufgeht, bestimmt seine Antwort nicht. Er behält seine Überzeugung für sich. Vor einem Jahr wohnte ein ausländischer Fabrikarbeiter und dessen Freund in seinem Haus. Er hat es ertragen, das Geschwätz im Treppenhaus; er hat sie ertragen, die verdrossenen Mienen, wenn sie am Morgen zur Arbeit gingen. Seine schmerzenden Ohren haben den Lärm der Fernsehgeräte am Abend ertragen; er hat ihn ertragen, den Haß auf die industrielle Hölle, in der sie arbeiteten, wenn Türen zugeschlagen wurden, Fensterläden orkanartig in sich zusammenstürzten, und er hat den Schmutzberg im Treppenhaus und in den Wohnungen ertragen. Jetzt soll er Levi ...?

»Levi braucht eine neue Wohnung, weil seine Hausleute das Haus verkaufen. Du hast sicher Verständnis für ihn.« Die Stimme des anderen fordert ihn heraus.

»Ich habe natürlich keine Antipathie gegen Ausländer, aber meine Frau zieht nach diesen Erfahrungen weibliche Mieter vor.«

Vom Verdacht des Sprechers berührt, quillt das Wort »Ausländer« auf seiner Zunge auf. Hängt man ihm jetzt sein Pflichtgefühl als Schwäche um, um ihn dann paradoxerweise als ausländerfeindlich zu verdächtigen? Aber der Mensch urteilt nach dem Maßstab der eigenen Gewöhnlichkeit, denkt er überheblich.

Laut sagt er nur: »Schließlich haben wir Asiatenkinder adoptiert.«

Sein Partner nimmt die Anregung auf. »Du hattest Pech. Ich habe es gelesen. War es wirklich ein Unfall?«

Hildwin hebt kurz die rechte Schulter. Auch sein Blick demonstriert seine Unkenntnis der Sachlage. Er will nicht wieder darüber reden, sich an Vermutungen versuchen. Er haßt diese Klimmzüge. Außerdem ärgert er sich über seine eigene Bemerkung. Ist er wirklich ein so kleiner Geist, daß er Leben und Handeln immer wieder sorgfältig aufpolieren muß, damit ihn seine Mitmenschen akzeptieren? Wen geht es etwas an, ob er seine Tochter zeugte oder adoptierte?

Der andere hat es plötzlich eilig. Er muß aussteigen. Die Kinder stehen am Bahnsteig. Sie winken, laufen ihm entgegen. Der Junge greift nach seinem Gepäck. Wird ihn Fabian in ein paar Jahren auch vom Bahnhof abholen? Seine Reisetasche tragen? Der Sohn zieht heute schon die Erzählungen des Großvaters seinen ungewollten Belehrungen vor. Absicht ist es natürlich nicht, aber sein Ton scheint im Akkord dissonant zu klingen.

Fabian gilt als intelligent, aber er läßt sich wie jedes Kind leicht beeinflussen. Hildwin möchte verhindern, daß auch er unter der Last der anderen leidet.

Auch Maya dachte an den Bruder, als sie ihm fast die Mutter genommen hätte.

Daß Fabian sein Spiegelbild nicht annimmt, dem Blonden und Blauäugigen keine Chance bietet, in den Himmel zu kommen, ist eine Folge der großväterlichen Schauergeschichten. Aber nicht allein Fabian, auch er sieht sich als Opfer der nicht bewältigten väterlichen Vergangenheit.

Mit einem Gedicht, das der den Verwandten, die zu Besuch kamen, vortragen sollte, fing es an. »Die Rückkehr von den KZs und den Todesinseln« oder »Dachau« standen zur Wahl, weil Vater es so wollte. Er fand keinen Bezug zu dieser Lyrik, obwohl man sich sehr bemühte, sie ihm zu erklären. Er weinte, überließ dem Vetter die Ehre und verärgerte den Vater so sehr, daß der ihn tagelang übersah.

Viel interessanter erschien es ihm, zu erforschen, warum die Sonne durch die Marmelade scheinen kann, die verstreuten Autolichter am Morgen zu beobachten. Die Räder eines Uhrwerkes faszinierten ihn, ein zerlegter Motor, Maschinen. Aber die Gegenwart und selbst die Zukunft kam immer von dort, wo er sie nicht suchte. Die Jahre zwischen 1933 und 1945 kamen fast täglich auf den Lippen des Vater auf einen Sprung bei ihm vorbei. Er schluckte die bittere Medizin tropfenweise und selten in Form bunter Geschichten, wie sie der Großvater dem Enkel erzählte.

Hildwin wünschte sich ein Leben, in dem er nicht erwachsen sein und auf Zehenspitzen gehen mußte, wo es an der Stelle des KZs eine Robinsoninsel gab, aber niemand schenkte ihm, was er wünschte. Eines Tages weinte er nicht mehr, als die Mutter ihm die gewünschten Stiefel nicht kaufte. Er war dem Jungen von nebenan ohne Füße begegnet. Seppi saß im Rollstuhl, aber Hildwin dachte an die Soldaten im Krieg.

Jahre später, als er sich längst im Schaufenster spiegelte, die Frisur sorgfältiger betrachtete und in den Klassikern Antworten auf seine Fragen suchte, erwartete der Vater immer noch Referate von ihm über das Leben in den KZs, über die Greuel des Dritten Reiches, über Rechtsradikalismus.

»Deine Generation ist dazu auserwählt, die Schuldenlast der Großväter abzutragen«, sagte er.

Der Halbwüchsige wehrte sich, und nicht selten brach er aus dem Gespräch mit dem Vater in die Freiheit des Schweigens aus.

Daß der Vater selbst keine Lichtbildervorträge über dieses Spezialgebiet mehr hielt, hing nicht mit dem schwindenden Bedarf zusammen, die Jugend löste ihn ab. Dann gestand man Hildwin endlich eine Wohnung zu, in der er allein sein durfte, wo er nächtelang Bücher nach eigener Wahl einatmete.

Ängste vor einer falschen Berufswahl, vor falschen Entscheidungen, der falschen Wahl der Lebensgefährtin, vor dem Verlust der Identität überfielen ihn, und er kämpfte mit der Angst gegen die Ängste. Leise sprach er nicht mehr die Namen der Gefallen, sondern seinen Namen in den Wind.

Historiker sollte er werden. Der Vater gab ihm das Schicksal der Nation mit auf den Weg. Eine Zeitlang grub er sich in die Geschichte ein, aber die Abende am Fluß, die Spiegelungen der Lufträume, seine Tagträume bei den Wanderungen verleiteten ihn, an die Grünschattierungen der Bäume und Büsche, an das Blaugrün des Flusses zu denken, der in die Zeit hinstürzt.

Ihm fehlte der Mut und das Selbstbewußtsein, um die Welt zu verändern. Haß und Verzweiflung wollte er den anderen überlassen. Seine geheime Sehnsucht galt der Forschung, nicht dem trüben Fluß der Geschichte. Da sie die Erwartungen seiner Eltern, die ihn bereits in der Kindheit verpflichteten, sich mit der deutschen Vergangenheit auseinanderzusetzen, kannten, überraschte die Freunde seine scheinbar fehlende Aggression, der scheinbar fehlende Widerstand, und sie verstanden natürlich seine nicht von der Familie geplante Berufswahl.

Die Stimme der fanatischen Mutter klingt ihm noch im Ohr: »Unser Sohn wird nach Israel reisen. Einen Besuch ist man schließlich diesem Volk schuldig, einem Volk, dem so großes Unrecht geschah.«

Und: »Hildwin ist mit einer Jüdin befreundet!«

Mutter sagte es erfreut ihren Nachbarinnen am Gartenzaun, über die breite Hecke hinweg, sie sagte es ihren Freundinnen beim Tee, aber gerade sie fürchtete eine Ehe zwischen ihr und dem Sohn.

Zu seinem zehnten Geburtstag erwarteten die Eltern einen Klassenkameraden, das einzige Kind eines Juden. Hildwin übertrug man die Verpflichtung, ihn einzuladen, obwohl er keinerlei Beziehungen zu diesem scheuen Jungen aufgebaut hatte. Der Gebetene lehnte höflich ab, zu Hildwins Freude und zur großen Enttäuschung der Mutter, die ihn bereits bei Verwandten und Bekannten angekündigt und darauf geachtet hatte, daß kein Schweinefleisch auf der Speisekarte stand.

Da die Mutter Bekräftigung für ein wesentliches Erziehungsmittel hielt, sparte sie nicht mit Lob, wenn Hildwin die erwünschten Verhaltensweisen zeigte.

»Unser Sohn besucht heute einen Geschichtsfilm. Wir freuen uns immer, wenn er sich mit dieser schrecklichen Zeit von 1933-1945 auseinandersetzt. Die Jugend darf nicht an den Greueltaten dieser Zeit vorbeisehen.«

Oder: »Mein Mann hat Hildwin ein neues Fahrrad geschenkt. Die Belohnung für seine ausgezeichneten Leistungen im Geschichtsunterricht. Er hat freiwillig den Unterricht über die Zeit des Dritten Reiches mit Referaten abgedeckt.«

Ein spöttisches Grinsen entstellt Hildwins Gesicht. Der Lohn war mit dem Vater vorher abgesprochen, daher konnte man natürlich nicht von Belohnung im üblichen Sinne sprechen. Erwartet er vielleicht auch heute noch dieses geronnene väterliche Lob?

Hildwins Kopf fällt schwer in die Hände. Die Zischgeräusche des bremsenden ICE dringen kaum an sein Ohr. Erst der harte Stoß läßt ihn aufsehen. Er schiebt das Fenster nach unten. Die dünnen Lichtfäden durchschneiden das feine Nebelgespinst und beleuchten schaurig das riesige Maisfeld. Hildwin hat schon oft dem Rauschen der langen dürren Stengel, die sich in der Luft bewegen, zugehört. Sie sprechen ihre eigene Sprache.

Die Musik eines Maisfeldes war es auch damals, die ihn faszinierte. Die Luft zitterte und flimmerte im Licht. Er ließ sich am Rande des Feldes nieder und entdeckte ein schwarzes Bündel. Daneben lag mitten im Mais ein junger Mann. Er war tot. Der leere, helle Himmel über ihm. Hildwin alarmierte die Polizei. Am nächsten Tag las er es in der Zeitung, das Ereignis.

Straffällig wegen »rechtsradikaler Umtriebe«, wurde er polizeilich gesucht. Durch eine von ihm und seinen Freunden verschuldete Explosion waren vier Menschen ums Leben gekommen. Den Tätern drohten hohe Gefängnisstrafen.

Damals zwang ihn der Vater nach langer Diskussion zu einem Aufsatz für die Zeitung. Das Maisfeld und die leeren Stengel rauschten noch lange in ihm.

Ja, der Druck der Eltern war es und seine Begabung, die ihn zu der Berufswahl veranlaßten.

Fabian wird er nicht beeinflussen, das weiß er. Gotelinde liebt ihn uneingeschränkt, wie jede Mutter ihr Kind. War es seine Schuld, daß sie nicht die gleiche Bindung zu Maya aufzubauen vermochte?

Vom psychischen Druck erschlafft, war er trotz der Sinnkrise, die ihn getroffen hatte, unfähig zu widerstehen, sich nicht zu wehren imstande. Dazu kam, daß er die Verpflichtung, die ihm die Eltern auferlegten, annahm, immer den Druck der Familie im Nacken, als Enkel eines Angehörigen der SS seine antifaschistische Haltung demonstrieren zu müssen.

Auch seine Frau belastete die Einstellung der Schwiegereltern. Als er heiratete, konnte die Mutter es nicht lassen, Gotelinde gegenüber seine jüdische Freundin zu erwähnen. Warum wollte sie es ihm nicht selbst überlassen? Bedauerte die Mutter wirklich, in der Schwiegertochter keine Jüdin in die Familie aufzunehmen? Der Vater betonte Gotelindes hervorragende Eignung als Mutter der Enkelkinder, indem er ihr die erwünschte Einstellung unterstellte.

»Wer aus der Geschichte der deutschen Nation gelernt hat, zeichnet sich durch Toleranz und Menschenliebe aus und kann diese Tugenden an die nächste Generation überzeugend weitergeben«, sagte er.

Den Beweis glaubten die Eltern auch im Engagement der Lehrerin zu sehen, die »Der andorranische Jude« als Klassenlektüre wählte und mit begabten Schülern bei der Schlußfeier aufführte. Das Gewicht jahrelanger Vorurteile, Gewohnheiten, Trugschlüsse sei unerträglich. Man müsse endlich mit Worten und Taten Hitler und seine Brandstifter verurteilen.

Die Eltern überredeten nicht allein Sohn und Schwiegertochter zur Adoption, sie bestimmten indirekt auch die Wahl der Kinder. Der von Hitler als »minderwertig« bezeichneten Rasse sollten sie angehören.

Später gestand ihm die Frau, was er längst ahnte, daß sie die Wahl als Zwang empfand und unter psychischem Druck zugestimmt hatte. In diesem Zwang sieht Hildwin die Ursache für das problematische Verhältnis Gotelindes zu Maya.

Auch seine Mutter zeigte wenig Verständnis für Mayas außergewöhnliches Zeitempfinden. Der Konflikt war vorprogrammiert, zumal auch sein Vater nicht imstande war, eine positive Beziehung zu dem Mädchen aufzubauen.

Die Halbwüchsige mag dieser Mann mit dem glatten, exakt seitlich gescheitelten Haar, den penibel auf Falte gebügelten, meist schwarzen Anzug und den altmodischen polierten Schuhen belustigt haben. Sein Gewicht behinderte das Treppensteigen, und er warf sich meist von Stufe zu Stufe hinauf. Kletterte aber Fabian auf seine Knie, lachte er, daß man die Goldrahmen seiner plombierten Zähne sah. Er knackte für ihn Nüsse und knirschte mit den Zähnen.

Nach dem Tod der Frau trug er sehr lange die Briefe mit der Trauerkante mit sich herum. Der Umgang mit dem Enkel aber blieb trotz der schaurigen Geschichten Abenteuer und Spiel für beide. Maya fand weder zu ihm noch zu Gotelinde eine innige Beziehung. Aber Hildwin mißt diesen kleinen Konflikten, die sich oft ergeben hatten, keine Bedeutung bei. Seine Gedanken kreisen um den Auslöser zum Selbstmord.

Hildwin tastet eine Brusttasche des Jacketts ab. War nicht auch von einem Brief die Rede? Er hat nur das Tagebuch gesehen. Der Umschlag, in dem sich das Tagebuch befand, steckt noch in seiner Tasche. Er fingert nervös herum, aber einen Brief findet er nicht. Tagebuchblätter, lose zusammengefaltet, liegen im Umschlag. Er hat sie übersehen. Das Datum verweist auf die Zeit kurz vor ihrem Tod:

»Ich wollte meine Haare färben, mich völlig verändern und per Anhalter fliehen. Irgendwohin, denn ich habe einen Menschen getötet. Noch weiß es niemand. Ich kann Hild nicht mehr in die Augen schauen, aber es fehlt mir plötzlich der Mut zu sterben.
Bisher dachte ich, es käme nicht darauf an, weil der Mensch wiedergeboren wird. Jetzt aber fürchte ich den Tod. Niemand soll mich wiedererkennen. Mein Leben will ich neu erfinden, den Menschen, die mich kennen, meinen Tod vortäuschen. Lebt wohl! Hild will ich einen Brief schreiben. Ihn liebe ich wirklich.«

Hildwins Glieder versteifen sich, seine Hände zittern vor Erregung. Die Leiche im Schilf war unkenntlich, aufgedunsen. Die Größe stimmte mit Mayas Körperwuchs überein. Das T-Shirt und die kurze Hose konnten ihr die Gewalt des Wassers entrissen haben, aber die Augen, die langen blauschwarzen Haare erschienen ihm unverkennbar.

Wer hätte in dieser Gegend gerade zu dieser Zeit ertrinken können? Außer seiner Tochter wurde kein Mädchen vermißt. Aber diese scheinbare Gewißheit befriedigt ihn nicht.

Könnte nicht auch ein Mißverständnis die Todesursache sein? Welchen Auftritt hat das Schicksal ausgewählt? Denkt er jetzt schon wie Maya?

Wen glaubte seine Tochter getötet zu haben? Es kann sich nur um eine Täuschung handeln. Seine Familie ist gesund. Gotelinde hat ihren Katarrh überwunden.

Verzweiflung fliegt ihn an. Hildwin telefoniert mit Mayas Freundinnen, mit dem jungen Mann, der sie zu jenem Kloster begleitete, in dem sie meditierten und an gemeinsamen Diskussionen teilnahmen.

Unwissenheit, Leere, Verwunderung wellen zurück. Babi hat keinen Telefonanschluß, aber der Freund weiß es, daß sie vor zwei Tagen starb, also einen Tag nach seinem Gespräch mit ihr. Sie stürzte beim Pilze- und Kräutersammeln und schien einer schweren Verletzung erlegen zu sein. Eine Beziehung zwischen ihrem Tod und Maya stellte verständlicherweise niemand her. Es wäre absurd zu glauben, daß die Kräuterspezialistin Mayas Kräutertee trank. In ihren Prognosen sieht Hildwin allerdings eine wesentliche Ursache ihres vermuteten Selbstmordes. Wie hätte er dem Herzen dieser Frau Verständnis und wie ihrem Verstand diplomatisches Vorgehen beibringen sollen?

Nur sekundenlang denkt Hildwin an Mayas leibliche Mutter. Sie lebt, und in drei Stunden ist sein Besuch bei ihr geplant. Er kann seine Ratlosigkeit kaum verbergen. Adi hätte einen Ausweg aus dieser Situation gefunden. Er war es gewöhnt, sich auf bequeme

117

Art hoch über allem Getriebe einzurichten und auf die Auftritte des Schicksals zu parieren. Ja, Adi hätte spontan eine praktikable Lösung seines Problems gefunden, davon ist er überzeugt. Ihn aber hindert seine innere Starre, seine innere Schlaffheit vielleicht.

Nie hat er es gewagt, seinen Groll über diese Last der Vergangenheit, die man auf ihn übertrug, abzulassen. Stieg einmal ein Lachen über die Denkweise seines Vaters in ihm hoch, das ihn vor dieser Erstarrung bewahrt hätte, blieb es in den Schichten der Achtung vor dem Vater, in denen seines Pflichtgefühls stecken. Ein Strom von Prinzipien überschwemmte den alten Mann, aufgezwungene Meinungen, die Hildwin zu lange unter der väterlichen Überzeugungskraft mit ihm zu teilen glaubte. Erst seit kurzer Zeit rebelliert etwas in ihm, wenn er referiert oder eine KZ-Besichtigung leitet, wenn der Vater seine Geschichten erzählt.

War er nicht auch zweimal auf seinem Familienglück, das man ihm einredete, ausgeglitten?

Gotelinde befreite ihn nicht. Sie sorgte dafür, daß er auch als Ehemann seine Gefühle und Vorstellungen wie seine Triebe dressierte und extrem strengen Kontrollen unterzog.

Mußte sich Maya in seiner Abwesenheit den ganzen Tag über nicht verloren und ausgeschlossen fühlen? Sie fand die Vorstellung des Großvaters »altmodisch und psychopathisch«. Seine Erzählungen interessierten sie nicht. Nie hätte sie sich dem Großvater anvertraut. Sein Ton, von Wohlwollen durchdrungen, ging ihr offensichtlich gegen den Strich.

Wurde von einem Familienmitglied das Thema »Drittes Reich« angesprochen, funkelten Mayas große schwarze Augen, aber man wußte nicht, ob dieses Gefunkel Ärger, Wut oder Haß bedeutete. Sah sie wirklich auch den, den sie liebevoll »Hild« nannte, im Netz fremder Meinungen, Einstellungen gefangen?

Hildwin kann seine Erregung nicht verbergen. Die Blätter in seinen Händen zittern. Er steht auf, verläßt das Abteil, kehrt nach fünf Minuten auf seinen Platz zurück. Dann wechseln nervöse Blicke auf die Armbanduhr und Blicke aus dem Fenster ab. Die Unruhe überträgt sich auf seine Umgebung. Der Mann ihm gegenüber verläßt zweimal hintereinander seinen Sitzplatz, um zu rauchen. Das kleinste Kind rutscht am Boden herum, beginnt zu weinen.

Hildwins Gedanken überstürzen sich. Sollte seine Tochter wirklich getarnt per Anhalter geflohen sein? Sie war völlig unerfahren im Umgang mit Fremden. Was könnte ihr alles zustoßen! Ohne Ausweis hat sie keine Möglichkeit, die Grenze zu passieren. Des vermuteten Toten wegen wagt es Hildwin nicht, sofort die Polizei zu verständigen, sie über die Tagebuchaufzeichnung zu informieren. Wie kann er sie finden, ohne sie zu gefährden?

Auf der zweiten der Tagebuchseiten im Umschlag wiederholt das Mädchen nur die Angst vor dem Tod und vor seinem Gewissen, die Absicht, in den Süden zu fliehen.

»Die Sterne zeigen mir mein Schicksal. Der Christengott schweigt wie immer«, schreibt sie.

Von Angst zermürbt, klopfen seine sonst von Empfindungen gesättigten, jetzt fast stumpfen Fingerspitzen auf den Abfallbehälter, daß es tönt.

Wie konnte er es zulassen, daß seine Tochter zwischen zwei Religionen geriet? Die westliche Religion teilt Materie und Seele. Für Maya stellten sie eine Einheit dar. Sie glaubte, im Jenseits physisch und seelisch weiterzuleben, ins Diesseits zurückzukehren. Er hielt es für Kinderphantasie.

»Christus sagt: ›Ich habe den Schlüssel zu Tod und Totenreich‹«, hielt er ihr entgegen.

»Vielleicht!« Mayas Schulterzucken stellte seine Aussage in Frage.

»Der Himmel wird in der Bibel mit einer kostbaren Perle und einem im Acker vergrabenem Schatz verglichen, sagte der Pfarrer in der Kirche.« Maya lächelte nachsichtig.

»Kennst du dieses Gefühl von Unendlichkeit, das dich plötzlich trifft, wenn du in der Natur stehst? Einen Sonnenaufgang beobachtest?« fragte sie ihn einmal.

Er bemühte sich, es ihr als kosmische Durchdringung bei einem Erlebnis einer Naturerscheinung zu erklären, verwies auf das Wunder der Schöpfung. Mayas Lächeln demonstrierte nicht unbedingt Zustimmung.

»Wer ist der, daß ihm der Sturm und das Meer gehorchen?« zitierte er.

»Der Christengott ist ein herrschsüchtiger und eifersüchtiger Gott«, sagte sie. »Er will keine anderen Götter neben sich haben. Alles ist sein Werk.« Sie zweifelte an der Dreifaltigkeit.

Was hätte er tun sollen, wenn selbst der Pfarrer in der Kirche, im Religionsunterricht schwächer war als Babi und der Guru?

Müde vor Selbstvorwürfen und banalen Entschuldigungen schließt Hildwin die Augen.

Gotelinde, die jeden Handgriff mit erprobter Sicherheit meistert, war nicht fähig, ihr zu helfen. Maya hätte den Rat wohl auch nicht angenommen. Sie sah oft untätig vor sich hin, ohne sie zu hören. Vielleicht gelang es ihr, störende akustische Schwingungen mit geistiger Anstrengung auszuschalten. Wo Verständnis fehlt, wandert das Vertrauen aus. Aber er liebt Maya, und Maya liebte ihn. Es war seine Aufgabe, die Schiffbrüchige an Land zu bringen.

Bei der nächsten Station steigt Hildwin aus. Er geht durch die schmale Fußgängerzone in die Altstadt und sucht die Nummer 13. Abergläubisch ist er war nicht, aber er denkt an Mayas magische Zahlen und verspürt in dem grauen Hinterhaus, in dem er die Zahl 13 entdeckt, ein leichtes Unwohlsein, ein seltsames Kribbeln in seinen feinnervigen Fingerspitzen.

Das Treppenhaus ist sehr dunkel, die Fenster schmutzig. Niemand reagiert auf sein Klingeln. Von einer alten Frau, die gerade im Hinterhof ihren Abfall deponiert, erfährt er, daß die Gesuchte zur Zeit in einem Gasthof aushilft.

Hildwin geht durch die Fußgängerzone zurück. Viele junge Menschen sind noch unterwegs. Durch den Torbogen kommt ihm ein junges Paar entgegen, vergrößert sich mit abnehmender Entfernung. Wenige Meter von ihm entfernt bleiben sie stehen. Die tiefstehende Sonne wirft ihren schrägen Schatten auf die beiden gestikulierenden Gestalten, ahmt ihre Bewegungen nach und lenkt Hildwins Aufmerksamkeit auf sie. Am Tonfall erkennt er Eva, das etwas zu blasse Mädchen, das er öfter mit seiner Tochter zusammen sah.

Hildwin tritt etwas näher. »Eva, kann ich Sie einen Augenblick sprechen?« fragt er.

Sie löst sich erschrocken von ihrem Partner, sieht ihn erstaunt an. Er stellt seine Fragen kurz, präzise, er will informiert werden über das, was sie von Maya und dem tragischen Ereignissen weiß. »Wissen Sie, daß meine Tochter ertrank? Hat sie mit Ihnen über ihre Absicht gesprochen?«

Sie kriecht in sich hinein, ihre hellen grünen Augen verneinen alle seine Fragen. Gegen ihr Verstummen ist er gefeit, aber nicht gegen diese Sturheit. Will sie sich den Tadel der Freundin nicht aufladen? Oder wurde sie zum Schweigen verpflichtet?

Natürlich hatte sie das Ereignis, schlagzeilenreif, wenn nicht in der eigenen Zeitung, so doch an jedem Zeitungskiosk, gelesen. Erschrockenes Achselzucken begleitet Evas Verstummen. Ihr Partner pfeift leise vor sich hin. Sein Auge ignoriert ihn.

Hemmungslos von einem schrecklichen Verdacht befallen, berichtet Hildwin sachlich von der letzten Tagebucheintragung. Er klagt das fehlende Vertrauen, die Bereitschaft zur Hilfeleistung derer ein, die sich Freundinnen nennen.

In Gestotter verfallen, gibt sie zwar zu, Mayas Idee, sich zu verändern, das Leben neu zu erfinden, zu kennen, aber von einer Toten wisse sie nichts, und von Flucht sei nicht die Rede gewesen. »Nur so eine Idee vielleicht oder aus Protest gegen die Pflegemutter, die sie nicht verstand.« Hildwin soll die leibliche Mutter Mayas fragen. Sie zeigt ihm den Gasthof.

Junge Männer sitzen am Tisch. Er hört sie essen. Der eine schmatzt so laut, daß Hildwin plötzlich ein heftiges Hungergefühl verspürt. Die Bedienung stellt Brotteller auf den Tisch, stellt schäumendes Bier vor die Männer hin.

Er hat sie damals nicht persönlich kennengelernt, aber er zweifelt nicht daran, Mayas Mutter vor sich zu sehen. Hildwin bestellt einen Braten, weil er fürchtet, mit den gleichen Problemen wie sein Tischnachbar kämpfen zu müssen, wenn er auch das Hühnchen wählt. Dem tropft bereits das Fett aus den Mundwinkeln, und die Art, sich in der Hühnerbrust festzubeißen, erinnert an Bilder von Eingeborenen einer einsamen Urwaldregion.

Die Bedienung bringt Getränke und Besteck für ihn, und es gelingt ihm endlich, der Frau in die Augen zu schauen. Es sind trotz der düsteren Schatten Mayas Augen.

Seinen Informationen nach kann sie nicht älter als 40 Jahre alt sein. Auch ihre Figur ist mit der der Tochter vergleichbar, wenn man 20 Jahre addiert. Ist sie von einer schweren Krankheit oder von großer Anstrengung gezeichnet? Oder setzten ihr die Jahre hinter der Stadtmauer und auf der Straße so zu?

Hildwin möchte wissen, wann er sie kurz sprechen kann. Das Wort Maya hängt an seinen Lippen, läßt sie entsetzt aufschauen. Er, der nur über einen Rechtsanwalt mit ihr sprach, will sie jetzt persönlich kennenlernen. Unsicherheit, Staunen breiten sich auf ihrem schmalen Gesicht bis in den Haaransatz aus. Ein paar Minuten hat sie Zeit, bis die Masse der Gäste kommt, stammelt sie, die Lautstärke fast auf Null gestellt.

Dann erreichen sie seine Floskeln zwischen den Zähnen hindurch: »Es tut mit leid – leider damals keine Zeit – Berufsstreß, stark beansprucht ...« Langsam, mit Selbstvorwürfen durchsetzt: »Leicht erregbar – Sie wissen ja, die Vorurteile, man sollte natürlich nicht – ich glaubte, man wolle uns die Tochter nehmen.« Er bemüht sich anzukommen, erzählt in aller Breite von Mayas Konflikten mit der Adoptivmutter, mit zwei Religionen, er be-

122

richtet vom Einfluß der Freunde, des Gurus, von Babis Prognose und deren Tod.

Sie weiß es natürlich, hat ihn auf dem Begräbnis von weitem gesehen.

Sein Zweifel an der Identität der Tochter mit der Toten zittert längst im Gespräch. Wörter wie »scheint«, »vermutlich«, »vielleicht«, »wahrscheinlich«, »angenommen« stellen bereits die Hälfte seiner Feststellungen in Frage. Die Frau schweigt. Ihre zitternden Schultern, der unstete Blick und das helle Entsetzen in den Augen beweisen sie, ihre Angst. Sie weiß nichts.

Hildwin hat nur einen Wunsch: ihr Gedächtnis anzuzapfen. Er bestellt für beide starken Kaffee mit Sahne. Die zweite Bedienung springt ein, bringt die Kanne und Tassen. Die Hände der Frau zittern immer noch. Sie schluckt die Verzweiflung mit dem Kaffee. Maya heißt sie, wie die Tochter, würgt sie mit zerfranster Stimme hervor. Sie weiß immer noch nichts zu sagen. Erst nach dem zweiten Kaffee lockert sie sich etwas. Dann holt sie tief Atem und weit aus: Es war einmal ein fliegender Händler, der sie zu heiraten versprach. »Ja, ein schöner Mann war er, aber untreu.«

Von Erinnerung überflutet, schaut sie lange ins Leere.

»Ein schöner Mann mit schwarzbraunem lockigem Haar und braunen Augen, aber Lüge und Untreue im Blick.« Sie hat es zu spät bemerkt. Sie waren glücklich, obwohl sie beengt wohnten und der Handel wenig Geld einbrachte. Sie addiert allerlei Sinnlosigkeiten, spricht vom Besuch eines Festes, vom Wochenmarkt in der Stadt und gemeinsamen Spaziergängen. »Als das Kind kam, mußte er verreisen, geschäftlich, sagte er, wie immer, das frische Obst holen, aber ich habe ihn nicht wiedergesehen.«

Das ganze Arsenal des Beklagenswerten liegt in ihrem Blick. »Das schmerzte auch die Tochter, als sie es erfuhr.«

Hildwin wagt die Jammerpause nicht mit seinen Fragen zu füllen. Es dauert lange, bis sie weiterspricht.

Was Maya vorhatte, nein, das weiß sie nicht. Aber sie ist sicher, daß sie sich dem geliebten Adoptivvater anvertraut hätte.

Hildwin aber ist klar geworden, wo er sie suchen kann, als er erfährt, das sie monatlich Taschengeld abzweigte, sich am Lotteriespiel beteiligte und gewann. Eine Reise stand offen.

Viele Gäste betreten das Lokal. Die Frau verabschiedet sich, geht mit unsicheren kleinen Schritten zum Nebentisch, nimmt die Bestellung auf.

Zum ersten Mal ist Hildwin mit sich einig. Er wird eine Woche Urlaub nehmen, seine Tochter suchen, ohne die Polizei einzuschalten. Er hegt keinen Zweifel, daß diese Zufallslösung zum Ziel führen wird. Fernsüchtig ist er nicht, aber er will bei dieser Gelegenheit die Widerlichkeiten des Alltags zurücklassen. Gotelinde fehlt jede Unternehmungslust, und Fabian ist noch zu jung für derartige Reisen.

Entschlußfest redet er auf dem Weg zum Bahnhof im Gehen und Stehen laut vor sich hin. Es ist nicht seine Gewohnheit. Gotelinde, nicht ihm, ist das Sprechen zur zweiten Natur geworden. Es kommt oft mehr über ihre Lippen, als der Kopf zuläßt.

Ja, Gotelinde trägt mindestens eine Teilschuld an Mayas Flucht oder Tod. Davon ist er überzeugt.

Er wird diesem Verbrechen nachgehen, die Hintergründe aufspüren, wenn seine Frau auch unschuldig zu sein glaubt. Ihre permanente Kritik, ihre Klagen über Mayas Verhalten hat sie bereits mit 16 Jahren aus dem Haus getrieben, und er hätte energisch eingreifen sollen.

Zum vierten Male in dieser kurzen Zeit ruft er Gotelinde an, informiert sie sachlich, bittet sie, seinen Koffer für acht bis zehn Tage zu packen. Er wird das Auto am Flughafen abstellen, den Nachtflug buchen. Ihren von Mißtrauen befallenen Tonfall kennt er, aber er bleibt konsequent. »Alles Weitere zu Hause!«

Zu Hause findet er den Koffer gepackt.

Die späten Stunden reichen kaum für eine kurze Entspannung aus.

Gotelinde will sich an dem »Unsinn«, wie sie das Unternehmen nennt, nicht beteiligen. Wie könnte Hildwin, der seine Suchaktion nur auf Vermutungen gründet, Maya finden? Außerdem ist sie von deren Tod überzeugt.

Freilich, das Mal konnte man nicht finden, weil ein spitzer Stein oder ein Zweig im Schilf die Haut verletzte und das Wasser die Stelle füllte, das Gesicht anschwellen ließ. Es wirkte nahezu unkenntlich. Die Sicherheit, mit der Gotelinde trotzdem die Leiche identifizierte, vernichtete anfangs Hildwins Zweifel bis zu jenem Gespräch mit Mayas leiblicher Mutter und den letzten Tagebuchaufzeichnungen.

Auch die Information, Maya habe einen Teil des Taschengeldes für eine Reise abgezweigt, sich an einem Lotteriespiel beteiligt, eine Reise gewonnen, trugen wesentlich zu seiner Meinungsänderung bei. Außerdem standen Konsumgüter nicht auf dem Programm seiner Tochter. Das Geld diente diesem konkreten Zweck. Davon war er fest überzeugt.

Gotelinde findet seine Reaktion trotzdem voreilig. Ihren Argumenten entzieht er sich nach Mayas Muster durch Weghören. Der, wie es ihm scheint, ironische Tonfall ödet ihn an. Sie weiß wie immer nichts, aber trotzdem alles besser, denkt er. Daß der Brief verschwand, der an ihn gerichtet sein soll, den Maya in ihrem Tagebuch erwähnt, trägt zu seinem Mißtrauen bei, das ihn seit Mayas Tod gegen seine Frau plagt, wenn ihm auch bewußt wird, daß er das Ei, das für Gotelinde bestimmt ist, wieder einmal zu hart kocht.

Mit dem Besuch der Nachbarin hat er an diesem Morgen nicht gerechnet. Er versteht die alte Frau nicht sofort.

»Do wor a Wei bei mir, dei wont etz in d Weinitz, dei wollt zu Ihner zwengs der Maya.«

Ein Brief ist es, den sie überbringen soll.

Während Gotelinde den Korb der Briefbotin mit frischem Gemüse aus dem Gewächshaus füllt, reißen Hildwins nervöse

Finger den Briefumschlag auf. Das Schreiben ist an Mayas leibliche Mutter gerichtet:

»Liebe Mutter, Du wirst verstehen, daß ich meinen leiblichen Vater kennenlernen muß. Meine Pflegemutter lehnt mich ab. Sie versteht meine Probleme nicht. Seit ich weiß, daß sie auch noch aus unerklärlichen Gründen eifersüchtig ist, was sie bestreitet, will ich die Wohnung nicht mehr mit ihr teilen. In ihren Augen bin ich eine Lügnerin.

Vielleicht kann ich mein Gesicht mit meinen Kleidern wechseln und dort wohnen, wo ich ungestört zu leben vermag. Mit meinem Abschlußzeugnis finde ich sicher den geeigneten Job. Mein Studium werde ich eben ein bis zwei Jahre verzögern. Mama – ich sage jetzt lieber Linde – findet meine Argumente lächerlich. Sie nimmt mich zwar nicht ernst, aber sie ist der Meinung, daß ich die Familienatmosphäre störe.

Der Großvater unterstützt Linde, obwohl er weiß, daß ich recht habe, und er hat etwas gesagt, das mich zwingt, meine Familie zu verlassen. Hild wird mich verstehen, wenn ich ihm schreibe. Alles Gute wünscht Dir, liebe Mutter, deine Tochter Maya.«

Gotelinde kommt mit der Nachbarin zurück. Sie bedankt sich und geht. Am Gartentor bleibt sie stehen und kommt noch einmal zurück.

»Jesses, eitz hob ich vergessn, es tonbandl soll ich ehner noch gebn.«

Hat die Technik Mayas Stimme eingefangen? Hildwin greift nach dem Tonband und läßt sich erschöpft in einen Sessel fallen. Gotelinde bringt den Kaffee. Sie scheint ahnungslos zu sein.

Es ist nicht Mayas Tonfall. Die spitze, scharfe Stimme seiner Frau spricht ihn aus dem Tonband an: »Wir haben sie erzogen, ihr eine Heimat geschenkt, ihr eine höhere Schuldbildung, die Teilnahme am Ballett ermöglicht. Statt dankbar zu sein, lacht die freche Göre über unsere guten Ratschläge!«

126

Die Stimme des Vaters klingt fremd in Hildwins Ohr. »Es war meine Schuld. Die Adoption sollte unsere Wiedergutmachung sein. Du weißt ja, die Taten meines Vaters haben uns damals gezwungen, unsere Einstellung zu demonstrieren. Heute würde ich zu anderen Mitteln greifen. Maya ist ein undankbares Geschöpf.« Daß der Großvater Maya ablehnte, hat Hildwin geahnt, obwohl es der Betroffene nicht zugab. Wie konnten sich die politischen Nebengeräusche, die jahrelang sein Ohr umjubelten, so dissonant in seine Beziehung zu Maya schleichen?

Der Dialog zwischen Hildwin und seinem Vater gleicht einem Verhör.

Es geht um die Art der Rügen, Vorwürfe. »Bei welcher Gelegenheit? Warum? Wie hast du deinen Ärger verbalisiert? Mayas Antwort? Motive? Reaktionen ...«

Der alte Herr gibt sich über die »Lügen« empört, behauptet, wie die Schwiegertochter nichts zu wissen.

»Du weißt doch, daß sie log!« Gotelinde ist nicht belehrbar. »Sie war noch sehr unreif.«

Die Feststellung des Großvaters soll der Aussage der Schwiegertochter die Schärfe nehmen.

»Vater, was hast du gesagt, daß sie die Familie verlassen wollte?« Die Frage verdoppelt sich, verdreifacht sich in seinem Mund, stemmt sich dem kopfschüttelnden Großvater entgegen.

Unverschämt unschuldig berichtet der von Mayas Wunsch auszuziehen. Man beobachte, bevormunde sie ständig, soll sie geklagt haben. Mit Hinweisen auf die Tendenz pubertierender Mädchen, die sich distanzieren, mit der Elterngeneration in Konflikt kommen, versucht er den spitzzüngigen Bemerkungen der Schwiegertochter immer wieder die Spitze abzubrechen.

Alle positiven Beiwörter, die Söhne im Laufe ihres Lebens für die Väter sammeln, fallen in diesem Moment von Hildwins Vater ab. Gegen den Sog von Schuldgefühlen, die ein krankhaftes Pflichtgefühl auslösten, war er nicht gewappnet, aber diese Verständnislosigkeit Maya gegenüber, diese unterschwellige Legalisierung unsozialer

Verhaltensweisen lassen Hildwins Adrenalinspiegel empfindlich steigen. Dann kurven seine Gedanken ab, fassen Mayas Liebe zu ihm kostbar in ihre eigenen Worte. Umsonst.

Ein spöttisches Lächeln seiner Frau demonstriert ihre Vorstellung. Der emotional befrachtete Satz: »Was habt ihr diesem Kind angetan?« verstärkt nicht allein Gotelindes Ironie, läßt sie in offenen Spott ausbrechen. Er bringt ihm auch den Verweis des Vaters ein: »Was habe ich für einen unbeherrschten Sohn!« Es ist eine öde Stunde, in der Hildwin die sich ergänzenden Einzelheiten, die zur Katastrophe geführt haben könnten, einsammelt.

Gotelindes Kritik, Klagen und Rügen, ihr ständiges Nörgeln glaubt er zu hören, Mayas Widerstand, ihre religiöse Verunsicherung, aus der sich ihre Haltlosigkeit ergab, ihr Suchen nach Vorbildern, seine Mutlosigkeit, die ihn daran hinderte, sich wirkungsvoll für sie einzusetzen, und schließlich die Aussage des Großvaters, die er zu kennen glaubt, daß ihr durch die Adoption eine große Gnade zuteil wurde. Er hört dessen salbungsvolle Worte, die ihm die Kehle verschnüren.

Historisierende Hintergründe sieht er als Ursache für das heimliche Ausweichen des Vaters auf politische Pfade, sein Bekenntnis könnte zu der empfindlichen Reaktion der Tochter geführt haben.

Hildwin ist verdutzt über das stumme Einverständnis zwischen seiner Frau und seinem Vater. Er begreift Mayas Entschluß, das Leben zu verändern, vor diesem Hintergrund.

Man wirft ihm vor, zu nachsichtig gewesen zu sein. Aussprachen hätten das Unglück verhindern können, sagt der Vater. Mit Hilfe der Familie wird er nicht zur Wahrheit vorstoßen, das weiß er.

Daß Fabians Naivität einen wichtigen Hinweis bietet, erkennt er auf dem Weg zum Kindergarten, da ihm noch zwei Stunden bis zur Abfahrt bleiben.

Sein Sohn kennt die Probleme der großen Schwester nicht. Erst das Wort »Stiefmutter« aus dem Mund des Vaters ruft ein Märchen in seine Erinnerung, das Maya ihm erzählte.

»Die böse Stiefmutter hat das Schneewittchen in den Wald geschickt, um es vom Jäger erschießen zu lassen. Aber der Jäger hat es nicht erschossen, und der Wolf hat es nicht gefressen. Das Schneewittchen fand ein kleines Holzhaus hinter den sieben Bergen bei den sieben Zwergen und besuchte eines Tages die böse Stiefmutter mit vielen Kräutern. Die Stiefmutter hat die Kräuter gekauft und die Pilze und ist gestorben. Aber das Schneewittchen wollte die Stiefmutter nicht töten, nur ein bißchen krank machen, damit sie das Schneewittchen wieder nach Hause holt, um sich pflegen zu lassen. Das Schneewittchen war deshalb sehr traurig und hielt sich für eine Mörderin. Da ging es an den Fluß und erzählte ihm ihr Leid. Der nahm das Schneewittchen mit zum Poseidon. Sie feierten dann im Kristallpalast Hochzeit mit den vielen Fischen und den anderen Meerestieren.«

Fabians Erzählung zerstört jede Spur von Hildwins Hoffnung, Maya noch lebend zu finden. Das Märchen verstärkt seinen Verdacht, den er vergeblich immer wieder zu widerlegen versucht, daß der Konflikt mit der Adoptivmutter zur Selbstmordabsicht der Tochter beitrug oder dazu führte.

Aber er will mit dem Mann sprechen, der Maya zeugte und von dem sie sich Hilfe erwartete.

Hildwin verabschiedet sich von Fabian und fährt noch in der gleichen Stunde zum Flughafen.

Der ihn begleitet, ist sein Schul- und Studienfreund und ehemaliger Reisekamerad. Er freut sich auf die gemeinsame Reise. Als
Studenten hatten sie in ihrer Bildungsbeflissenheit kein Schloß
und kein Museum ausgelassen. Agi bekannte sich schon in der
Schulzeit zu dem »Streber« Hildwin. Freiwillige Einsätze waren unter Schülern wie später unter Studenten im historischen Bereich,
dem Hildwin nur zwei Semester treu blieb, unbeliebt. Agi kannte
aber Hildwins familiäre Hintergründe, den Willen seines unbeug-
samen Vaters, und verzieh dem Freund.
Die Studenten, seines Namens wegen uneinig, leiteten Agi wie
seine Mutter von Agil oder wie sein Vater von Agin ab, während
andere behaupteten, daß der aus dem Germanischen stammen-
de Name Egid in dem bei der Aussiedlung verlorengegangenen
Taufschein stehen müsse, da sein Urgroßvater – das allein war Agi
bekannt – Egidius hieß. Man blieb daher bei dem Rufnamen Agi.
Es zeigte sich jedenfalls bei Adi und Agi, daß »ein Name nichts
Geringes« sei.
Agi also will den Freund nach Istanbul begleiten. In diese Stadt
hätte Mayas Reise laut Information der Lottostelle geführt. Dort
wohnt seit zwei Jahren der gerissene Händler, ein Bruder von
Mayas vermutetem Vaters, der seine Geschäfte nach der Devise
»Unehrlichkeit ist die beste Politik« betreibt. Auf diese Weise hat er
sich nicht nur ein Hausboot mit einem Lotusteich in der Nähe von
Delhi erworben, er wohnte dort auch nicht in einer mit Wellblech
abgedeckten Lehmhütte, sondern in einem Haus aus gebrannten
Ziegelsteinen, was auf einen gewissen Reichtum schließen läßt.
Mayas vermuteter Vater verbrachte damals oft viele Wochen im
Winter bei ihm und dessen Familie. Ihn, den Einflußreichen, wol-
len die Freunde fragen.
Die Dorfrepublik in Delhi, die Wurzel der politischen Ordnung,
behinderte damals seine Geschäfte nicht, zumal sein Vetter zu
dem Fünf-Männer-Gemeinderat der dörflichen Selbstverwaltung

gehörte und dieses Dorfparlament die lokale Gerichtsbarkeit aus-übte. Eigentlich wurden nur die Grundbesitzer – Bauern, die sich durch Protektion die Gefolgschaft erkauften – in den Rat gewählt. Warum der Vetter, ein begüterter Händler, eine Ausnahme bilde-te, blieb der Masse der Bevölkerung verborgen. Man nahm seine finanziellen Möglichkeiten als Grund an.

Bei diesem Mann namens Siddhanat und dessen Frau Gand, die seit zwei Jahren, nicht weniger einflußreich, in Istanbul leben, glauben die Freunde den Zufluchtsort der Tochter zu finden.

In dieser Stadt, auf europäischer Seite, wohnt auch Samantha, Adis ehemalige Freundin, die weiterhelfen soll, falls der Erfolg aus-bleibt. Die ehemalige Freundin ist als Auslandskorrespondentin tätig, da ihre Mutter dort wohnt. Ihr Gatte, der zu häufig seine Freiheitsliebe beteuerte und sich von Aufmärschen begeistern ließ, wurde bei einer Demonstration erschossen.

Hildwin, immer wieder von Zweifeln befallen, hört Bericht und Vorschlag in sich hinein. Etwas in der Art des Freundes, der sein ironisches Lächeln mitbrachte, mißfällt ihm.

»Du weißt ja, daß die Mutter darauf besteht, daß der Obsthändler Maya gezeugt hat.«

Sein Mienenspiel gleicht dem des Richters Adam im »Zerbroch-enen Krug«, das sich bei Agi immer dann wiederholt, wenn es um Mayas Vater geht, als hätte er diese Mundmuskelstellung auf alle Ewigkeit hin abonniert.

»Was ist? Wen hältst du für den Vater?« Herausfordernd schaut Hildwin den Freund an.

Der zuckt gleichmütig mit den Schultern. »Sicher wissen wir nur, daß dunkle Geschäfte den vermuteten Vater Mayas in Verruf brachten. Er konnte gerade noch rechtzeitig wegtauchen. Ob ihn jemand zahlte, als er die Vaterschaft unterschrieb, weiß man nicht. Die Dame ist ja, wie du bemerkt haben wirst, nicht sehr auskunfts-freudig. Ich wette, daß sie alles weiß, aber du zweifelst daran.«

Wieder steckt er sein atemloses Lächeln auf, das Hildwin ärgert. Der Gedanke, daß seine Tochter bei einem anderen Mann, der

131

nicht der leibliche Vater wäre, Zuflucht suchte, geht nicht ohne Hefe auf, zumal der lebenskluge Ton Agis, den er aus seinem Mund nicht kennt, auf Informationen verweist, die er ihm vorzuenthalten scheint.

Der Flug verläuft sehr ruhig, die meisten Passagiere schlafen. Auch Agi blinzelt nach unruhigem Schlaf müde zu Hildwin. »Wie soll uns Samantha helfen?« Hildwins Mißtrauen klingt dissonant aus jedem Satz.

»Wir befragen zuerst den Bruder des vermeintlichen Vaters. Maya hielt ihn ja für den leiblichen Onkel.« Die lange Pause zwischen seinen Sätzen atmet seinen Zweifel aus.

Dann redet Agi monoton, leise, wie im Traum weiter: »Die Luft brütete, hatte sich auf den Hochsommer eingestellt, giftgrüne Papageien umschwirrten uns, als wir damals aus dem scheppernden Taxi ausstiegen. Am Brunnen füllten die Frauen gerade ihre Tonkrüge. Sie sahen uns Fremde und verhüllten sofort ihre Gesichter. Ihre neugierigen Augen blickten durch einen schmalen Spalt. Sie führten uns bereitwillig zum Haus des Händlers. Der Ort ist recht fortschrittlich für deren Begriffe. Er besitzt ein Postamt und Tiefbrunnen mit Pumpen, die den Frauen kilometerlanges Wassertragen ersparen.

Der Gastgeber mit seinem breiten markanten Gesicht, das an Darstellungen von Asiaten auf Holzschnitten erinnert, stand bereits vor der Türe. Jemand mußte unsere Ankunft gemeldet haben. Er lud uns zum Abendessen ein. Das dürftige Mobiliar bestand aus Blechkisten, die Schränke ersetzten, etliche Sitzkissen am Boden erübrigten Stühle und Tisch. Die Familie wählte Öllichter als Beleuchtung.

Das am offenen Kohlefeuer gebratene, sehr schmackhafte Hammelfleisch schmeckte trotz der Blechteller sehr gut.

Der Hausherr warnte uns sofort vor Anschlägen fanatischer Killer, die auf Touristen so wenig wie auf die unschuldige Bevölkerung Rücksicht nähmen.

Die Unterhaltung verlief in englischer Sprache, aber meine Probleme mit dem Akzent, den schwingenden, wiegenden Untertönen hinderten mich weitgehend an der aktiven Beteiligung, obwohl ich dem Gespräch folgen konnte.

Siddhanat behauptete damals, daß der Bruder mit Mayas Mutter befreundet war, als Vater des Kindes aber auch ein deutscher Dolmetscher in Frage käme, der in Indien arbeitete. Die Mutter bestritt es damals bereits.«

Agis abonniertes Lächeln trieft aus beiden Augenwinkeln, zieht den Mund so breit, daß eine kräftige weiße Zahnreihe sichtbar wird. »Wir werden ihm die Anschrift entlocken. Ob Maya trotz der vermuteten Verwandtschaft Kontakt zu ihrem vermeintlichen Vater aufnahm, ob sie aufgeklärt wurde, können wir nur von ihm erfahren.«

Hildwin hängt bei jedem Blick, der Agi trifft, sein Mißtrauen aus. »Warum hat dich das damals bereits interessiert?«

»Meinen Beruf kennst du ja. Sie gaben mir auf meine Bitte hin damals den Auftrag, den Leumund der Dame zu untersuchen. War sozusagen meine Zulassungsarbeit. Ich vermutete, daß sich die Dame nicht erst in Deutschland am Strich bewegte. Verwunderlich, daß sie nicht in einem Frauenhaus verschwand! Warum sollte nicht der andere der Vater sein?« Hildwins Versuch, die spöttische Behauptung zu dementieren, geht in den Geräuschen des Abstiegs des Flugzeuges unter. Die Motoren werden gedrosselt. Der Flügel vor seinem Fenster hebt und senkt sich. Das Fahrwerk, die Landeklappen werden ausgefahren. Das Flugzeug schwebt fast lautlos an, setzt weich auf. Beim Ausrollen erhebt sich Hildwin, greift nach seiner Reisetasche. Agi folgt ihm. »Als kleiner Junge wäre ich gerne zur Kripo gegangen. Na ja, und den Schriftsteller hat das Ereignis natürlich auch interessiert. Ich bin sicher, daß deine Tochter ein kleines Abenteuer lockte. Darüber informiert man den Vater nicht.«

Hildwin kann sein Gesicht nicht sehen. Agi geht vor ihm, aber er ahnt sein zynisches Mienenspiel.

»Ich kenne Maya. Sie hätte mir vertraut.« Seine Stimme besitzt fast keinen Ton mehr.

»So genau kannst du deine Adoptivtochter nicht beurteilen. Die Jugend entgleitet uns immer mehr. Noch haben wir unsere Kinder ja nicht geklont.« Er lacht. »Es dauert aber nicht mehr lange, dann wird die biologische Grammatik Handlungsanweisungen für das Leben der Menschen geben und ihnen jede Verantwortung abnehmen. Dann erst kennt der Vater Wille und Gefühle seiner Kinder, die das Verhalten der Nervenzellen und der zugehörigen Moleküle darstellen, weil er sie bestimmt, weil er die Gene aus dem großen Katalog ausgewählt, gekauft hat.«

Als fände er sein eigenes Lachen lachhaft, sagt er kopfschüttelnd: »Mit dem neuen Wissen werden wir auch begreifen, daß wir eigentlich nichts wissen. Die Welt wird dann für uns unsagbar, unlesbar sein. Was nicht aussagbar ist, kann für uns nicht existent sein, also müssen wir neue Mittel finden, die Welt auszusprechen.«

»Soweit sind wir noch nicht.« Hildwin sagt es mehr zu sich selbst. »Ich kenne meine Tochter, wenn ich sie auch nicht geklont und nicht gezeugt habe. Aber der kinderlose Witwer kann das wohl nicht nachvollziehen«, schießt er die Spitze ab. »Kenne Maya, kenne sie, kenne sie«, wiederholt er, als wolle er seinen langen Zweifel verkürzen. Im Zweifeln braucht er Agis Nachhilfe nicht. Seit Mayas Tod ist sein Netz von Kraftlinien zerrissen, gelingt es ihm nicht, ein neues Kraftfeld aufzubauen.

Das ungeduldige Hupen des Oldtimertaxis läßt ihnen keine Zeit, die Stadt von oben zu betrachten. Hildwin hat es über Handy bestellt, und es scheint seit zehn Minuten zu warten.

Sie fangen bereits auf der Fahrt, die über eine Umleitung zum Hafen führt, die Stadt mit den sieben Hügeln ein, deren Kuppeln und Minarette eine orientalische Märchenkulisse bilden. Sehr bald erweist sich diese Stadt als chaotisch. Der Taxifahrer aber beherrscht seine Kunst. Er scheint auf andere Autos zuzufliegen, fährt dann um Haaresbreite an ihnen vorbei, ohne sie zu rammen, oder er wendet unvorhergesehen mitten im Verkehrschaos und trägt noch ein Quentchen dazu bei. Zwischen Ruß, Rauch und Abgasschwaden erreicht er trotzdem sein Ziel.

»Die Ursache für die chaotischen Straßenverhältnisse ist die willkürliche, planlose Bauweise der Osmanenzeit. Diese Stadt fasziniert mich bei jedem Besuch.« Agi ist begeistert, während Hildwin die Stadt aus tausend Schloten qualmen sieht, die Verkehrsregeln und den oft als Mülleimer mißbrauchten Gehsteig kritisiert, Schmutz und Lärm beklagt. An einem Stand feilschen zwei Männer um den Preis von Gurken.

Die Freunde stellen ihr Gepäck im Hotel ab. Das Zimmer ist dürftig möbliert. Agis Blick aus dem einen Fenster fällt auf den Bosporus, aus dem anderen auf die Kuppeln und Minarette der Moscheen auf den Hügeln. »Wie im Märchen«, sagt er. Er fühlt sich angekommen, Hildwin aber drängt zum Aufbruch.

Der Händler lebt mit seiner Familie im asiatischen Stadtteil, in Üsküdar, aber um diese Zeit hält er sich gewöhnlich am Hafen auf. Obwohl dieser Hafen am Eingang des Bosporus strategisch und wirtschaftlich bedeutend ist, Brückenfunktion zwischen zwei Kontinenten besitzt, gleicht seine Wasserqualität der eines Industriekanals. Unästhetische Ölschlieren begleiten die Boote.

Agi behauptet, der Salzgeruch vom Marmarameer fliege ihn an. Für ihn ist es Byzanz, die ehemalige Hauptstadt des byzantinischen Reiches. Er glaubt überall den Zauber orientalischer Poesie zu spüren. Was zählt, ist die kulturelle Pracht der Hagia Sophia, der verschiedenen Moscheen mit ihren Minaretten, Kuppeln, ihrem Schmuck. Für Hildwin sind es die Auswüchse der Industrialisierung.

An der Galatabrücke mischt sich der rußige Qualm der Schiffe, der Hildwins weißes Hemd beschmutzt, in die Gerüche einer Fischbraterei. Agi deutet auf den Bazar. Dort will er Gewürze einkaufen und vor der Rückreise die archäologischen Funde aus dem nahen Osten im Museum für orientalische Kunst besichtigen, vielleicht, wenn Zeit bleibt, ein typisch türkisches Bad nehmen.

»Du hättest die Entspannung auch nötig«, stellt er fest. »Die warmen und kalten Güsse auf dem heißen Stein im großen Kuppelsaal bei einem Glas türkischen Tee genießen ist ein Erlebnis.«

Hildwin nimmt seine Worte nur am Rande seines Gehörs auf. Er verfolgt nur ein Ziel: Maya zu finden oder mit der Gewißheit zurückkehren, sie begraben zu haben. Leicht erreichbar ist dieses Ziel nicht, denn er muß die Aussagen derer, die Ehrlichkeit so gering einschätzen, sehr genau auf ihren Wahrheitsgehalt hin abklopfen. Die Schönheiten der Stadt sind für ihn vergriffen, seine stumpfen Sinne reagieren nicht mehr.

Agis Verdacht belauscht eine andere Türe, das glaubt er sicher zu wissen, aber der offenbart sich nicht. Da er keine konkrete Lösung erwartet, geizt er auch mit Tröstungen. Hildwin hat sich seines ironischen Untertones wegen, wenn es um Maya geht, eigentlich vorgenommen, beleidigt zu sein, aber das würde die Suchaktion nur behindern.

Da sich ein leerer rebellierender Magen weder durch Kunstschätze noch durch Suchaktionen überhören, ablenken läßt, kaufen sie bei einem Händler Sesamkringel, Fleischbällchen, Gurken und Obst und lassen sich auf einer Bank nieder.

Agi vermutet, daß der Händler vielleicht krank oder verhindert sein könnte.

Hildwin will den Hafen durchforsten. »Beim Durchgehen kann man nicht jede anwesende Person sofort entdecken«, meint er. Ein Hafenarbeiter, den sie nach Siddhanat fragen, verweist auf die Uhrzeit. In der Moschee könnte man ihn finden. Also fahren sie in gleicher wilder Fahrt durch das Verkehrschaos zurück ins Zentrum. Dann stehen sie vor der Moschee. Ringsherum die Geschäfte und die Werkstätten der Handwerker. Agi bewundert das prachtvolle Bauwerk, das ein Gegengewicht zur Hagia Sophia bildet.

Zwei Granitsäulen mit 30 kleinen Kuppeln bilden den Säulenvorhof. Vier Halbkuppeln tragen die Hauptkuppel und lassen den Raum scheinbar schweben. Den blaugrünen Fayencen verdankt die Moschee ihren Namen. Das kühle, helle Licht wirft einen Zauber durch den Raum. Sie betrachten die aus weißem Marmor gefertigte Kanzel. Der Gesuchte betet nicht in dieser Moschee.

Hildwins Augen suchen fiebernd jede Nische ab. Dann steht er resigniert am Eingang. Die Erinnerung holt ihn ein: Maya in Jeans mit dem Mountainbike unterwegs, Maya mit Freundinnen in der Disko, Maya mit Rucksack mit ihm am Berg. Sie lacht, fällt ihm in die Arme. Oh Gott, hier kann sie nicht leben. Warum hat sie sich mir nicht anvertraut? Er hätte einen Ausweg gefunden!

»Was haben wir ihr getan, daß sie uns das antun mußte?« Agi hört seine Bitterkeit aus jedem Satz. Hildwin läuft Gefahr, ins Kitschig-Elegische abzugleiten.

Agi lenkt ab: »Der Halbmond ist das Wahrzeichen dieser Stadt, aber die Kunstschätze stammen aus der Zeit Justinians. Die Kreuzfahrer haben sie nebst Gold auf ihren Schiffen mitgenommen. Ursprünglich waren die Moscheen christliche Kirchen. Die Osmanen wußten sie ihrem Zweck anzupassen.«

Hildwin nickt, nickt, aber er schweigt.

Agi versucht ihn mit seinem geschichtlichen Wissen herauszufordern: »Seit der Industrialisierung ist die Bevölkerung auf sieben Millionen angestiegen. Das Volk hatte ja im Zweiten Weltkrieg keine Verluste, weil es klug reagierte, neutral blieb. Die Türken haben auch keine so schlechte Meinung von unserer Nation.«

»Die Presse hat der Welt die Meinung über die deutsche Nation aufgezwungen.« Hildwin geht nur widerwillig auf Agis Behauptung ein. Er ist jetzt nicht in der richtigen Stimmung, sich aufs Historische einzulassen, obwohl er es oft versteht, das Thema Zweiter Weltkrieg spannend aufzubereiten und ausschweifend die Folgen zu erläutern. Er ist wie die Nadel seines alten Plattenspielers hängengeblieben und setzt immer erneut Maya ins Bild. Wie kann sie ohne seine Hilfe mit ihrer »schuldhaften Verstrickung« leben?

Ein Souvenirverkäufer dispensiert ihn von der Antwort. Er preist das Wahrzeichen des Goldenen Horns, die Moschee und andere Kunstwerke, geschnitzt, in Perlmutt gerahmt, Meerschaumpfeifen, klassisch einfach, kunstvolle Schnitzereien, mit Perlmutt eingelegte Holzwaren an.

»Die Händler sind ausgekochte Profis«, sagt Agi, »Profis, die alle Tricks und Regelverstöße kennen. Der Kunst rücken sie mit dem Messer zu Leibe, veredeln sie. Das in der Morgensonne neu vergoldete Goldene Horn ist mir lieber.«

Sie beschleunigen den Schritt, um der Aufdringlichkeit der Händler zu entgehen. Auf der anderen Seite läßt sich eine Touristengruppe zum Beweis ihrer Anwesenheit porträtieren.

Als beide wieder am Hafen stehen, ist es gerade zehn Uhr. Siddhanat, von den Hafenarbeitern informiert, klopft von hinten Agi kräftig auf die Schulter. Da er nach der Belieferung der Hafenrestaurants im Basar seine Waren verkaufen will, lädt er die Besucher zum Abendessen ein. Der Bruder wird erst am Folgetage eintreffen, sagt er, aber er hat ihm telefonisch bestätigt, daß er Maya nicht persönlich kennt.

»Hat Vaterschaft nur unterschrieben für Geld für Maya, aber pssssst! Habe dir schon gesagt, daß du keinen Gebrauch machen können. Du weißt, ich sonst gelyncht.« Der Händler hat immer noch Angst. Er will schließlich nicht für den Bruder büßen.

Unter der Friedenssäule hat Agi sich bereits im Rahmen seiner Arbeit mit dieser Vaterschaft auseinandergesetzt. Nachzuweisen sei es dem Mann natürlich nicht, sagt er. Ja, man könne ihn nicht einmal fragen, da die Mutter nicht aussagt. Ein auf Rückversicherung hin angelegtes »System«!

Hildwin schlägt er vor, mit ihm zusammen Samantha zu besuchen, bei der das alte Fräulein Annette jedes Jahr die beiden Sommermonate verbringt.

»Sie soll es nämlich gewesen sein, die die große Summe bezahlte. Sie lebt in Merseburg am Bodensee und kränkelt, seit sie der so viele Jahre jüngere Freund, den sie Levin nennt, verließ. Sie glaubt an die Wiedergeburt des Menschen in unterschiedlichen Gestalten. In ihren Versen von strenger, herber Sprache stellt sie düster, voller hintergründiger Visionen, meist in balladesker Form dieses Schicksal dar. Ihr spröder Rhythmus, der naturhafte Ton verdrängen emotionale Elemente. ›Sie analysiert die Psyche der Wiedergeborenen voll hintergründiger Ahnung.‹ Das schrieb ein Student in seiner Dissertation über sie. Aber sie versteht es auch, die kleinen Dinge, Töne und Farben zu beobachten und zu erlauschen und in Worte zu bannen. Im Leben aber inszeniert sie sich völlig daneben. Das wirst du bald merken. Von Zeit zu Zeit überholt sie ihre Rolle. Sie läuft ihrer großen Sehnsucht davon. Der Freund wählte eine jüngere Frau, sah das ›Mütterlein‹ in ihr. Dieses Thema und ihre Empfänglichkeit für mystische Kräfte inspirierte damals viele ihrer Gedichte. Aus dieser Zeit stammen Werke, in denen sie die Augenblicke darstellt, die in einsamer Landschaft in der Vergangenheit, Gegenwart und Zukunft vor ihr aufsteigen. ›Ihren eigenen Zwiespalt symbolisiert der Zwiespalt der Natur. Sie will das Böse wie das Gute poetisch widerspiegeln.‹ Ganz genau kann ich die Formulierung nicht wiedergeben. Annette eifert natürlich ihrem großen Vorbild nach, um als Wiedergeborene glaubwürdig zu sein. Daß sie bei Schwester und Schwager wohnt, weißt du ja. Vermutlich wußte sie vom Seitensprung des jungen Schwagers, versuchte vielleicht zu helfen, indem sie eine angesehene Summe investiert, um ihm die Vaterschaft vom Leib zu halten. Samantha sprach vom Prestige der Familie. Sie scheint den Händler für seine Lüge bezahlt zu haben.«

Hildwin wischt die Stirne, fächelt sich mit seinen bunten Seidentuch, das er aus seiner Westentasche zieht, vor dem Gesicht herum. Er leckt seine Lippen, als wären sie wie Blumen ohne Wasser verdorrt. Hochsommerhitze liegt auf den Dächern. Die beiden Gestalten verwelken zu einem Schattenriß.

»Annettes Schwager Mayas Vater? Das ist unwahrscheinlich.«

Agis übliches Schulterzucken. Er gefällt sich auf ironischem Unterton. »Ist das so schwer zu verstehen? Man wollte den von Weissenstein schlackenlos sehen. Für ihn war der Seitensprung ein kleiner Freizeitspaß. Auf das Schweigen der Freundin konnte er sich verlassen. Sie jammert bühnenreif vor Zeugen dem Händler nach. Ja, sie inszeniert sich dabei nicht schlecht.«

Hildwin wirft sich ihm ins Wort. »Du kennst sie nicht! Sie kam ein paar Schritte auf mich zu, ihre Augen flackerten hilflos in den eingefallenen Höhlen, aber es sind Mayas Augen. Ihr Finger strich beruhigend die recht Schläfe, als hätte sie die Nacht als Niederlage zu verbuchen. Die Luft zitterte vor ihren Lippen. Sie wirkte ängstlich, eingeschüchtert.«

Agis Blick, sein ironisches Grinsen weisen ihn als ungläubig aus. Er zitiert:

»›Und deine Hoffnung? – Log die Wüsten grün.

Und deine Wut? – Sie klirrt als Eis im Glas.

Die Scham? – Wir grüßen uns von fern.

Dein großer Plan? –‹

Der zahlt sich natürlich überhaupt nicht aus. Und der Händler? Den hat das Geld den Ton genommen. Warum sollte er nicht Vater einer erwachsenen Tochter sein wollen, die er nicht einmal kennt? Seinen Bruder würde der nicht nur lynchen, den würde er zahlen lassen, wüßte er von dessen Schwätzerei im Suff.«

Hildwin schaut den Freund finster an, als hätte er es verschuldet. Seine Zähne geben die Sätze kaum frei: »Ich möchte diesen Verbrecher kennenlernen. Ein Deutscher also!«

Sein Gesicht verzieht sich, als würde er mimisch explodieren.

Agi bleibt gelassen. »Ich lernte ihn kennen, als er gerade seinen Einsilber ›von‹ per Ahnenforschung einfangen ließ. Sein Vater, ein Humanist, Nazigegner, war 1938 in die Schweiz geflohen. Er äußerte sich in einem nicht unbedeutenden Essay über den rassebesessenen, ein ganzes Volk verschlingenden Adolf. Er ist auch heute noch stark rückwärtsgewandt. Sein Haß blieb witterungsbeständig. Der Großvater wurde als Zwangsarbeiter im Tal des Todes eingesetzt. 1948 transportierte man ihn in das für politische Häftlinge eingerichtete Sonderlager. Er starb nach einem Jahr an offener Tuberkulose wie viele andere, weil politische Häftlinge keinen Mundschutz tragen durften. Waren die in Rußland Gefangenen in den KZs nicht ebenso beklagenswert wie die in deutschen Konzentrationslagern Inhaftierten?

Dem Enkel ging es verständlicherweise, wie der Generation nach 1945, um die Illusion des Neubeginns. Wie der Vater politisch sensibel, war er zu jung und unerfahren, um selbst aktiv zu werden. Aber der Nationalsozialismus provozierte auch bei ihm emotionale Reaktionen und eine wie in einem Mörser zerstoßene Wut. Jede Generation muß ihre eigenen Erfahrungen machen. Unsere Väter haben die nationalsozialistische Vergangenheit nicht bewältigt und die Nachkommen nicht von dieser Last befreit. Ihnen bleibt nichts anderes übrig, als auch diese Zeit zwischen 1933 und 1945 als einen Teil der Geschichte zu akzeptieren und durchzustehen, d. h. mit den Folgen fertig zu werden. Eine Befreiung von der Vergangenheit gibt es nicht. Das ist ja deine Meinung, daß sich jeder seine Verantwortung am Nationalsozialismus bewußt machen müsse.«

Agis Worte dringen nicht in Hildwins gewichtiges Gedankenknäuel.

»Als der von Weissenstein von rechtsradikalen Tendenzen in den Waldorfschulen erfuhr, die auch seine Tochter einst besuchte, und in der Zeitung las, daß Lehrer rassistische Auswüchse nicht bestraften, brodelte es in ihm. Geschichtslastig, wie er war, griff er sofort mit jungfräulichem Schreibpapier, einem gefährlich spitzigen Stift und einschlägigen Zitaten ein. Sein Bewußtseinsapparat lief heiß. Antisemitismus in der Schule, welche Schande! Seine Pressebeiträge kenne ich.

Er führt heute offensichtlich eine normale Ehe, scheint seit damals keine seitlichen Sprünge mehr nötig gehabt zu haben. Vielleicht stellte er damals höhere Ansprüche an seine Ehe, vielleicht störte ihn die emotionale Kälte seiner aus finanziellen Gründen Angetrauten, ohne daß er seine Liebe eingeklagt hätte. Vielleicht war es die Unfähigkeit der Frau, einen Traum für ihn einzufangen? Wie du weißt, bleibt überall ein Schattenfleck übrig, der das Leben zu einem unvollendeten Klangstück werden läßt. Menschliche Kunst besteht eher darin, inmitten der Fragmente das Ganze zu ahnen.

Zu dieser Zeit fing die Ahnenforschung tatsächlich die Präposition ›von‹ für die Familie ein, aber es fehlte die Möglichkeit, den Großvater oder den Vater ein Denkmal zu bauen. Der von Weissenstein hätte es sogar selbst entworfen und zur Vervollkommnung der Ahnenauszeichnung auf einen Sockel gestellt. Er war damals noch sehr jung, wollte vielleicht einmal aus seinem schematisierten Alltag ausbrechen. Maya bot ihm die Möglichkeit. Für das Retuschieren der Hintergründe sorgten die anderen. Jetzt schreibt er sicher bald seine Memoiren, um den Enkeln die Chance zu bieten, ihn in Büchern nachschlagen zu können, und er wird Wert darauf legen, auf etlichen Bildern erhalten zu bleiben. Soll er vielleicht auch sein uneheliches Kind, seinen Fehltritt beschreiben?«

Hildwin schweigt verbissen. Im Schlucken ist er geübt. Aber seine zerstampfte Wut sammelt sich. Warum spricht Agi diesen Mann frei, auch wenn er den Freispruch für diesen Vogelsteller mit der üblichen Prise Ironie oder Sarkasmus würzt?

Das Haus, in dem Samantha und Annette wohnen, steht in Eminönü, in der Nähe der Neuen Moschee.

Agi hat bereits mit der Hausherrin telefoniert. Sie kennt sein Anliegen.

Fräulein Annette rezitiert gerade, als die Besucher ins Wohnzimmer treten. Die Türe steht etwas offen.

»Schaust du mich an aus dem Kristall
Mit deinen Augen, Nebelball,
Kometen gleich, die im Verbleichen,
Mit Zügen, worin wunderlich
Zwei Seelen wie Spione sich
Umschleichen ...«

Die Gestalt steht im langen Morgenmantel, der an orientalische Wandbehänge erinnert, am Fenster, das weiße Haar zum Kranz aufgesteckt. Sie begrüßt die beiden Männer distanziert höflich und bietet ihnen Sitzgelegenheiten an.

142

Annette ist auf das Gespräch vorbereitet. Ausfragen läßt sie sich natürlich nicht. Das entspricht nicht ihrer Würde, und Würde strahlt diese Dame zweifellos aus.

»Sie suchen Ihre Tochter? Ich bedauere Sie. Der Name Maya ist uns in diesem Zusammenhang nicht bekannt.« Sie bedient sich sofort der Solidarisierungsfloskel. »Meine Schwester hat nur eine Eva-Maria geboren. Ein Mädchen namens Maya hat auch nie Kontakt zu meinem Schwager aufgenommen. Ich wüßte es.« Sie spricht langsam, betont.

Samantha aber weiß von einer großen Summe, die damals an den Händler gezahlt wurde, und Agi spart nicht mit Andeutungen.

»Der Händler soll damals gut bezahlt worden sein, damit er die Vaterschaft auf sich nahm.«

»Dieses Wissen würde Sie Ihrem Ziel nicht näher bringen. Warum interessiert Sie das?« Annette steckt sofort die Grenzen ihrer Aussagebereitschaft ab.

Hildwin informiert sie über die Hintergründe. Daß er den leiblichen Vater zu sprechen wünschst, für den er den Schwager hält, versteht sie natürlich, aber sie fühlt sich der Familie verpflichtet.

»Es ist wahr, die Presse hat damals Vermutungen hochgespielt, die jedem Zeitungsleser bekannt sind, aber es wurden nie Hintergründe, kein Schuldiger genannt. Mein Schwager war in finanzielle Not geraten, und ich sprang mit einer größeren Summe ein. Aber das ist eine innerfamiliäre Angelegenheit, die weit zurückliegt, die ich ihnen zu erläutern nicht verpflichtet bin.«

Es besteht kein Zweifel. Sie fürchtet um das Prestige der Familie.

»Er war es, der mich vor Verzweiflung und Vereinsamung rettete und in seine ritterliche Obhut nahm. Mein über alles geliebter Levin, dem ich viele meiner Verse verdanke, hatte sich damals von mir getrennt.« Sie sagt es mehr zu sich selbst, aber ihre Erinnerung hört sich distanziert an. »Es war selbstverständlich, daß ich später für den Schwager einsprang, zumal es der Erfolg meiner Werke erlaubte ...«

143

Agi fühlt sich bestätigt. Außerdem faszinierte ihn das Phänomen Wiedergeburt oder Identifikation. Hildwin gibt sich dagegen handgestrickt, wenig flexibel. Er würde am liebsten abreisen. Da sie aber am nächsten Tag mit dem bestochenen Händler sprechen wollen, fügt er sich.

Agi nützt die Zeit, um das alte Fräulein zu einer Fahrt auf dem Bosporus einzuladen.

Hildwin, von Samantha über die »Expo« befragt, referiert über Halle 23, berichtet von einer Welt aus Stahl, Licht und Gefieder, in die der Zuschauer geführt wird, um einen Engel zu erkennen und Gott auf der Kommandobrücke zu begegnen.

Der Spieler soll das Wort beatmen, zum Leben erwecken, sich vom Rhythmus der Worte massieren lassen und in dieser Wechselseitigkeit zum Medium faustischer Vorstellungen werden, den Zauber der von Mephisto inspirierten Welt vermitteln. Das Wort sendet Wellen, rollt die Wellen aus.

Hildwin referiert, nicht ohne die Beschwörung der kulturellen Errungenschaften. Wie immer, wenn er als Fachdozent, als Referent gefordert ist, fühlt er sich befreit, empfindet er Wohlbefinden, wenn ihm niemand persönlich zu nahe kommt.

Der Vater, der in seinem Leben, seit er denken kann, Regie führt, die später Gotelinde mit übernahm und ihn immer weiter von eigenständiger Führung abdrängte, die Familie, die ihm politisch wenig Auslauf erlaubte, ließ ihm nur diese Fachbereiche übrig, wo er mit seinem Wissen, seinen Informationen überzeugen, wo er Durchblick beweisen kann.

Seine saloppe Kleidung demonstriert die scheinbar lockere Haltung des Prinzipienreiters, lenkt von seiner Denk- und Spielweise ab. Den drohenden Verlust der Identität, das Ergebnis dieser Erziehung mit genügend Sarkasmus zu quittieren, gelingt ihm nicht einmal den besten Freunden gegenüber.

Annette hat inzwischen vor Agi Fotos ausgebreitet: Die Familie tritt ihm auf den Bildern streng betucht entgegen. Der umstrittene Schwager bringt ein besonders gewinnendes Lächeln mit.

144

Eine Ähnlichkeit mit Maya aber könnte nicht einmal ein darauf Eingeschworener entdecken. Dann der Vater beim Schreibtisch. Er war nicht bereit, zum Wohl der deutschen Nation seine Meinung zurückzuhalten. Sein Lächeln, das er auf dem Familienfoto bereitwillig anbietet, nimmt er hier zurück. Sein Ausdruck spiegelt Entsetzen, als hätte er eben ein großes Loch im System gefunden. Annette. So zierlich wie auf den Bildern ist sie längst nicht mehr. Ihr Gewicht empfindet sie als lästig. Ist sie wirklich so naiv, ungekünstelt, andererseits eine so gute Schauspielerin wie die Vorgängerin, deren Theaterauftritte nicht erwünscht waren? Sie hat damals bereits um die Gleichstellung der Frau in der Familie, gegen diese »konservative Verbohrtheit« gekämpft.

Um 18 Uhr ruft die Frau des Händlers zum Abendessen.

Als Vorspeise gibt es Meze, die aus Oliven, Gurken, Nüssen und Schafskäse besteht. Die am Spieß gebratenen Hammelstückchen mit Reis und Artischocken-Bohnen-Gemüse, der sogenannten Pilav, stellen eine türkische Spezialität dar. Die Tochter serviert die mit Hackfleisch gefüllten Tomaten, Gurken, Salat in Joghurtsauce. Die Gäste sind diese Vielfalt und Reichhaltigkeit der Speisen am Abend nicht gewöhnt.

Das Gespräch kreist immer noch um Kunst. Er hat die Retrospektive in Stuttgart gesehen. Darüber kann er natürlich überzeugend berichten.

»Leben und Kunst sind ein Exzeß! Dort waltet die Urkraft des Verfalls. Das Nichts blüht in allen Ecken. Stellen Sie sich vor, 20 Bände Hegel werden auf unästhetische Weise zerhackt, gewürzt, konserviert und Dreck, Müll und Mist als Kunstwerk ausgerufen. Es gibt nicht nur Materialmüll. Auch an Sprachmüll fehlt es nicht. Wörter wie Kot, Scheiße häufen sich. Gut, warum sollte man seine eigene Existenz nicht inszenieren, aber die Verbindung von Kunst und Leben muß nicht zur Banalisierung führen.« Hildwin genießt den Applaus der Zuhörer.

»Wie sollte Recycling von Müll, Schmutz und Kot Kunst ergeben?«

Hildwins Drang nach Information und Wissen kommt wie so oft mit seinem konservativen Kunstbegriff in Konflikt.

Aber auch Agi, der nur Beiträge zu dieser Ausstellung gelesen hat, stimmt ihm zu. Annette wird bereits das Zuhören zur Qual. Für Agi ist die Begegnung mit ihr ein Frühlingsgeschenk. Hildwin sieht es auf den ersten Blick. Der Freund hat sie bereits in der Feder. Sie lädt ihn zu einer ihrer Lesungen ein. Aber die Lyrikerin kann auch als Fräulein Morner – so steht der Name in ihrem Taufschein – handeln, sich in die Politik einmischen, wenn ihre politische Stunde schlägt. An diesem Abend überläßt sie es den anderen, sich über den Atomausstieg zu streiten.

Hildwins Stimme dominiert am anderen Tischende. Er hält Atomkraft für die einzige beliebig vermehrbare Energie auf lange Sicht, besonders wenn man an das Ende der herkömmlichen Energieträger denkt wie Öl und Kohle. »Der Ausstieg wäre eine Reduktion der Zukunftschancen unserer Jugend!« Der Gastgeber hat genug von Umweltverschmutzung. »Man denke nur an das Öl im Bosporus!«

Die Gespräche überlappen sich, aber Agi gelingt es, mitten im Geflecht der Stimmen wieder Annettes Ohr zur finden.

Mit der Überleitung »Die Wasserqualität im Bosporus ist zwar schlecht ...« nimmt er erneut zu einer Einladung Anlauf. Nette soll mit ihm zwischen zwei Kontinenten an einer Fahrt durch den Bosporus teilnehmen. Sie lacht. Die Zeit, in der sie sich diesen Spaß erlaubte, liegt weit zurück. Außerdem fühlt sie sich seit Tagen nicht wohl. Aber die in ihren Ohren lustig klingende Einladung veranlaßt sie, ihre Krankheit abklingen zu lassen.

Nette legt Bilder von Ludwig, den sie Levin nennt, vor ihm aus. Mit ihm fuhr sie einmal durch die Meerenge. Ihre scharfzüngige Kritik an diesem Mann kennt er aus der Presse. Ludwigs Kugel scheint wie die Schückings getroffen zu haben, als hätte er sie in der Wolfsschlucht gegossen, aber er war nicht aus Leidenschaft Schütze, sondern zum Spaß. »Er schreibt, was er sich wünscht und was er entbehrt.« Für realitätsfern hält sie ihn.

»Keiner lebt, wie er schreibt.«

Auf Sparflamme liebt sie ihn immer noch. »Da sehen Sie mein kleines Pferdchen mit den großen Ohren auf dem Bild!«

Spottet sie? Agi glaubt Bitterkeit aus ihren Worten zu hören. »Nein, heiraten wollte ich ihn natürlich nicht. Aber nicht vom Alter hängt es ab, ob die Frau Mutterstelle übernehmen kann.«

Der Bibliothekar heiratete nicht Nette, sondern seine Lotte. Ihr etwas gefrorenes Lächeln hält Agi davon ab, Ludwigs Begabung, seine geschickten Beiträge in der Presse zu loben.

Ob Nette ihre Träume begraben hat, möchte er wissen.

»Ich habe mir ein Leben erschrieben, weil ich nicht verlieren wollte, was ich nicht besaß.« Wieder versucht sie ein Leben herbeizuzitieren, das ihr trotz der Fehlschläge wünschenswert erscheint, das der Droste-Hülshoff. »Ich sollte sein Mütterchen sein«, sagt sie.

Daß Levin und Louise, die jetzt Ludwig und Lotte heißen und ihre beiden Kinder erziehen, gelegentlich noch einen Besuch anmelden, daß sich Levin um die Herausgabe der neuen Gedichte Annettes bemüht, erfährt Agi, als der Nachtisch serviert wird.

Die immer wieder zitierten Situationen nehmen Nette die Möglichkeit, bei sich anzukommen. Das ist es, das Agi reizt. Er tauscht heimlich eine seiner weiblichen Romanfiguren aus.

Der Nachtisch, die Baklava, ein Blätterteig mit Mandeln, Nüssen, Sirup und Pistazien, ist fett und süß, Hildwin enthält sich, der Cholesterinwerte wegen. Er zieht auch Wasser dem Wein vor und nippt nur an seinem Raki, der jedem Gast gereicht wird. Dagegen läßt er sich wie Agi und Annette dreimal in winzigen Gläsern Türkentee einschenken.

Agi fragt Annette nach ihrer Novelle. Ja, geschrieben hat sie eine Novelle. Es ist die Geschichte eines durch einen Anschlag getöteten Juden.

»Nicht die des an der Buche Erhängten?« will er wissen.

»Seien Sie doch nicht kindisch! Kein Dichter schreibt zweimal das gleiche Werk!« Verunsichern kann sie niemand.

Ihre weißen Locken, die sich aus dem zum Kranz hochgesteck-ten Haar gelöst haben und frei nach unten hängen, geraten in schwingende Bewegung in Richtung Nase.

Dann lädt sie ihn zu einem Liederabend ein. Sie komponiert und singt ihre Lieder selbst. Wieder ist es die Dichterin, die einem Gemälde von Johann Spick ähnlich sieht, die ihren Schatten wirft.

Annettes graue Augen, die durch einen geschickten Strich einen blauen Schimmer erhalten, blitzen ihn energisch, eigensinnig an. Eigenschaften, die ihr nachhallen, weil sie Levin aussprach. Daß sie »mehr Verstand als Gemüt« besitzt, bezweifelt Agi. Er schaut sie lange an, ist fasziniert.

Als hätte ein Zauberautomat eine falsche Personencharakteristik ausgeworfen, so sehr differenzieren Real-Ich und Ideal-Ich ih-rer Person, die aus einem anderen Jahrhundert gefallen zu sein scheint.

Für den nächsten Tag ist ein Gespräch zwischen Hildwin und dem bestochenen Händler, am Wochenende mit Nettes Schwager am Bodensee geplant. Er kann erst am Wochenende von einer Fortbildungstagung für Bibliothekare zurückkommen. Agi ver-spricht dem Freund Erfolg, weil er zu wissen glaubt, daß Ludwig an Nettes Hacken zappelt.

Er verabredet sich mit Annette zu einer Fahrt durch die Meerenge. Warum sollte es ihm nicht gelingen, ihr das Geheimnis abzutrot-zen?


Hildwins konserviertes Mißtrauen behindert den Gesprächs-verlauf. Der Pseudo-Vater gibt sich unwissend, redet an Hild-wins Problem vorbei über den Wettbewerb der Händler, die Verteuerung der Waren, über sein Anliegen hinweg. Seine Rede ist auf Lamento gestimmt.

Hildwin aber öffnet sein Ohr nur in Richtung Vaterschaft und läßt die Abweichung vom Thema nicht zu. Schließlich hat er genügend Spuren gesammelt.

»Es geht um das Leben des Mädchens. Wir müssen ihm helfen, falls es noch lebt«, setzt er erneut an. Eindringlich wiederholt er das Wort »helfen«, aber das Gespräch ist vom Abstürzen bedroht, endet, wenn das Wort »Geld« fällt, in den Klimmzügen des Befragten, der vorgibt, nur aus Mitleid unterschrieben zu haben, da die Vaterschaft nicht eindeutig bestimmbar sei, was Hildwin sofort anzweifelt, der auf Blutgruppenzugehörigkeit, Gentest und Speicheltest herumturnt. Das Geld wäre für die Erziehung der Tochter beiseitegelegt worden. Mayas Mutter wollte ihn nicht heiraten, behauptet er.

Hildwin fühlt sich in ein Lügennetz eingesponnen. »Bestechen wollte Sie niemand?«

Bei dieser Frage rückt ihm der Händler bedrohlich näher. Das Wort hat unausgesprochen längst seinen Schatten geworfen. »Niemand! Ich nicht bestechlich. Wissen alle!«

Warum er Maya nie kennenlernen wollte, sich nie bemühte, sie zu sehen, obwohl die Vaterschaft ungesichert sei, will Hildwin wissen.

Der Händler aber hält sich bedeckt. »Mutter will nicht Kontakt.« Er hat zweifellos einen Sündenbock gefunden.

An eine Flucht glaubt er nicht, eher an einen Unfall.

Auch Hildwin hat den Gedanken an Mayas Flucht verabschiedet, aber er vermutet, daß sie ihren Tod so wenig wie ihr Leben mit Bedacht plante. Was Agi für einen Trick hält, ihr Verschwinden, das Verwischen der Spuren, kann er sich nur als spontane Verzweiflungstat oder als Unfall vorstellen. Darüber sind sich Adoptivvater und der Händler einig. Was sie zurückließ, ist ein Schatten, der ihm folgt. Er kann es nicht verhindern, daß sich ihr Gesicht immer wieder hinter seinen Augen formt.

In seiner Wut über das über ihn ausgebreitete Lügennetz vom Kurzschluß bedroht, beendet er das Gespräch mit dem Händler. Daß er von dieser Seite keine Hilfe erwarten kann, weiß er längst. Draußen benutzt er die Gehsteige als Laufpisten, um seinen Ärger und die Verzweiflung abzubauen.

Selbst der Himmel hat ihm seine Gunst entzogen. Parteilich entleeren sich die dunklen Wolkensäcke auf Schirm und Anzug. Sein beschleunigtes Tempo, das einem Jogging gleich kommt, verleitet viele Passanten, sich erstaunt nach ihm umzusehen. Der sonst so Disziplinierte droht »auszuflippen«, wie es der Vater nennen würde. Das Geflüster des Tagebuches im Ohr, hat er sein Maß verloren. Er versteht es nicht, dem Schicksal zu trotzen.

Erfolgversprechender verläuft Agis Versuch, Annette das Geheimnis abzutrotzen.
Es ist zehn Uhr. Ein tiefhängender Wolkensack stellt keinen sonnigen Tag in Aussicht, aber Agi und Nette gehen zum Hafen. Sie lassen sich Zeit.
Der lange, geschlitzte Rock mit dem sportlichen Kimono, das an diesem Tag zum Knoten aufgesteckte Haar, aus dem sich zwei Locken gelöst haben, läßt ihre Gestalt modern und dynamisch erscheinen.
Als aus Agis Mund das Kompliment »verjüngt« fällt, reagiert sie so widerborstig wie reizvoll. Sie wippt vor einem Schaufenster auf und ab und verdoppelt ihr Bild in seinem Glas. »Zyniker! Die Wiedergeborenen altern nicht so rasch. Das müßten Sie wissen.« Ihrer Scharfzüngigkeit fällt es auch nicht schwer, sich an seiner Gedankengymnastik zu beteiligen, ohne über Muskelkater zu klagen. Diese Fähigkeit lernt er bald kennen und schätzen. Daß Agi heimlich seine Romanfigur austauscht, daß sie die poetische Überhöhung seines Bosporus-Erlebnisses anregt, bleibt ihr verborgen. Aber auch sie, die sich oft leergeschrieben glaubt, wenn sie ihrer Person in Gestalt der Annette von Droste-Hülshoff begegnet, läßt sich von Agis schöpferischer Ader inspirieren.
Daß ihr beim Anblick des Bosporus die in eine Kuh verwandelte Hera einfällt, die die Meerenge durchquert, hängt mit Levin und ihrer Eifersucht, der Heras vergleichbar, zusammen. Levins und Lottes Hochzeitsbild fällt bei dem Versuch, ein Taschentuch aus der Packung zu ziehen, aus ihrer Handtasche.

»Der Bosporus hat eine historische Schlüsselstellung, um deren Besitz erbittert gekämpft wurde. Er verbindet schließlich zwei Meere«, zitiert Agi grinsend Hildwin, den die Einladung zum Dozieren verleitete. »Und vergeßt nicht, die Grabkammer des Heyreddin Pasa und die Moschee zu besichtigen!«

Annette kennt die im Renaissancestil erbaute Moschee, weil Samantha mit ihr die aus Holz gebaute Strandvilla besuchte, die der Familie gehört. Eigentlich waren sie bei Samanthas Base im Villenort Yenikoy, den Weinberge umgeben, in der Sommerresidenz der deutschen Botschafter zum Tee geladen. So lernte Nette auch Sehenswürdigkeiten am Bosporus kennen, die sie mit Levin nicht besuchte. Sie wollte Samantha nicht beleidigen und begleitete sie, obwohl ihr die Anziehungspunkte der Touristen nichts bedeuten. Als Schriftstellerin lebt sie von vielen Einzelheiten, Alltäglichkeiten.

Der Wind hat sich gedreht, versteift. Ein tiefer Himmel drückt nach unten. Agi und Annette müssen sich am Geländer festhalten, um nicht in die Wellen gerissen zu werden. Annettes Rock, das große Seidentuch gehorchen dem Wind. Sie scheint zu schweben.

Im Strudel kreiselt eine Zigarettenschachtel. Abfallreste hängen in den Ölschlieren.

»Lassen Sie sich durch den Schmutz nicht den Appetit auf den auf Holzkohle gegrillten Fisch in Anadoln Karagì verderben!« rät Agi. Nettes abwesendes Auge beweist seine Vermutung. Sie hat Wörter, Wortreihen im Hinterkopf, ist auf einen bestimmten Rhythmus ausgerichtet.

Daß sie an ihre Bootfahrt mit Levin denkt, beweisen ihre Verse, die sie später auf eine Serviette schreibt:

In der Lichtspur südlicher Breiten
treib ich gegen den steifen Wind
Mit dir durch die salzige Enge
Von Meer zu Meer.

Ölschlieren hängen am Heck,
wo Schaumkronen im Strudel blüh'n.
Düstere Wolken drücken.
Das letzte Licht rinnt durch die Wellen.

Der Tiefflug des Vogels,
sein Ruf mahnen.
Wir sind nicht belehrbar.
Das Boot folgt befremdenden Rhythmen.

Die Tropfen aus unserem Abschied
Zählen die Möwen.
Kein Vogel hält ein Lied
Für ein späteres Glück bereit.

»Nur ein plötzlicher Einfall. Rohentwurf!«
Nettes versteckte Bitte um Nachsicht klingt kindisch, aber diese
kindliche Naivität der zur Wiederkehr nach zwei Jahrhunderten
Verurteilten in Relation zu Ihrem Alter und ihrem scharfen
Verstand entzücken Agi.
Aber ihre Gedanken eilen zurück, bergab: »Eine Überraschung
war es damals nicht. Das Leid klopfte vorher an. Ich kannte Lotte
nicht, aber Levins Unbeständigkeit und meine eigene. Aber er war
es, der mir ein Stück Gleichstellung in meinem ersten Erdenleben
erkämpfte, mich an meine schriftstellerischen Fähigkeiten glauben ließ. Schon als Kind kämpfte ich um meine Emanzipation.
Ich spielte Theater, bewegte mich mit Schlittschuhen auf dem
Eis. Die Lebensart hatte sich nach Napoleons Siegeszug grund-
legend geändert, aber der konservative Geist der Familie schuf
meinen Ärger. Mein Theaterspiel und mein Schreiben waren
nicht erwünscht. Ich wurde auch beim zweiten Male streng erzogen. Gehorsam, Ordnungsliebe, Fleiß und Sauberkeit waren
wünschenswerte Tugenden. Ich spiele wieder auf dem Klavier
und auf der Orgel. Schließlich beherrschte ich die Instrumente

bereits beim ersten Male recht gut. Ich spielte in Roxel sogar im Gottesdienst.«

Von Heimlichkeiten längst gesättigt, sagt sie alles, was er hören will. Sein Blick sucht ihr Gesicht wie der Maler das seines Modells ab. Ihr verklärter Ausdruck, der Vorsprung ihrer Phantasie lassen ihre Aussagen eher witzig, wie eine bewußt gesetzte Pointe, als unglaubwürdig wirken.

Ob sie tatsächlich in Münster geboren sei, in diesem literarisch vermessenen Rüschhaus, will er wissen.

»Ja, natürlich, im Rüschhaus bei Münster. Das weiß doch die ganze Welt. Wiedergeboren wurde ich in Meersburg. Den Ort kannte ich bereits durch meine Beziehung zu Schücking. Wir pflegten ein geselliges Leben, ich reiste oft, und Levin mahnte mich, mehr Zeit in meine Gedichte zu investieren. Heute fließt mehr Zeit durch meine Feder. In zwei Erdenleben sammelt man Erfahrungen. Meine Aktivitäten behindern die Lyrikerin nicht mehr in mir. Levin kritisiert mich immer noch. Sogar meine Art zu schreiben, aber so eitel er auch wirkt, er bemüht sich sehr um meinen Erfolg und zeigt oft ein unbestechliches Urteil. Ach, Sie wissen es ja, unsere Gemeinschaft ließ sich durch Briefe nicht erhalten. Als er nach einem Besuch mit Lotte abreiste, erkannte ich unsere endgültige Trennung. Zum zweiten Male erfuhr ich den Unterschied zwischen Dichtung – dazu zählt in gewissem Sinne auch der Brief – und Wahrheit sehr schmerzlich. Seit Levins Kind geboren wurde, nennen mich die jungen Leute ›Großmütterchen‹.«

Agi und Annette haben Büyükdere, die breiteste Stelle der Meerenge erreicht. Man kann schon das schwarze Meer erkennen. Die dunklen Basaltriffe an der Mündung sieht man vom Boot aus nicht.

»Hildwin hätte uns die Argonautenfahrt erklärt«, bemerkt Agi.

Annettes Ohr ist an diesem Tag nicht für Sagen und Mythen oder gar für Hildwins Zitate offen. Der Bosporus erinnert sie zu sehr an die Bürde ihrer Liebe, die schmerzliche Druckstellen hinterließ.

»Zu meinem Problem mit Levin trat noch das mit meinem Schwager hinzu.«

Das ist das Stichwort, auf das Agi gewartet hat. »Pech im Spiel und in der Liebe? Sie fühlten sich sicher für die Schwester verantwortlich.«

Seine aus scheinbarer Höflichkeit gestellten Fragen zielen auf seine Absicht, die Spur der bezahlten Vaterschaft zu verfolgen.

»Ach nein! Er spielt und trinkt nicht. Otto war noch sehr jung, als er heiratete, meine Schwester, wie ich konservativ erzogen, etwas schwerfällig. Ein kleines Abenteuer wurde zum großen Ärgernis der Familie.«

»Und Sie griffen helfend ein, und bezahlten seine Schuld. Das verstehe ich gut.«

Nette nickt, nickt, nickt. Agi fühlt sich bestätigt: Sie kennt die Mutter des Mädchens nicht, hat aber den Händler bezahlt und Mayas Vater von der Bürde der Vaterschaft befreit, die der ganzen Familie Wunden hinterließ.

Nettes Gesicht verschließt sich. Ihr Mienenspiel beweist, daß sie sich darüber nicht äußern will. Sie fürchtet immer noch, das Prestige der Familie zu schädigen. Mitleid und Verantwortung zu übernehmen, hat sie früh gelernt, und Hilfeleistung innerhalb der Familie ist Pflicht.

Die Fortsetzung des Gesprächs findet unter dem Regenschirm statt. Die tief hängenden schwarzen Wolken entleeren sich rücksichtslos über ihren nicht vom Schirm bedachten Schultern.

Nette verspricht, mit Hilfe des Schwagers und Samanthas Verwandtschaft die Suchaktion zu unterstützen.

Das Fischrestaurant ist überfüllt. Ein Boot hat eine Touristengruppe ausgespien, die erst in zwei Stunden mit dem nächsten Boot das Restaurant verlassen wird. Aber dann werden zwei Plätze für eine befristete Zeit frei, und Annette und Agi dürfen den auf Holzkohle gegrillten Fisch versuchen.

»Wie kommt man auf den Gedanken, schon einmal auf der Welt gewesen zu sein?«

Agi hätte die Frage längst stellen können. Das so spät nachgetragene Interesse an ihrer Person hängt mit dem Personentausch in seinem Roman zusammen, den er für sich behält. Allein die Idee, sich mit einer Dichterin aus einem anderen Jahrhundert zu identifizieren, hätte genügt, um sie in unserer Gesellschaft für nervenkrank zu erklären, aber man gestand dieser intelligenten, einfallsreichen Dame, deren Werke in Schulen bereits gelesen wurden, eine gewisse Narrenfreiheit zu.

»Über Seelenwanderung streiten sich die Experten. Ein Phänomen, das sich sehr schwer beweisen läßt. Die Seele schläft nicht erinnerungslos, da das Bewußtsein nicht stirbt, die menschliche Psyche nach dem Tode weiterlebt. Ich erinnere mich nicht nur an meine Reisen in meinem ersten Leben. Im Gegensatz zu heute bevorzugte ich das gesellige Leben bei Verwandten im Sauerland, am Rhein, in Bonn und Köln. Ich kannte auch die Meersburg, ehe ich sie besuchte, und bewegte mich schlafwandlerisch in den Räumen, weil ich die Bilder bereits in mir trug. Glauben Sie mir, die Begegnung mit der Wirklichkeit erregte mich sehr. Eine Seelenwanderung ist schließlich kein Rollentausch.

Mein Zimmer fand ich sofort. Die Möbel standen noch weitgehend so, wie ich sie in Erinnerung hatte. Der Stuhl vor dem Ofen und das Kanapee mit dem Tisch. So ging es mir auch im Rüschhaus. Einen Lageplan brauchte ich nicht. Auf meinem kleinen Flügel mit dem Harfenton komponierte ich meine volksliedhaften, strophisch gebauten Lieder. Er eignete sich auch für die Begleitung sehr gut, denn ich sang und spielte sehr gerne. Sehen Sie, diese Fähigkeiten besitze ich immer noch.« Annette legt wieder Bilder vor ihm aus, die sie am Klavier und singend zeigen.

»Die menschliche Psyche ist unsterblich. Vielleicht liegt ein Wissen in uns, das nicht sofort in unser Bewußtsein gelangt. Niemand weiß, ob, wann und in welcher Person seine Seele in die Welt zurückkehrt.«

Auf der Rückfahrt schweigen beide. Sturm ist aufgekommen, und der Regen peitscht ihre Gesichter. Bis das Unwetter vorüber ist, darf kein weiteres Boot im Bosporus ausfahren.

Hildwin erwartet sie mit einem großen schwarzen Regenschirm. Agi hat für Hildwin ein Zusammentreffen mit einem jungen Mann organisiert, der die Taten einer rechtsextremistischen Organisation gesammelt hat, die auch Maya attackierte. Dieser Telefonterror soll wochenlang auch den Freund bedroht haben. Maya wollte offensichtlich die Eltern nicht beunruhigen und schwieg.
Es ist sein Studienkollege, den er telefonisch bat, mit Hildwin selbst zu sprechen, da er, als Reporter tätig, Informationen besaß, die sich als nützlich erweisen könnten. Außerdem zählte das Übersetzen fremdländischer Zeitungen zu seinen Hobbys.
Der Himmel hängt wie Blei über der Stadt. Dunkle Streifen in der Luft erzeugt die Straßenbeleuchtung in den Gassen. Der Regen hat die alten Leute, die am Abend schwatzend vor ihren Türen sitzen, verscheucht.
Hildwin sieht sie kommen, die Person, die sich mit abnehmender Entfernung verdeutlicht. Er geht auf den Mann zu. Grüßend bleibt er stehen. Hildwin erinnert sich nicht, ihn je gesehen zu haben. Der junge Mann stellt sich vor und erkundigt sich nach seinem Erfolg. Über Hildwins Absicht hat ihn Agi informiert.
Die beiden Männer gehen nebeneinander her.
»Harun – ist das nicht der Name eines Freundes Ihrer Tochter?«
Er führt seinen Zeigefinger auf einem Zeitungsausschnitt spazieren. Sie setzen sich in ein bedachtes Straßencafé. »Die Presse berichtet über die Ereignisse der rechten Szene:
›Mit Geschrei ›Ausländer raus!‹ haben Skinheads, Bierdunst im Atem, drei Türken, darunter einen aus Istanbul in die Flucht geschlagen.‹
Der Innenminister Thüringens klagt über die ›neue Qualität der Gewaltanwendung‹ und fürchtet eine Eskalation, da Druck

Gegendruck erzeugen könnte. Ein Neunzehnjähriger wurde festgenommen, der als führend in der Eisenacher Neonaziszene gilt. Es wurde beschlossen, einen Verbotsantrag gegen die NPD zu stellen. Außerdem will man die Öffnung der NPD in die gewaltbereite Szene durch Schließen von Vereinigungen verhindern. Hitler wirft bereits seinen Schatten.

Skinhead-Zusammenschlüsse haben sich als Organisationen für Schläger ausgewiesen.

Die Drohungen sind abgenutzt, die Öffentlichkeit zeigt sich diesem Phänomen gegenüber ratlos. Bombenleger von Eisenach erschüttern die Bevölkerung.

Im Brandenburgischen wurden drei Spätaussiedler schwer verletzt. Man verdächtigt Mitglieder der NPD. Nach Brandanschlägen, Beschädigungen einer Synagoge nahm man achtzehn- und neunzehnjährige Mitglieder der NPD fest. Es wurde der Hamburger ›Sturm‹, eine Neonaziorganisation, verboten. Zwei geplante Aufmärsche der Partei am Brandenburger Tor mit einer Kundgebung vor dem Karlsruher Bundesverfassungsgericht konnte man rechtzeitig verhindern. Die Verbote wirken wie Zeitbomben.« Er hat wichtige Stellen angestrichen. Die Zeitungsausschnitte gleichen einem korrigierten Schulheft.

Hildwin schweigt immer noch. Was hat das mit Maya zu tun?

»Damit treibt man natürlich die rechten Streiter in den Untergrund!« schimpft der junge Mann in seine Überlegung hinein. »Halten Sie diese Maßnahme für sinnvoll? Die werden Zeit gewinnen, um Terrorstrukturen aufzubauen. Andererseits richtet sich die neue Ordnung der NPD gegen die freiheitlich gerichtete Grundordnung. Aber es werden eben Abweichler bestraft. Na ja, Strafen aller Art haben sich abgenutzt. Nicht einmal der Verfassungsrichter zweifelt daran, daß die Vorstellung dieser Partei dem ›nationalsozialistischen Gedankengut sehr ähnlich‹ ist. Ich glaube, allein die aktivkämpferische Haltung rechtfertigt das Parteiverbot. Wir können ja nicht abwarten, bis sich zum zweiten Male etwas zusammenbraut.«

Als hätte Hildwin auf dieses Stichwort gewartet, stürzen seine Forderungen wasserfallartig von seinen Lippen. Er scheint in diesem Moment sogar Maya vergessen zu haben.

»Wir brauchen Programme, die die in die rechte Szene abgestürzten Jugendlichen auffängt: Lehrstellen, bessere Arbeitsplätze und eine verbesserte Wohnsituation für junge Menschen, um Frust, Unzufriedenheit abzubauen.«

Als hätte er soeben etwas unerhört Wichtiges erfahren, das er besonders betonen muß, mündet das Crescendo seiner Stimme im Forte: »Ist dieser Rechtsradikalismus nicht die extreme Folge unserer nicht verarbeiteten Vergangenheit? Unsere Jugend hat wie die anderer Völker das Recht, auf seine Nation stolz zu sein. Man verwehrt es ihnen, indem man diesen noch unreifen Menschen permanent die Erinnerung an einen Völkermord aufzwingt, den weder sie noch ihre Eltern verschuldeten, den sie meist nur aus Geschichtsbüchern und aus den Erzählungen der Gegner kennen. Die meisten, Mitläufer, haben sich nie Gedanken über den Zweck der Gastarbeiter, ausländischer Spezialisten oder über das Problem der Überfremdung gemacht. Bis jetzt wurde eher präzise daneben verhandelt. Außerdem dürfte die Forderung, die rechte Szene im Auge zu behalten, nicht vom Ausland kommen. Hätten wir die Gefahr nicht selbst früher erkennen können?«

Das atemlose Staunen des jungen Mannes behindert Hildwins plötzlich ausgelösten Redefluß. Hildwin erschrickt über seine eigenen Worte. Seine Gedanken wickeln sich wie ein durcheinandergeratenes Wollknäuel ab. Die Stimme klingt jetzt etwas brüchig: »Nicht daß Sie glauben, ich böte den Extremisten Argumente an, ich würde diese Schandtaten entschuldigen, nein, nein, ich verurteile deren Taten«, wiederholt er eindringlich. Er kann es nicht verhindern, daß selbst in diesem Augenblick, in dem es eigentlich um Maya geht, Vaters Zeigefinger auf ihn gerichtet ist.

»Sie glauben, daß diese Schläger Maya schädigten? Das ist unwahrscheinlich. Sie hätte es uns gesagt.«

Die Zeitung, die ihm sein Gesprächspartner reicht, beweist es, daß Harun und dessen Begleiter Opfer rechtsradikaler Kreise wurden, daß Maya Auslöser war.

Von Tanrikuls Verletzungen sprachen auch die Berichterstatter des Rundfunks und des Fernsehens.

Fast gleichzeitig mit Hildwin sollen beide mit dem Auto unterwegs gewesen sein, um die Freundinnen und die Bekannten Mayas aufzusuchen und sich Informationen über Mayas Absicht zu verschaffen. Zuerst zogen sie dort Erkundigungen ein, wo Maya die Reise gewann. Wichtige Fragen sollten geklärt werden: Wie hoch war der Einsatz, wie hoch der Gewinn? Wohin sollte die Reise führen? Wie stellte sie sich die Umsetzung des Gewinns vor? Wollte sie allein oder in Begleitung reisen?

Es waren Fragen, die Hildwin längst beantwortet wurden. Die beiden jungen Männer erkundigten sich am Paßamt und befragten Grenzbeamte. Es wurde aber unter diesem Namen kein Paß ausgestellt. Maya besaß nur einen gültigen Personalausweis. Warum hätten Grenzbeamte eine Touristin mit einer gewonnen Reise behindern sollen?

Die Stelle, die das Spiel ausgeschrieben hatte, glaubte, Maya hätte den Gewinn verschenkt oder verkauft. Kurz, den jungen Männern gelang es nicht, neue Informationen einzubringen.

Harun ließ schließlich Mayas Foto, was Hildwin, um die Tochter nicht zu gefährden, vermied, in der Zeitung veröffentlichen. Er hütete das Bild, das Maya ihm einmal schenkte, wie eine wertvolle Münze.

Dieses Bild in Verbindung mit dem Namen des Freundes und ein in der Öffentlichkeit ausgesprochener Satz, der ihm nachhallte, waren die Ursache für das Interesse der rechten Szene an seiner Person. Er verdächtigte nämlich Siegfried Netter bei der Polizei, da er drei Jahre vor Mayas Verschwinden das Mädchen mit Schneebällen beschoß und brüllte: »Du Asiatenbalg, verschwinde dorthin, wo du hergekommen bist!« Auch darüber berichtet die Presse.

Zu den Skinheads gehört Siegfried nicht. Blond und blauäugig, ist er der germanischen Rasse zuzuordnen, er gehört keiner Schlägerorganisation an und entstammt einer Lehrerfamilie, die heftig seine Beziehung zum Rechtsradikalismus dementierte, obwohl man dem Freund die Mitgliedschaft zur NPD nachweisen konnte. Maya kenne er nach Aussagen des Vaters nicht. Jenen Satz aber, »Du Asiatenbalg, verschwinde!«, sang sich disharmonisch der Polizei vor, die sich zu einem Verhör veranlaßt fühlte.

Daß die Freunde in der gleichen Woche, als sie zum Auto zurückkamen, von drei jungen Männern überfallen und verprügelt wurden, ließ den Schluß zu, daß es sich um einen Racheakt des verdächtigen Siegfried handeln könnte, zumal das Wort »Asiatenbrut« fiel. Den Aussagen der Presse nach hätten sich drei Männer ein Stück vom Parkplatz entfernt, dort, wo das Gefälle der Straße am größten ist, tückisch verborgen gehalten, wären ihnen in Autonähe Schritt für Schritt bedrohlich näher gerückt und hätten so die Schlägerei spannend vorbereitet. Da zwei der Jugendlichen Wochen vorher an der Beschädigung einer Moschee beteiligt waren, nachdem sie vorher den Götterhimmel als Wegwerfprodukt in einem Lied in der Nähe der Moschee feierten, fahndete man fieberhaft nach ihnen. Das Blut hatte den Mut der Schläger gekühlt, und sie flohen. Nach der Prügelei blieben jedenfalls an Stelle neuer Informationen nur Haruns zusammengebissene Zähne und seine erboste Stimme übrig, die sich auf ein einziges Wort spezialisierte: »Schweine!«

Den verwundeten Freund holte der Krankenwagen ab.

Hildwin kann, von zu Hause fern, die neuen Informationen nicht nützen. »Haben Sie Geduld! Bis Sie zu Hause sind, weiß man Genaueres.«

Das Wort »Geduld« im Schlepptau, hört er zwei Stunden später Agis Bericht nur bruchstückartig. Geduld bedeutet, an einer Hoffnung auch dann festhalten, wenn Hoffnungslose ihm diese Hoffnung auszureden versuchen. Er weiß, daß er so lange kämpfen wird, bis er Mayas Schicksal kennt.

160

Die Information über den Pressebericht hat das Ohr des Freundes kaum erreicht, als Agi das Geschehen schon auf seine Spottzunge nimmt. »Verrückte Idee! Genügt es dir nicht, daß dieser langohrige Jüngling die Öffentlichkeit auf Maya aufmerksam gemacht hat? ›Nicht gefährden‹, höre ich dich sagen. Willst du wirklich eine Beziehung zu ihm herstellen und deine Tochter mit der rechten Szene in Verbindung bringen? Die Klatschspalten der Zeitungen kennst du jetzt. Nimmst du die ernst?«

Agi häuft Fragen auf den müden Mann, redet von der »Macht in der Öffentlichkeit«, die sich »jede Legalität zu verschaffen« versteht. Er läßt sich von seinem Ärger auf den Rechtsradikalismus treiben. »Das ist es, was die scheinbar Mächtigen nervös werden, in den Untergrund abgleiten läßt. Viele besitzen selbst keine eigene Meinung. Das Gemisch aus der Meinung der Organisationen, besonders der, der sie angehören, und der einzelner Schreier, halten sie für ihre eigene. Ein autoritäres Organ befiehlt, und sie eignen sich wie im Dritten Reich die Sprache der Starken an. Endlich dürfen auch sie so reden. In ihrer Organisation fühlen sie sich anerkannt.«

Agi glaubt zu wissen, daß sich Hildwins Meinung in diesem Punkt nicht von seiner unterscheidet, aber er fürchtet dessen übereiltes Handeln, wenn es um Maya geht.

Hildwin ist längst aus der Zuhörerposition gerutscht. Die Rückmeldung bleibt aus. Seine Ratlosigkeit hat seinen Blick abgestumpft. Die Stimme fällt auf eine viel zu tiefe Tonlage. »Ja, ja« ist das einzige Wort, das wie durch einen Vorhang wirrer Gedanken bricht. Seine müden Augen, die abwärts weisenden Mundwinkel verstärken den Eindruck. Das ist der Grund, warum Agi den Freund dringend rät, im Hotelzimmer sofort zu Bett zu gehen.

Am nächsten Tag, einem Samstag, wollen sie gegen neun Uhr zurück nach München fliegen, wo Hildwin in Flughafennähe das Auto geparkt hat. Mit Mayas Vater wird er am Sonntag in der Wohnung des von Weissenstein unter vier Augen sprechen. Agi will noch ein paar Tage in München bei Verwandten bleiben. Aber er möchte ihn ausgeruht nach Meersburg fahren sehen, wo er »den Feigling ins Verhör nehmen« soll.

Während des Fluges ist Hildwin nicht ansprechbar. Mit geschlossenen Augen döst er vor sich hin, während Agi die scheinbar unbewegliche Tragfläche des Airbusses beobachtet. Da sich eine Werbefahrtgesellschaft auf dem Rückflug im Airbus befindet, läßt er sich durch das Tücherangebot eines Werbefachmannes ablenken. Ein hübsches Tuch will er seinem Brief an Nette beilegen. Mit der Frau, der er eine wesentliche Rolle in seinem Roman zugedacht hat, muß er unbedingt in Beziehung bleiben. Er will teilnehmen an dem Versuch, die Brücke zwischen Vergangenheit und Gegenwart, die Zeit zwischen den beiden Erdenleben auszuloten.

Er läßt seine Blicke schweifen. Sie heften sich an das Zunftzeichen der Tuchhändler. Ein eckiges, bemaltes Holzschild mit abgeschrägten Ecken, 1844 datiert, dekoriert die Querseite des Kastens, der die Masse der Tücher birgt. Auf der Längsseite steht ein Spruch mit großen Lettern:

»›Mein lieber Schatz, das Tüchl ist groß, schön und fein,
Darum müssen drey Gulden sein.‹
›Und ich gib Ihnen nicht mehr um einen Haller,
Als einen Kronenthaller.‹
›Nun so sey es, wie es will,
Es braucht nicht viell;
Das Tüchl ist dein, und der Thaller gehört mein.‹«

Daß sich der Händler auf einen Handel einläßt, erwartet Agi natürlich nicht.

Er wühlt sich durch die farbigen Tücher wie ein Maulwurf durch die Erde: Ist das nicht Seurats Kubismus? Die Formen sind durch Facetten zerstückelt. Die polyvalente und polymorphe Gestaltung eines anderen Tuches reizt ihn noch mehr. Dort eine streng gestaltungsmäßige Vision der Welt. Die Gegenstände bewegen sich von einer gemalten Darstellung hin zum Betrachter. Gestalten werden zu scheinbar menschlichen Objekten. Hier eine farbige Anordnung geometrisch gewordener Gegenstände.

Das ist es, worauf Agi anspricht, auf Formen, Farben, Lichtreize und natürlich auf das Wort. Abstrakter Malerei gilt Nettes besondere Liebe. Sie braucht den Bezug zur gegenständlichen Welt nicht mehr. Dynamik sucht er, Linien, Farben, die Sinnliches und Intellektuelles ins Spiel bringen. Dann findet er es, das Tuch, von dem er glaubt, daß es Nette gefällt. Geometrische Flächen in den Farben des Spektrums, eine Vision in Farbe oder die Vision der aufklappbaren gelben und blauen Streifen, die ein ockerfarbenes Fenster freigeben, das in eine mysteriöse Welt weist.

Er muß das Vertrauen dieser Frau, die weder auf ihr erstes noch auf ihr zweites Erdenleben ein Loblied singt und trotzdem so fest von ihrer Wiedergeburt überzeugt ist, gewinnen.

Er muß es wissen, ob Liebe für sie eine Legende, ein Mittel zum Zweck ihrer Gedichte war oder ob sie den um so viele Jahre jüngeren Mann wirklich liebte, der sie als sein »Mütterlein« verehrte, der sich in ihrer Phantasie an Levin orientiert.

Bis jetzt entwirft Agis Phantasie ihr Bild, und er fürchtet den Unwillen der Leser, wenn es ihm nicht gelingt, mit der Realitätsnähe Glaubwürdigkeit zu erzielen. An ihr soll sich auch seine Sprache orientieren. Immer wieder versucht er, dem Wort auf die Spur zu kommen, sogar dem bis zum Klischee verkommenen. Er mißt es an seinen Romangestalten. Nette glaubt er noch zu wenig zu kennen, um ihr die vorgesehene Rolle in seinem Werk zu übertragen.

Nie sah er einen mißlaunigen Schatten ihr Lächeln verdrängen, wenn sie von Levin sprach. Ihre emotional bewegte, gestenarme Stimme wechselte nur leicht die Höhenlage. Es fällt ihm nachträglich in der Erinnerung auf.

Er glaubt nicht an Seelenwanderung, aber er bewundert ihre Art, so weit weg zu denken, mit dem Geschmack einer Beziehung auf der Zunge, die sie nie gekostet haben kann. Daß sie über Aktivitäten reflektiert, die in der Vergangenheit wurzeln, die man auch in diesem Fall nachlesen kann, versteht er, aber daß diese sensible, leicht verletzliche Frau Liebe suchte, um einen Gedichtzyklus schreiben zu können, erscheint ihm unwahrscheinlich.

Liebe ist ein dehnbarer Begriff. Diesem mehrsinnigen Wort will er in seinem Roman aus ihrer Perspektive nachgehen, das Wort auf Nettes Lippen riskieren und die Szene mit Levin spannend aufbereiten. Hinterhältig könnte er es vielleicht Nette fiktiv als Köder auswerfen lassen. Deshalb muß er ihre Beziehung zu Ludwig näher kennenlernen.

Wird Nette ihr Verhalten als Fehler einklagen oder kompensieren? Sublimieren? Denkt man an die Psychoanalyse, so könnte sie ihren jahrelangen Frust in Lyrik umsetzen, unbewußt ein kulturell anerkanntes Ziel erreichen.

Agi hat eines der Programme für ihre Lesung eingesteckt. Sie traut es sich tatsächlich zu, als Droste-Hülshoff bühnenreif aufzutreten. Die Lesung fand unter großem Applaus in Meersburg statt.

Die Nähe der biedermeierlichen Dichtung oder die des poetischen Realismus ist zu spüren. Aber das »Spiegelbild« entfernt sich doch weit von dem der Dichterin des »ersten Erdenlebens«.

Die Naturgedichte sind stimmungsgeladen. Auch für Nette ist »der Gegenstand der Wunder voll«.

Agi hört in der Phantasie das betäubende Geräusch des Windes über dem Bodensee, sieht den mit dunklen Wolken beladenen Himmel, Heide und Moor. Droste-Hülshoff wirft ihren Schatten. Aber der Rhythmus ihrer Lyrik punktiert eindrucksvoll den zögernden Pulsschlag der Dichterin des »zweiten Erdenlebens«. Von den Naturgedichten spannt sich ein weiter Bogen zu ihren lyrischen Lebensbildern, die sie mit sehr viel Einfühlungsvermögen zeichnet. Kraft atmet ihre Lyrik. Dann erhitzt sich ihr Gefühl. Leidenschaft züngelt ihm aus den Liebesgedichten entgegen und verglüht in schmerzlichem Entsagen.

Die letzten Gedichte soll sie wetterwendisch auf neuem Ton gesprochen haben.

In den Erzählungen läßt Nette Juden als Kläger ins Bild treten, ruft die Geschädigten in den Konzentrationslagern herbei, die, die Entschädigung fordern. Aber die Auferstehung der belasteten Nation vermag sie nicht zu feiern.

Agi hört sie mit belegter Stimme rezitieren.

Hildwin hält die Vorstellung von einer Wiedergeburt für »nackten Wahnsinn«. Nein, für Spinnereien, wenn eine nicht bewältigte Vergangenheit dieser Art spukt, hält er kein Ohr offen.

Agi sieht sich vor eine anspruchsvolle Aufgabe gestellt. Morgen wird er seinen Brief mit dem kleinen Tuch an Nette auf der Post aufgeben und sie zu irgendeiner Veranstaltung einladen. Er hat noch keinen exakten Plan. Eine Kunstausstellung könnte er vielleicht wählen, einen Opernabend. Nette wird wieder ihr leicht ironisches Lächeln anbieten, nicht mit Anspielungen sparen, wenn sie das erste Erdenleben mit einbezieht.

Wie jeder Schriftsteller lebt auch Agi von exakten Beobachtungen der täglichen Details. Sein Ohr ist auf Doppelsinnigkeit des Wortes, auf Anspielungen und Ironie dressiert, sein Auge saugt sich an Gesten, am Mienenspiel fest. Er, der Pointillist, setzt Farbtupfer im fiktiven Gespräch mit Nette. Ihre Wiedergeburt will er in den Kindheits- und Jugenderinnerungen darstellen. Er hat ihre Worte im Notizbuch festgehalten:

»Schon als Kind interessierte mich die Welt um den Bodensee und das Münsterland. Es war kein aus Büchern angesammeltes Wissen, wie Sie vielleicht glauben. Woher hätte ich all die Namen kennen sollen? Die Vorstellung der Wohnungseinrichtung besaß nur ich. Ich fand als Kind sofort jeden Raum, mein kleines Instrument, auf dem ich komponierte und sang. Ich habe nie Psychologen oder einen Hypnotiseur gebraucht, um mich zu erinnern und diese Erinnerung zu verarbeiten. Erst viel später lernte ich mit Hilfe der Bücher viele Einzelheiten aus meinem ersten Erdenleben kennen, an die ich mich nicht mehr erinnerte. Die Vorlieben einzelner Personen kannte ich bereits als Zehnjährige. Mein Vater wollte mich widerlegen, kaufte Bildbände, lieh

Bücher über das Leben der Droste-Hülshoff aus. Kenntnisse über Seelenwanderung besaß ich als Kind nicht. Sie erreichten mich viel später über Bücher, über den fernen Osten, den Buddhismus, wo seine Wurzel zu suchen ist. Das Gangestal besuchte ich damals, wo Buddha den ›mittleren Weg‹ als die Lösung erkannte. Ausgleich zwischen den Extremen führt zur Harmonie, die Mitte der Extreme empfand er als Weg der Erleuchtung. Wir studierten damals die Kultur der Brahmanen in der Gangesebene. Der Mönch, der uns die Meditation erklärte, erzählte von der Welt der Brahmanen und erläuterte das Prinzip der Seelenwanderung.«
Warum ihre Seele erst so lange nach ihrem Tod einen neuen Körper fand, kann sie nicht erklären. Ganz Meersburg freute sich über die immer frischen Blumen, die sie der Dichterin auf das Grab stellte, weil man das Verhalten für eine kindliche Form der Verehrung hielt. Daß sie, wie sie glaubte, ihr eigenes Grab besuchte, wußte niemand.
»Trotz der langen Zeit, die zwischen den beiden Erdenleben liegt, kann ich mich noch an viele Einzelheiten erinnern.« Niemand hätte Nette eine Lüge unterstellt. Ihre Aussage wirkt durchaus überzeugend, aber Agi ist Skeptiker. Er lehnt das Phänomen nicht ab, Seelenwanderung stellt er in Frage, läßt die Wahrheit aber auf sich beruhen.
Hildwin hat die mit den Getränken angebotene Zeitung gekauft. Seine Augen durchforsten die Seiten nach neuen Informationen über die Taten der rechten Szene. Er ist über Haruns unvernünftiges Verhalten verärgert. Der Tee, bitter bestochen, schmeckt ihm nicht.
Eine fettgedruckte Schlagzeile fällt in seinen Blick:
»Was geschah in jener Meditationswoche im Kloster?« Der Berichterstatter vermutet, daß Mayas Selbstmord ein Ausweg aus einer peinlichen Situation war und unterstellt ihr und dem Freund eine folgenschwere sexuelle Beziehung. Daß es sich um Selbstmord handelt, nimmt er als selbstverständlich an. Hildwin kämpft um Luft. Eine ungewohnte Schwäche kriecht in seine Glieder.

Draußen liegt ein Zug von Verbitterung über den dunklen Wolken. Die Verleumdung nagt an Hildwins Lebensgefühl. Fieberhaft blättert er weiter, schickt harte, gespannte Blicke von Seite zu Seite. Böswillige Verleumdung! Er wird den Reporter anzeigen. Ja, anzeigen wird er ihn. Das weiß er sicher. Sollte wieder Harun beteiligt sein? Hildwin beschließt, Kim sofort anzurufen, aber er bemüht sich umsonst. Seine Lippen, seine Zunge spezialisieren sich nur auf ein Wort: Lüge! Lüge! Es bleibt in der Luft stehen, nimmt Stimme an: »Lüge, alles Lüge.«

An Gotelindes Behauptungen denkt er und leugnet verbissen jeden Wahrheitsgehalt, ruft beweiskräftige Argumente zu Hilfe. Nach so viel Schicksal hätte man ihm und seiner Tochter derartige Bosheiten ersparen müssen.

Agi beruhigt ihn. »Du kennst doch das vorschnelle, sensationslüsterne Geschwätz der Presse! Sie zieht gewissenlos ihren Mitmenschen den guten Ruf über die Ohren, schädigt bedenkenlos das Image der Jungen wie der Alten.«

Der Flug verläuft ruhig. Die Maschine landet pünktlich, und die Freunde trennen sich. Agi fährt mit der U-Bahn zu seiner Base und deren Familie. Hildwin hat in Meersburg ein Zimmer für eine Nacht bestellt und fährt sofort weiter.

Von weitem sieht er das romantisch anmutende, von Rebhängen umgebene Meersburg am Steilhang des nördlichen Seeufers. In der Unterstadt wohnt er, der nach menschlichem Ermessen Mayas Vater sein müßte, in der Vorburggasse.

Die Unterstadt wird von der Meersburg und dem neuen Schloß überragt, dessen Treppenhaus nach Plänen von Balthasar Neumann bereits zur touristischen Attraktion wurde.

Meersburg ist immer noch eine Stadt aus dem Bilderbuch. »Wir haben doch hier ein Götterleben geführt«, schrieb Annette von Droste-Hülshoff 1842 an Levin.

Das Gespräch zwischen Hildwin und dem Herrn von Weissenstein soll am Sonntag um 14 Uhr stattfinden.

Hildwin, noch die Gerüche Istanbuls im Jackett, geht nach einem Besuch der Frühmesse am See entlang; der See ist nicht mehr wie am Abend bei seiner Ankunft in Nebel gehüllt. Das tiefblaue, in Ufernähe in Violett getauchte Wasser ermüdet bald seinen ausschweifenden Blick. Ein grauer Himmel verhängt die Aussicht nach Osten hin. Je länger er diese Landschaft betrachtet, umso unfaßbarer erscheint ihm die Tatsache, daß er Mayas Vater nicht in Asien, sonder ausgerechnet in dieser märchenhaften Gegend zwischen See und Burg gegenübertreten wird. Längst hat er die ersten Fragen entworfen, aber er bringt auch sein konservatives Mißtrauen mit, das ihn daran hindert, auf offene Karten in diesem Spiel zu hoffen.

Was erwartet er eigentlich von diesem Mann, der sein Kind verleugnet? Wohin hätte sie fliehen sollen, wenn nicht zu dem, den sie für ihren Vater hielt? Ihren leiblichen Vater kannte sie nach menschlichem Ermessen nicht. Agi geizte nicht mit Ratschlägen, wie Hildwin ihm die Wahrheit abtrotzen könnte, aber die Verzweiflung über die Gewißheit, die Tochter nicht lebend wiederzusehen, strickt Hildwins endlos langen Schal, seit Mayas Tagebuch vor sich hinflüstert. Hildwin dreht nervös an seiner Armbanduhr. Die Zeiger stehen erst auf 13 Uhr. Am Abend will er zurückfahren, da er am Folgetag einen Vortrag in einer Schule versprochen hat. Seine Referate setzte er bewußt damals geballt an, weil sie um das gleiche Thema kreisen, den Geschichtsunterricht einzelner Lehrer bereichern sollen.

Seit Mayas Tod ist seine Unlust wie ein Fieber auf der Quecksilbersäule gestiegen.

»Seid ihr denn überhaupt nicht auf euer Volk stolz?« hallt es in seinen Ohren. Den fehlenden Stolz plaziert er sofort auf dem Schuldenkonto seiner Eltern. Schon den jungen Mann zwangen sie, seiner Nation ein Verbrechen vorzuwerfen, das mehr als ein halbes Jahrhundert zurückliegt. Die Fragen nach den Gründen, die sich ihm in jeder Diskussion entgegenkrümmen, konnten sie nicht verbindlich beantworten. Auch er bemüht sich oft vergeblich, die Zuhörer zu überzeugen. Hildwin kommt sich plötzlich am Rednerpult überflüssig vor. Könnte er nicht auf die Schuld des Großvaters verweisen, brächte ihm sein ehrenamtliches Angebot mit der Begründung, der Erwachsene sei verpflichtet, die Jugend immer wieder an das Verbrechen Hitlers zu erinnern, eine psychiatrische Behandlung ein.

Bevor er sich der Forschung verschrieb, unterrichtete er jahrelang Mathematik und Physik am Gymnasium und fühlte sich auch als Lehrer, als Pädagoge zur Aufklärung verpflichtet. Die Kette dieser Verpflichtungen aber fesselt ihn.

Glied an Glied reihten sich Bitten von Schulen, Vereinen, und seine Referate füllten seinen Urlaub, seine freien Abende. Sie brachten ihm viele Dankeschön, gelegentlich auch ein Dankschreiben ein, in denen sein selbstloser Einsatz gelobt wurde.

Als dienstbarer Geist, als »Zauberlehrling«, wartet er vergeblich auf das entscheidende Wort des Meisters. Daher ermüden seine Augen, wächst seine Unlust, wenn er daran denkt.

Auch ein Rundfunksprecher in den Abendnachrichten trug zu dieser Unlust bei. Er sprach von einem Kunstwerk mit der Widmung »dem deutschen Volke«, das den Zorn derer erregte, die Ausländer nicht ausgeklammert sehen wollten. Warum, zum Teufel, soll der deutsche Künstler seinem Volk kein Werk widmen? Seine Gedanken schlagen Purzelbäume. Sollte der Deutsche nicht weniger als der Engländer, Amerikaner, Franzose an sein Volk denken? Als hätte ihn der Tod seiner Tochter die blinden Augen benetzt, als stünde er plötzlich im grellen Licht einer nackten Glühbirne, nehmen die Aktivitäten des dienstbaren Geistes eines Zauberers immer wieder neue Konturen an.

Der von Weissenstein bringt sehr viel Schweigen in einem flächigen Gesicht mit. Sein höfliches Lächeln gibt eine weiße symmetrische Zahnreihe frei. Er hält sich an sachliche, kurze Antworten, begnügt sich mit Anspielungen auf einen gewissen Händler, der für ein »leichtes Mädchen« und das Kind sammelte. Sie war

mittellos, mit unehelichem Kind stand sie da, sagt er. »Sie wußte nicht einmal, wer als Vater in Frage käme. Ich war jung, das
unverbindliche Angebot verlockend. Es gab nur Meinungen und
Gerüchte. Wäre das Los auf mich gefallen, welchen Anspruch
hätte die erheben können, die sich vielen anbot. Die Schwägerin,
Nette, hat sich beteiligt, eine erstaunliche Summe aufgebracht.
Sie verstehen, ihr mitfühlendes Herz, soziales Ethos.«
Er hält standhaft an seinem Lächeln fest. Kein Wunder, wenn dieser Mann des Händlers Profitgier nützte. Die dunklen Augen der
gnädigen Frau, die stilvoll, mit dunklem Rock und Spitzenbluse
bekleidet, neben ihm sitzt, beglaubigen seine Aussagen.
»Armes Kind! Noch so jung und Selbstmord.« Sie setzt sofort das
entsprechende Trauergesicht auf.
»Was nützt Ihnen dieses Wissen? Sie wollen Ihre Tochter finden.
Ich kenne Sie nicht und kann Ihnen daher nicht helfen.«
Wo die Wahrheit auswandert, vermag sie auch der Klügste nicht
aufzuspüren. Hätte seine Stimme nicht in der Defensive die
Höhenlage gewechselt, in tiefen Lagen etwas ölig geklungen, hätte Hildwin an einen Roboter denken können, der ein Programm
abspult. Das gestenlose Sprechen, die sparsame Argumentation
festigen die Machtposition des Senders, der kaum Rückmeldung
zuläßt.
Hildwins Auge schleudert die ganze Verachtung auf ihn. Dann
springen ihn plötzlich Sätze aus dem Hinterhalt an, mit denen
er nicht gerechnet hat: »Ich las in der Zeitung über Ihre ehren-
amtlichen Referate, Ihr Engagement. Sehr lobenswert. Ja, sehr
lobenswert, muß ich sagen. Könnte sich manch einer ein Beispiel
nehmen. Aber die wir informieren und beeinflussen wollen, hören unsere Referate nicht!«
Er legt eine Zeitung vor Hildwin aus. Rechtsradikale, 24 und
16 Jahre alt, beschimpfen Ausländer »Negerschwein« und erschlagen ihn. »Sie wurden zu neun Jahren Jugendstrafe verurteilt.« Sagt der junge Mann, der den Raum betritt und den der
Hausherr als seinen Sohn vorstellt: »Die erschlagen auch unsere

170

Leute, wenn es sich für sie lohnt. Die Jugendkriminalität steigt.« Hildwin zieht einen Gedanken hinter der Stirne zurück, weil ihm der Junge zuvorkommt. »Mit dem Begriff Rechtsextremisten sollte man vorsichtig umgehen. Er leitet sich eigentlich von der parlamentarischen Sitzordnung ab. Das Wort ›Fanatismus‹ trifft eher zu, da es um eine rücksichtslosen, überspannten, oft psychopathischen Einsatz für ihre Idee geht. Wenn man überhaupt von einer Idee sprechen kann.«

Dann sagt Hildwin es zum zweiten Male, was hinter seiner Stirne kämpft. »Die Politik müßte sich endlich mit den Ursachen auseinandersetzen. Als Arbeitslose treffen diese Jugendlichen auf Ausländer, die in Deutschland einer geregelten Arbeit nachgehen, sich leisten können, was sich der Sozialhilfeempfänger nur erträumt. Dazu kommt, daß sie die leere Zeit zum Alkoholkonsum verleitet, den meist andere bezahlen. Was können da Referate bewirken? Sie lesen über die Notwendigkeit ausländischer Experten und verstehen die deutsche Bildungspolitik der letzten Jahre nicht, in denen vielleicht zu wenig für die Ausbildung von Fachkräften investiert wurde. Jetzt müssen wir deutsche Spezialisten durch ›Computer-Inder‹ ersetzen. Das empfinden sie als beschämend. Ich meine den Kern, nicht die Mitläufer, die Schläger, die auf primitive Weise darauf reagieren. Trotzdem ist natürlich eine harte Gangart der Polizei den Gewalttätigen gegenüber und eine offensive Auseinandersetzung mit rechtsradikalen Denkern notwendig, aber die Hysterie könnte man uns ersparen. Das Ausland erwartet unseren Aufschrei nur, wenn es um Schädigung von Ausländern geht. Werden nicht täglich auch schreckliche Verbrechen an Inländern gemeldet? Es geht um das Leben und die Gesundheit aller Bürger, unabhängig von der Hautfarbe und der Abstammung!«

Hildwin atmet tief durch. Endlich hat er seine Atemlosigkeit wieder verbalisiert. Er findet sofort den Beifall des jungen Mannes, der sich eine Zeichensetzung anderer Art wünscht.

Hildwin fährt fort: »Wem nützt eine Kranzniederlegung? Offene

Aussprachen, Diskussionen über mögliche Ursachen müßten stattfinden. Ab- und Irrwege sollten aufgedeckt werden. Man kann den jungen Leuten doch neben Pflichten auch die Rechte der Bürger in einer Demokratie erläutern. Vielleicht verstehen dann viele, daß Gewalt kein Mittel der Artikulation ist. Außerdem hat Hitler nicht nur eine kriminelle Rassenideologie in die Praxis umgesetzt, er versprach den Bürgern auch Ordnung, Arbeit und einen höheren Lebensstandard.«

Hildwin hat sich heißgeredet. Dann stockt er, hat plötzlich das Gefühl, wieder auf einem falschen Stuhl zu sitzen und dabei erkannt worden zu sein. Er sieht das entsetzte Gesicht seines Vaters vor sich, erkennt das Signal, das ihm gilt. Mit dem leichten Atem schleicht sich ein Unlustgefühl an. Er hat es gewagt, einen Gedanken zu verbalisieren, den er immer wieder hinter die Stirne zurückruft.

»Für Verbrecher, welcher politischen Richtung sie auch angehören, sind Rechtsorgane zuständig, aber mit Ideen, Vorstellungen kann man sich nur argumentativ auseinandersetzen.«

Wieder umspielt ein ironisches Lächeln die Mundpartie des Gastgebers. Hildwin setzt noch einmal an, will sein vermeintliches Ausgleiten entschuldigen. Schließlich hat er den Rechten ungewollt Argumente angeboten, aber er fahndet vergeblich nach einem geeigneten Wort. Seine Person verkleinert sich vor seinem inneren Auge. Seine Finger spielen nervös mit einer kleinen Skulptur, die die Servietten hält.

»Athen?« fragt er und bemüht sich vom Thema zu entfernen, von Hitlers Versprechungen wegzureden. Daß es hier viele Kunstgegenstände abzustauben gilt, bemerkt er, als die Küchenhilfe mit dem Staubtuch durch die Räume huscht.

»Mein Sohn bringt meist einen Kunstgegenstand von seinen Studienreisen mit«, sagt der Hausherr. Er hat es längst bemerkt, daß Hildwin in weniger gefährliche Gewässer abtauchen will.

Der Sohn des Hauses gesteht ihm den Seitensprung noch nicht zu. »Junge Leute können zwischen Notwendigkeit und Luxus nicht unterscheiden. Sie fallen auch von einem Extrem in das andere«, pauschalisiert er die politische Einstellung der Jugend. »Alles, was aus anderer politischer Richtung kommt, der sie nicht angehören, muß falsch sein. Vergessen Sie nicht, daß wir in einem psychisch geschädigten Land leben! Das wirkt sich auch in der Jugend aus. Die junge Generation der 50er und 60er Jahre war heiter, etwas verpopt, mit einer großen Hoffnung auf das ›new age‹ gerichtet, mit Sinn für die Effekte des Grotesken und Skurrilen, während die Jugend heute Hoffnungslosigkeit in scheinbarer Selbstsicherheit kompensiert, sich versteigt, bis sie bei vielen Züge des Terrorismus annimmt. Der Wille zur Aktion hat sich zum Machtanspruch entwickelt. Sie wollen die anderen beherrschen. Die demokratisch liberale Erziehung führte bei etlichen zu einem Freiheitsrausch, der alle moralischen Grenzen verletzt. Diese Schläger berauschen sich an Macht und Freiheit, betäuben sich, um ihr Bewußtsein zu erweitern. Die arbeitslosen Jugendlichen fühlen sich vernachlässigt, obwohl ihnen unsere pluralistische Gesellschaft viele Möglichkeiten, Alternativen bietet. Ihr Eigenrhythmus ist gestört. Sangen ihre Vorgänger noch begeistert den Slogan, wird der Kriegsruf heute Mittel kämpferischer Aktionen, zum Protestgeschrei und begleitet die Anschläge der rechten Szene. Ihre Maya soll ja auch ein Vertreter der Rechten geschädigt haben. Ich habe Ihnen die Zeitungen holen lassen.«

Mit vorgebeugtem Kopf, etwas nach vorne gerutschter Brille suchen seine Finger die entscheidenden Schlagzeilen. Es sind die scharfen Züge des Kurzsichtigen, die sich Hildwin in Verbindung mit den Titelseiten einprägen. Die bebrillten Augen tasten Seite für Seite ab, ehe er sie seinem Gast hinschiebt.

»Bosheit ist die Kunst, dem anderen eine Falle zu stellen, der er nicht gewachsen ist. Da, sehen Sie selbst!« Mayas Foto auf der Titelseite zieht Hildwins Blick sofort in seinen Bann.

»Ist Mayas Freund oder der rechtsradikale Emu der Mörder der Kräuter-Babi?«

Auch die Dankbezeichnung auf der Seite der Todesanzeigen von überdimensionalem Ausmaß beweist, daß die Presse die Aufmerksamkeit der Leser nicht ungern auf Babis Tod lenkt. Sie hält hartnäckig an der Version fest, daß Maya Opfer des Rechtsradikalismus wurde. Woher die Berichterstatter den Namen der leiblichen Mutter Mayas kennen, bleibt Hildwin ein Rätsel.

Man schloß aus dem Schicksal der Tochter, daß es sich auch um Rechtsradikale handelte, die der Dame am Heimweg von der Arbeitsstätte die Handtasche raubten, obwohl es dafür keine konkreten Beweise gab. Die Zeitung schrieb zwar von einer »unglücklichen Verstrickung« des Jugendlichen in einen Mord, aber es genügte bereits, mit Skinheads befreundet zu sein, um ihn verdächtig erscheinen zu lassen.

Hildwin kennt den Bescholtenen flüchtig. Er heißt Emanuel. Seine Freunde nennen ihn Emu. Die verzweifelten Eltern beteuerten umsonst die Unschuld des Sohnes. Sie gaben zu Protokoll, daß Emu nie an Demonstrationen oder ähnlichen Aktionen teilnahm, der Polizei noch nie auffiel. Sie riefen den Chefredakteur der Zeitung an. Die Beschuldigung blieb ohne Widerruf. Die Lokalzeitung verwies auf diesen Konflikt.

Hildwins Satz »Die Kräuterhexe ist schuld an ihren Problemen« bleibt unausgesprochen, als er auf seine Lippen fällt. Er verbeißt sich verzweifelt in die sieben Worte und hüstelt.

»Warum sollten Rechtsextreme Ihre Tochter geschädigt haben? Das hätten Sie doch gemerkt, oder sie hätte es Ihnen sicher gesagt«, mischt sich der Junior ins Gespräch.

»Der Rechtsradikalismus ist ein ostdeutsches Problem. Mein Vater hat mir drüben ein leerstehendes Haus gekauft, das ich mit meinem Freund und zwei Handwerkern renovierte und zu Semesterbeginn bewohnen werde. Gerhard ist in Ostdeutschland aufgewachsen. Druck und Gewalt, fehlendes Mitspracherecht haben die Vorstellung radikalisiert, die Toleranzentwicklung unterdrückt«, sagt er.

174

»Die jungen Leute sind unzufrieden, weil sie Arbeitslosigkeit und Wohnungsnot bedrücken. Die leerstehenden Häuser sind weitgehend baufällig, moderne Wohnungen zu teuer. Aber das ist nicht der einzige Grund. Wie Sie ja selbst sagen, hat die alte Generation die Vergangenheit nicht verarbeitet und so die junge nicht von der Last befreien können. Während der Westdeutsche seine Minderwertigkeitsgefühle kompensieren müßte, weil er seine Vorfahren für Verbrecher hält, weil ihm ›die Geschichte ein Grab bestellt‹ hat, leiden noch sehr viele Ostdeutsche hautnah unter den Folgen des Zweiten Weltkrieges. Die Teilung in Ost und West hat zu Unzufriedenheit geführt. Die zu lange Rationalisierung der Nahrungsmittel und der Mangel an wichtigen Dingen, die zu hohen Preise in Relation zu Gehältern und Renten mit dem Blick auf den Luxus im Westen werden natürlich als höchste Ungerechtigkeit empfunden. Wohlstand verpflichtet zu Toleranz, Armut verleitet zu Solidarität und Aggression.
Auch viele ostdeutsche Frauen fühlen sich durch die Wiedervereinigung geschädigt, weil sie ihren Job verloren. 90 Prozent der DDR-Bürgerinnen sind einer bezahlten Tätigkeit nachgegangen. 1992 verloren sieben Millionen ostdeutsche Frauen ihren Arbeitsplatz. Ein Jahr später betraf das Problem jede fünfte Frau. Der Weg in die Demokratie war nicht mit Freuden gepflastert.«
Der Reichsgedanke, der Hitlers Wahnidee speiste, ist es sicher nicht, der den Rechtsradikalismus gebar, sondern diese Unzufriedenheit mit der eigenen Situation. Sie hat sich wie ein Flächenbrand ausgebreitet, weil Deutschland die Wolken dieser Geistesfinsternis nicht rechtzeitig erkannte. Man hat nicht damit gerechnet, daß sich arbeitslose Jugendliche, die sich vernachlässigt fühlen, der rechten Szene anschließen könnten.
Vielleicht gibt es aber auch noch diejenigen, die die Kulturnation weit über die staatlichen Grenzen hinauswachsen sehen. Der Gedanke an ausländische Fachkräfte und das Asylrecht stehen dem entgegen. Auch an Vorbildern fehlt es nicht.

Versuchte nicht Jugoslawien durch eine Säuberungsaktion, die nationale Reinheit mit Gewalt herzustellen? Die Minderwertigkeitskomplexe der deutschen Nation fordern die Jugend heraus. Wären wir etwas selbstbewußter, könnten wir die dunklen Flecken deutscher Geschichte durch die positive Tradition der Nation ersetzen. Daraus ergäbe sich sicher eine neue nationale Identität.

Die Rechtsradikalen sind nicht die falschen Propheten eines Großdeutschen Reiches, eher junge Menschen, deren kaltgepreßte Gefühle, deren zur Alltäglichkeit getrockneter Haß die Idee eines Machtstaates gebären. Die Geschichte hat die Jugend verunsichert, den Vätern und Müttern gelang es nicht, ihnen diese neue nationale Identität zu vermitteln.

Ja, die Geschichte hat weder den Osten noch den Westen erlöst, eher schwer belastet. Seit 1945 dreht sich die Welt unheimlicher um die Sonne. Der Wind der Vorwürfe und Forderungen, von Meinungsmachern gefüttert, trieb die Mühle an, die die Vergangenheit nicht mit der Zeit zermahlen konnte. Der Aufbruchsgeist strahlte zwar auf Kultur und Kunst aus, aber dem Menschen war ein Stück Welt abhanden gekommen. Die unerlösten Seelen der Deutschen spuken noch im Weltraum.«

»Sie haben recht. Die Geschichte, die Vergangenheit begleitet unser Suchen nach einer anderen, besseren Zeit. Wir werden sie nicht los. Vom Schutt jener Zeit geblendet, ziehen drei Generationen an uns vorbei und die Seelen der Vergasten, Erschossenen, der Gefallenen und die Witwen und Waisen. Vergangenheit und Gegenwart passieren gleichzeitig.

Tun wir nicht alles, um selbst die neue Generation in Aggression oder in einen Pflichttaumel zu versetzen, daß sie die Toten auf dem Schlachtfeld der Geschichte nicht vergißt?

Die Regierungsparteien haben nicht weniger für Unzufriedenheit gesorgt. Das Finanzgebaren der CDU führt heute noch zu Protest und Aggression. Die verschwendeten Millionen hätten Ostdeutschland beim Aufbau helfen, Arbeitsstellen für die

Jugend schaffen können. Viele Jugendliche wollen auf diesen Betrug und auf ihre eigene Not aufmerksam machen.

Natürlich muß Jugendkriminalität, die sich im Rechtsradikalismus zeigt, hart bekämpft werden, aber die Wurzeln sollte man dabei nicht übersehen.«

»Es gibt bereits eine ostdeutsche CSU, eine sozialistisch-patriotische Volkspartei, die sicher ohne Spendenskandale auskommen wird.

Mein Freund redet oft von Familie, Gemeinschaft, Heimat und von staatlicher Ordnung. Sind das nicht Werte, die sich gerade im Osten erhalten haben? Vom Staat erwartet man Ehrlichkeit, Offenheit, Glaubwürdigkeit und Sicherheit im eigenen Land. Nationalstaaten gehen mit ihren Minderheiten allerdings weniger tolerant um als multikulturelle Gesellschaften.

Die Geschichte hat uns alle geschädigt, und wir können Probleme wie den Rechtsradikalismus nur gemeinsam lösen. Ihn auf eine Seite unseres Landes abzuschieben, wäre wohl eine zu einfache Methode.«

Nebengeräusche von der Küche her lenken ab. Ein Mädchen bringt die Suppe, Geflügel, Kartoffeln und gemischten Salat. Die Frau redet vom »Rinderwahnsinn und der Schweinepest«. Geflügel, meint sie, sei, wenn man von der Vogelgrippe absieht, weniger mit Viren belastet.

Hildwin atmet immer noch Erleichterung aus. Sie haben seinen Ablenkungsversuch angenommen. Niemand redet über Politik. Heimlich aber prüft er die hinterhältigen Sätze, die er frechlippig aussprach. Hat er nicht eine Meinung verteidigt, die er verurteilen müßte? Kritisierte er nicht Maßnahmen seiner eigenen Regierungspartei? Sprach er nicht von arbeitslosen deutschen Jugendlichen in bestimmten Stadtvierteln, in denen ausländische Jugendliche regelmäßig einer Arbeit nachgehen und daher anspruchsvoller leben können, als Ursache rechtsextremer Ausschreitungen?

177

Hat er nicht Hitlers Rassenideologie bagatellisiert? Der Groll auf den zunehmenden Druck des Vaters könnte seine Einsicht gesprengt haben.

»Mein Freund in Ostdeutschland sagt, viele Menschen, auch Jugendliche, wagen sich bei Dunkelheit nicht mehr auf die Straße. Wer in den Augen der Rechten nicht die Insignien des Unangepaßten trägt, sich durch Kleidung und Haartracht ausweist, ist gefährdet. Im Juli wurde ein Ferienlager in Brandenburg überfallen, an einer Badestelle eine 16jährige beschimpft und getreten. Diese Schläger kann man nicht mit einer politischen Partei gleichsetzen. Wie ich sagte – Jugendkriminalität! Mit Argumenten kommen sie bei denen nicht an, nur bei den ernsthaften Parteimitgliedern. Argumente sucht man heute auch für den geschichtlichen Holocaust Hitlers. Man redet von einer perversen Pathologie als Ursache für die ›Endlösung der Judenfrage‹.«

Hildwin öffnet seinen Hemdkragen. Er fürchtet von diesem Thema ein zweites Mal verleitet zu werden, seinen familiären Frustrationen in Äußerungen umzusetzen, die er besser nicht verbalisiert.

Der junge Mann nimmt ihm die Entscheidung ab. »Für uns Deutsche ist dieses Thema bereits unerträglich. Aber in ein paar Jahren werden wir das Finanzgebaren der CDU als Last herumschleppen, es als Schande empfinden, daß die Akten aus 16 Jahren Kulturarbeit aus dem Büro im Bundeskanzleramt verschwunden sind. Wesentliche Akten vernichtete man, damit für den Bürger nichts mehr nachvollziehbar, kontrollierbar ist. Die Beseitigung von Amtsakten verstößt gegen das Archivgesetz, greift in die Geschichte ein.«

»Die Jugend muß immer kritisieren, sich an Extremen orientieren!«

»Der Vater hört die Schandtaten seiner Partei nicht gerne«, kontert der Sohn.

»In diesem Skandal, lieber Vater, geht es nicht um Spenden,

sondern um Bestechung. Die Frage nach der Bestechlichkeit der Politik umkreist den Kern des Problems.«

»Sehen Sie, wie unsere Kinder uns entgleiten? Es fällt uns schwer, ihre extreme Denkweise nachzuvollziehen.«

Die Hausfrau öffnet ein Fenster. In kleinen Portionen wirft die Sonne die im Gewölk erstickten Strahlen mit der warmen Luft in den Raum.

»Sprachen Sie nicht von Mayas religiöser Verwirrung durch ihre Freunde und den Guru? Nach Buddha gibt es zwar einen achtfachen Pfad, aber im Prinzip nur einen Weg, den des untadeligen Verhaltens. Deshalb müssen wir nicht annehmen, daß Maya ernsthaft jemanden schädigen oder Leid zufügen wollte.

Ich führe den Tod Ihrer Tochter auf einen Unfall zurück. Auch wenn das Mädchen nicht randvoll glücklich gewesen sein sollte – auch andere junge Leute müssen Probleme bewältigen –, halte ich den Verdacht auf Selbstmord für unbegründet. An Flucht glauben Sie doch auch nicht ernsthaft! Tagebücher geben eine momentane Situation wieder. Sie wäre längst zurückgekehrt, oder man hätte sie aufgegriffen.«

Seine abwehrende Geste markiert seine Unlust, sich weiterhin mit diesem Thema auseinanderzusetzen. Dann singt er eine Hymne auf seine Tochter, die erfolgreich als Botschafterin tätig ist, Einfühlungsvermögen und weit mehr Verstand als der Sohn beweist. Sein Blick beglaubigt den Bericht. Er legt drei Bilder der Gelobten Hildwin vor: »Die beste und jüngste Abiturientin.« Auf seine Älteste ist er stolz. Sie sieht dem Vater ähnlich, wirkt eine Nuance zu steif.

Hildwin nickt. Er hält seine Suchaktion für beendet, aber das Mädchen bringt gerade Kaffee in kleinen chinesischen Porzellantassen. Der Sohn möchte ein Bild von Maya sehen. Hildwin birgt die Bilder seiner Tochter in den Taschen seines Jacketts. Dem Vater hat er sie bereits gezeigt. Maya, lachend, mit der Katze im Garten, Maya mit Fabian und Maya mit dem Freund. Nichts verrät ein Stimmungstief.

179

Er wird die Sache im Auge behalten, Hildwin verständigen, wenn er etwas erfährt, verspricht Ferdinand von Weissenstein, aber Hildwin hört nur das Wort »Sache«.

Nachträglich weiß er nicht mehr, ob er sich bedankt hat, so schwerlastig hängt das Wort in seinen Gedanken. Für den leiblichen Vater war das Kind immer nur eine »Sache«, von der er sich zu distanzieren bestrebt war. Wie konnte er sich diesem Mann anvertrauen!

Strapaziert, mit müdem Kopf versucht er auf der Rückfahrt die Gespräche zu filtern. Hinweise auf eine mögliche Todesursache sucht er vergeblich.

Drückende Stille, die Ohnmacht vor einem Unwetter, spannt sich durch die gewitterschwüle Landschaft. Die Minuten rollen sich so schnell zu Stunden auf, daß er die Dunkelheit nicht bemerkt. Immer wieder durchwühlt er Mayas Bemerkungen, ihre schriftlichen Aussagen.

Die letzten Tage haben seinen Traum, seine Adoptivtochter lebend wiederzusehen, vernichtet.

Hat er durch Unachtsamkeit, fehlendes Verständnis oder Fahrlässigkeit beide Adoptivtöchter verloren? Wie hätte er den Autounfall der jüngeren verhindern, wie seine erwachsene Tochter beaufsichtigen, die Kette scheinbar harmloser Aktivitäten der Freunde und der Alten zerreißen können?

Warum erzählte ihm Maya nichts über jenen Telefonterror, den die Presse erwähnt? Was kann ihr der geheime Anrufer mitgeteilt, womit kann er sie geplagt haben?

Zum ersten Male hinterfragt er seine Erziehungsmethoden unter anderem Aspekt.

Warum meldet Fabian bereits Probleme an? Tragen wirklich nur die Geschichten des Großvaters die Schuld? Jeder Versuch der Schuldzuweisung greift ins Leere. Seine Frau wirft ihm vor, daß er das Kind vernachlässigt, Maya weit mehr seine Zuwendung schenkte.

Seine nervösen Finger schalten den Scheinwerfer ein und aus, blenden bald ab, bald auf. Eine befremdende Finsternis liegt auf der Landschaft. Das wesenlose Schattenspiel am Rande der Autobahn verwirrt ihn. Was nützte Maya seine Aufmerksamkeit? Es fehlte ihm der Mut, die Verwirrungen durch die Umwelt von ihr fernzuhalten, sich für sie wirksam einzusetzen, als sie mit Gotelinde in Konflikt kam. Der Großvater verstand es zwar, die durch die Presse inszenierte Hysterie über den Rechtsradikalismus hochzuschaukeln, sich von der aufgeheizten Massentrauer über das Schicksal ausländischer Opfer infizieren zu lassen, aber Maya zu helfen, war er nicht imstande. Und er, der Vater?

Wie hätte er seiner Tochter eine Glaubensüberzeugung übermitteln sollen, die ihn selbst nicht bewegt? Er schwankte immer, wie alle Zweifler, zwischen verschiedenen Hypothesen, befand sich in einem Zustand des grundsätzlichen Zögerns, aber die Pflicht holte ihn ein, und er bemühte sich wie seine Frau, Maya im christlichem Glauben zu erziehen. Die Kinder besuchten den Religionsunterricht und mit den Eltern den Sonntagsgottesdienst. In der Familie wurde selten über Religion gesprochen. Er glaubte seine Pflicht erfüllt zu haben. Ihren Freundeskreis genauer kennenzulernen, den Guru aufzusuchen, hatte er sich nicht bemüht. Das stand nicht in seinem Pflichtenkatalog. Maya war es, die es ihm bewußt werden ließ, daß die ihm auferlegten Pflichten ihn in Ketten legen.

Zum dritten Male vertieft er sich in einer Pause in die Tagebuchseiten, die in der Innentasche seines Jacketts seinen Herzrhythmus stören.

»Ich frage mich, wie es Hild aushält, sich ständig verpflichtet zu fühlen, vielleicht würde auch er gerne wie ich ein freies Leben führen, aber er wagt sich dem Großvater und der Mama gegenüber nicht durchzusetzen. Sie ist ja selbst auch nicht glücklich und lädt ihren Frust auf mich ab. Ich glaube, der Großvater ist schuld.«

Hildwins Vater hatte 1945 alte Zwänge durch neue ersetzt, ihn und die ganze Familie damit belastet. Was er Wiedergutmachung nannte, glich immer einer Nötigung. Er glaubt sich von Maya durchschaut. Daß sie ihn bedauerte, stört sein Gleichgewicht erheblich.

In Zukunft wird er Referate über die Zeit von 1933 bis '45 ablehnen, Einweihungen von Gedenkstätten jungen Kollegen überlassen.

Hildwin setzt die Fahrt fort. Der Entschluß beschleunigt sein Tempo. Mein eigenes Geschwätz ödet mich an, denkt er, aber die Vergangenheit läßt ihn nicht frei. Zapft er sein Gedächtnis an, sprudelt ihm sofort eine Quelle entgegen:

Sie wanderten oft allein, weil sich Gotelinde nicht für Fußwege begeistern konnte. Eine stille, weite Flur aus Wiesen und Weingärten war es, von den Kronen der Edelkastanien überschattet, auf denen sie damals den Spuren des Walter von der Vogelweide folgten. Von Weidbruck stiegen sie den steilen Plattenweg hinauf, am verfallenen Gemäuer vorbei. Dort, im Lajener Ried, soll der Minnesänger gelebt haben. Mayas Deutschlehrer hatte von ihm gesprochen. Sie wanderten bis zur Kirche der hl. Katharina. An den herrlichen Blick vom Friedhof aus auf das Dorf und im Norden über die weite Hochfläche bis auf die fernen Gletscher erinnert er sich noch genau. Die unklare Markierung verunsicherte ihn. Sie standen vor einer dreifachen Wegteilung, fanden erst beim zweiten Anlauf die Wiese, von der der Weg steil bergab führt. Ein Kirchlein entdeckten sie bei ihrem Irrweg, das so schief wie der Turm zu Pisa wirkte. Maya war begeistert zu jeder Anstrengung und zu jeder Besichtigung bereit, und er atmete von jeder Last befreit, erholt. »Beim Wandern bist du ganz anders, so jung, daß ich mich in dich verliebt habe«, sagte Maya.

Auch eine Wanderung mit ihrer Freundin und deren Eltern sieht er aus seinen Erinnerungen:

Sie liefen zwischen wogenden, reifen Ährenfeldern, stiegen steil bergan und fanden auf den Hügeln Spuren eines alten

Ritterschlosses. Er fotografierte sie vor den hohen Rebhängen. Dort, wo die Birken zwischen blühenden Kirschbäumen standen, sagte sie plötzlich: »Kannst du denn nicht auch zu Hause deinen Pflichtenkatalog abgeben? Ich sehe dich im Traum immer in einer schweren Rüstung. Wenn wir von zu Hause fort sind, legst du sie wie eine Schale ab und bist Hild, mein Hild.«

Seine Tochter war seinem Wesen auf der Spur. Er sollte sich endlich von seiner ererbten Vergangenheit trennen, um in seiner Rüstung nicht zu ersticken. Sie liebte das Leben und übertrug ihre Lebensfreude auch auf ihn. Maya hörte gerne Musik, begeisterte sich wie alle Mädchen ihres Alters für den Tanz. Warum hätte sie ihr junges Leben auf diese Weise beenden sollen?

Er läßt sich in einem Strom von Erinnerungen weitertreiben. Bilder rollen sich vor ihm auf.

Schon als Kind tanzte Maya wie elektrisiert, als hätten die Fühler einer Libelle im Kosmos eine Antenne aufgespürt, eine Wellenlänge gefunden. Der kleine Körper zitterte und zappelte beim Tanz wie schwirrende Libellenflügel, als speiste eine geheime Quelle diese flirrende Energie, gab sie sich der Bewegung hin. Er hätte ihre Bewegungsabfolge nicht verbal notieren können. Es war ein Feuerwerk der Zuckungen, der rhythmischen Bewegungsabläufe, des Fließens, Gleitens, das langsam Gestalt annahm. Eine artikulierbare Gebärde löste sehr bald die undefinierbare, formlose Lebendigkeit, die unartikulierte Gebärde ab. Er erfüllte ihren Wunsch, schickte sie in das Ballett.

Da der Tanz eine Folge nutzloser, übertriebener Aktionen bezeichnet, fand Maya eines Tages, vielleicht unbewußt, eine Parallele zu ihrer Vorstellung, das Leben als eine sinnlose, zufällige Folge von Ereignissen, Aktionen, Leben als Schicksal zu sehen und sich als Opfer zu empfinden. Es war die Zeit, in der sie mit den Ideen des Islam konfrontiert wurde, Freunde und der Guru sie verwirrten. Da sie Schicksal als Macht empfand, die den menschlichen Willen zu brechen vermag, war sie bestrebt, es zu beherrschen, zu meistern. Diese Vorstellung erinnert ihn an die Tagebuchaufzeichnungen.

Im Ballett lernte sie, ihre spontanen Bewegungen zu koordinieren, dem Zufall keine Chance zu geben, Vollkommenheit, Perfektion anzustreben. Aber Maya klagte oft, daran erinnert er sich genau, über die Unerreichbarkeit, die Unmöglichkeit, derartige Forderungen in die Praxis umzusetzen. Sie bemühte sich um das Zusammenspiel der Muskeln im Wechsel zwischen Anpassung und Entspannung, um gezügeltes Hüpfen und Springen, das taktmäßig Form annahm, durch Wiederholung zum Ballettanz wurde. Das Streben nach Balance, nach perfekter Grazie war nicht immer erfolgreich, aber Mayas pulsierende Lebensenergie fiel sogar der Tanzlehrerin auf. Selbst Gotelinde unterstützte ihren Fleiß, das vermeintliche Konditionstraining.

Er konnte es nicht glauben, daß ihr Tod eine weltanschauliche Ursache haben könnte. Aber Worte wie »Sinnlosigkeit« oder »absurd« kreuzen seine Überlegung, nehmen Konturen an, formen sich zu Sätzen.

»Du erträgst das Absurde in deinem Leben nicht, weil du eine Last mit dir herumträgst, die sich nicht abschütteln läßt, obwohl du es gerne möchtest.«

Hildwin glaubt zu wissen, daß nicht er allein seine Unrast, sein Schicksal, das er für sinnlos hält, austrägt. Warum wundert er sich eigentlich, daß auch seine Tochter an diesem Unvermögen, das Schicksal zu bewältigen, scheiterte?

Während der Generalprobe brach Maya zusammen. Sie hielten den Schwächeanfall für den Vorboten einer Grippeerkrankung; nachträglich interpretiert er ihren Tanz als Sinnbild seiner und ihrer existentiellen Unruhe, als das des Getrieben-Werdens im buddhistischen Sinne, das sie in Bewegung umsetzte, die ihre Energien verbrauchte. Tanzte sie nicht das Geschick des Sisyphos? Er hört sie, die ungewöhnliche Melodie, die sie zu immer neuen Schritten, Stellungen anregte, sieht ihre traumhaften Bewegungen. Es gab keinen Schritt nach vorn, der das Rückwärts nicht in sich trug. Ihre Gesten, in sich vollendet, drückten das Rollen, Ziehen, Schieben einer Last aus. Dann verfiel sie diesen

184

dissonanten Klängen, schwang, schaukelte in den Hüften mit zu-
rückgewandten Kopf, verlagerte ständig ihr Gewicht.

Ihre Füße tasteten abwechselnd nach vorne, vertrauten mit nach
vorne übergebeugten Haltung das Gewicht der brüchigen, nicht
verläßlichen Erde an.

Er erinnert sich noch genau an die Schraube, weil ihn Gotelinde
durch einen Stoß zu erhöhter Konzentration zu motivieren glaubte. Mayas Beine, verdreht, verwunden, verschraubt, ließen den
ganzen Körper vibrieren, während ihr Blick über die Schulter
nach hinten gerichtet war. Höchste Anspannung entlud sich in
der Entspannung in Abwärtsbewegung, setzte sich nach unten
fort.

Auch das Gewicht schien mit dem Ausatmen nach unten zu fließen. Aber sie wurde die Last nicht los. Dem labilen
Zwischenzustand, einem Sich-treiben-Lassen folgte nur kurz die
nach unten ausschwingende Armbewegung, die Raum entstehen ließ, öffnete. Maya wuchs in den Zehenspitzen, gab aber die
Mitte bereits nach einer überdrehten Streckung preis. Sie sprang
mit durchgestrecktem Knie vom Boden ab. Die Füße schienen
zu schweben. Seit sie den Schwerpunkt preisgab, schien das
Verhältnis von Spannung und Entspannung unausgewogen zu
sein. Die verwirrenden unkoordinierten Bewegungen betäubten
ihn. Die Hände schienen die Last immer noch zu rollen, zu ziehen, zu schieben und konnten dieser gespielten Sehnsucht nach
Weite, Offenheit nicht gerecht werden. Widersetzte sich nicht
der Boden? Das Gefälle mußte sich verändert haben. Einem
Schritt nach vorne folgten zwei zurück. Die abwehrende Gebärde
deutete den Abgrund an. Dissonante Klänge beschleunigten die
Bewegung. Als sie im Fortissimo den Höhepunkt erreichten, endete das schwerlastige Vor und Zurück der Schritte und Sprünge
im Zusammenbruch der Tänzerin.

Könnte Maya nicht das Schicksal des Menschen, den sie liebte, belastet, sein Schicksal, das sie mittrug, durch jene religiöse
Verwirrung verstärkt haben?

185

Die an ihm vorbeibrausenden Autos, das Hupen derer, die Unzufriedenheit mit seinem Fahrstil demonstrieren, signalisieren Gefahr. Er muß eine Rast einlegen, um seine Konzentration zurückzugewinnen. An einem Kiosk kauft er sich eine Bockwurstsemmel und gegen seine Gewohnheit eine Flasche Cola.

Seine Tochter würde sich freuen, aber der entsetzte Blick des Vaters lastet auf ihm. »Warum bestellt du dir nicht ein Essen im Gasthof, warum willst du nicht kultiviert essen?«

Ein Mann mit einem kleinen Jungen auf dem Arm kauft einen Lutscher für das Kind. Wie immer in derartigen Situationen greift er in Gedanken seinen Vater an: Ja, Vater, du mußtest damals das Märchen fehlinterpretieren, weil dir diese verzeihende Güte fehlte, die Bereitschaft zu verstehen, was nicht deinen Vorstellungen entsprach. In deinem Kopf tönten damals wie heute die Stimmen derer, die Wiedergutmachung fordern.

Hildwin kann nur mißmutig seiner Kindheit nachsehen.

Verständnis hätte auch ich von dir erwartet, aber deine Erwartungen überforderten mich. Kälte, Pflichtbesessenheit strahltest du aus. Du wärmtest mich nicht wie dieser Vater, wenn ich fror, und du kühltest mein Gesicht nicht, wenn mich etwas zu sehr erhitzte. Stark sollte ich sein und mutig, aber du hast meinen Willen gebrochen. Manchmal hätte ich gerne geweint, wenn ich im Kampf den Mitschülern unterlag, verprügelt wurde, aber Tränen waren nicht zugelassen. Ich war dazu verdammt, alle Spielarten der Angst zu erproben, ohne mich zu äußern. Auch Mutter wagte es nicht, mich zu trösten, in den Arm zu nehmen oder in den Schlaf zu singen. Sie wollte deinem Erziehungsplan nicht zuwiderhandeln.

Vielleicht nahm der Großvater etwas mit, das für dich lebensnotwendig war, Überzeugung und Begeisterung. Was er dir zurückließ, Fanatismus und ein krankhaftes Pflichtgefühl, töteten dein Leben. Du wußtest, daß sich etwas Schreckliches ereignet hatte, das Wiedergutmachung forderte. Es ging vor allem um die

Anerkennung durch die anderen. Sie sollten deine Einstellung, deinen Willen erkennen, denn schließlich war es dein Vater, dem man vorwarf, Menschen getötet, im Dienst eines Satans gehandelt zu haben. Dein Lächeln schmolz, wenn man dich deiner konsequenten Haltung, deines Engagements wegen lobte. Das erwartest du auch von mir. Es störte dich nicht, daß ich ein Leben aushalten mußte, das meine Wünsche nicht berücksichtigte. Handelte ich nicht in deinem Sinne, verstandest du mich totzuschweigen, statt mit mir darüber zu reden.

Ich liebte euch, aber ich glaubte, Liebe sei den Mädchen vorbehalten, weil deine Erziehungsmethoden nicht mit meinem Begriff Liebe übereinstimmten.

Vor dem nächsten Satz, der sich gerade in seinem Kopf bilden will, hält er an. Er stemmt sich dagegen. Jeder Satz, den er denkt, vergrößert den Abstand zu seinem Vater.

Wie kann ich nur so unfair denken! Nein, nein, es war meine Schuld, schreit es in ihm. Hat nicht jeder erwachsene Mensch seine Entscheidungsfreiheit?

Das Nein aber steht wie eine Sperre in seinem Denken.

Rauchgeruch! Eine graue Wolke steigt vor ihm auf. Eine Frau wirft Papier in die Flammen.

Damals waren es Feuerwehrleute, die, staatlich geprüft, einen Teil der Kulturgeschichte zu vernichten suchten. Du, Vater, gehörtest zu den freiwilligen und daher unbezahlten Brandstiftern. Freilich, die Lust am Brennen war es nicht, die geistige Werte in den Flammen untergehen ließ, eher deine Sucht nach Anerkennung. Später zeigten sich die Spuren dieser Vernichtungsaktion in deinen Alpträumen nach Waldbränden, die das Fernsehen bebilderte.

Mit der Fassade des Vaters bröckelt auch seine eigene ab, weil ihm das Ereignis Parallelen zu seinem eigenen Leben aufzwingt. Sein morsches Innenleben sieht er in diesem Moment mehr denn je.

Von seiner inneren Leere überwältigt, wird ihm lange nicht bewußt, daß er am Steuer sitzt, atmet, existiert. Erst der plötzliche

Stau vor ihm bringt ihn in die Gegenwart zurück. Um ihm zu entgehen, zweigt er in eine Tankstelle ab.

Ein Rucksacktourist fleht ihn an, ihn mitzunehmen und nicht der Nacht auf der Landstraße auszuliefern.

Bereit, sich über jede Ablenkung zu freuen, die seine selbstquälerischen Überlegungen unterbricht, bittet ihn Hildwin einzusteigen. Der Mann läßt während der Fahrt einen fröhlichen Bilderreigen vor seinen Augen tanzen, erweist sich als brillanter Erzähler, die Ablenkung gelingt.

Crispin heißt er, ist Kellner von Beruf und kommt gerade von einer Weltreise zurück. Der Vater verleugnete ihn, und er mußte in seiner Kindheit bei einer alleinerziehenden Mutter am Rande des Existenzminimums leben und als junger Mensch ein Leben am Abgrund führen. Mit zwölf Jahren half er in einem Lokal aus, in dem seine Mutter bediente, um sich etwas Taschengeld zu verdienen. Als man ihn wegen eines Diebstahls hinauswarf, eroberte er sich während der Ferien Deutschlands Städte mit einem alten Fahrrad, das er mit diesen gestohlenen Ersatzteilen – er hatte eine Zeitlang auf dem Technikmarkt ausgeholfen – wieder verkehrstüchtig machte. Er nahm es mit der Eisenbahn mit. Ein Bekannter, der bei der Bahn tätig war, schenkte ihm öfters einen Freischein. Schon als kleiner Junge träumte er von einer Weltreise in andere Kontinente. Dann schaffte er es eines Tages, verdiente sich als Kellner, Nachtwächter oder Straßenarbeiter sein Brot im Süden Chinas, später in Griechenland, Italien und in Frankreich.

Zuerst bietet er Hildwin nur einen Überblick über seine Lebensgeschichte, aber dann lebt er in seiner Erzählung, verläuft sich in Details: »›Mit einem Landstreicher will ich nichts zu tun haben!‹ sagte meine Mutter und schickte mich fort. Ich radelte über Hügel, durch wunderschöne Täler, aber als mein Proviant und mein Geld verbraucht waren, mußte ich mich nach einer Unterkunft umsehen. Sie fiel mir eines Tages ohne Anstrengung zu.

Eine alte Frau beobachtete mich, wie ich aus der Mülltonne eine Tüte nahm, die ein Kind, das sein Pausenbrot nicht wieder mit nach hause nehmen wollte, geworfen hatte. Mit Wurst belegte Butterbrote waren es. Mein Magen bellte in lauter Rebellion, und ich freute mich über die Beute. Die alte Frau sah mir zu, wie ich sie mit Appetit verzehrte, forderte mich auf mitzukommen. Sie bat mich in die Küche, stellte einen Teller dampfende Suppe vor mir auf den Tisch. Nachdem sie mich über das Woher und Wohin genügend befragt hatte, bot sie mir ein kleines Dachzimmer an. Dort wohnte ich ein Jahr im Hause ihres Sohnes und dessen Familie. Mit Gelegenheitsjobs verdiente ich etwas Geld, das ich für meine Reise sparte. In der freien Zeit angelte ich ohne Lizenz, schoß stümperhaft Hasen und Vögel. Die feinen Knöchelchen stampfte ich zu feinem Pulver, das ich meiner Kräuter- und Pilzsuppe zusetzte, denn Pilze gab es in dem nahe gelegenem Wald in Fülle.

Kurz, ich vermied es, Geld für meine Ernährung auszugeben. Obst fand ich im Herbst zwischen leuchtendroten und gelben Herbstblättern in offenen Obstgärten und an den Feldrändern und füllte kleine Säcke und meinen Rucksack, wenn es dunkel wurde, mit Äpfeln, Birnen und Pflaumen. Mühsam war das Kartoffelsammeln nach der Ernte. Aber dann reichte das, was ich an Kartoffeln samt Rüben einbrachte, bis in den Frühling hinein. Einmal ließ ich mich auf einem Spaziergang dazu verleiten, zwei Wildenten, die in einem Bächlein herumschwammen, mit einem Netz einzufangen und daheim am Spieß zu braten. Ich lebte kostenlos und nicht schlecht. Außer für Brot, gab ich kein Geld aus. Selbst das bekam ich oft von einem Bauern, wenn es im Backofen etwas zu dunkel geraten und zum Verkauf ungeeignet war.

Meinen kleinen Ofen heizte ich im Winter mit Ästen, Zweigen, die ich im Wald sammelte. Dort fand ich auch meine Beeren. Bei schönem Wetter saß ich auf einer Sonnenbank und sah durch die riesigen Glasfenster den Tanzschülern zu, brach am Rande der Sumpfwiese Negerpfeifen und Sumpflilien und schenkte sie meiner Angebeteten, wenn sie die Tanzschule verließ. Es war eine schöne Zeit!«

Crispins verklärter Ausdruck beweist es.

»Der Bananen wegen sperrten sie mich einmal kurzfristig ein. Warum hätte ich der Aufforderung ›Bedienen Sie sich!‹ nicht folgen sollen? Der Tisch mit den Bananen stand vor der Obsthalle im Freien. Man konnte mir nur einen Mundraub nachweisen und ließ mich nach eingehender Belehrung frei. Im Sommer lebte ich wie im Schlaraffenland, im Winter wie ein Schmarotzer. Ich blieb zwei Jahre in dieser Dachwohnung, in die den ganzen Nachmittag die Sonne schien.

An den Abenden schrieb ich die Aufzeichnungen eines Landstreichers, die ich meiner Mutter schenken wollte. Mein Vater war es aber, der sich dann am Geburtstag darüber freute. Ich wählte meine Wanderungen und Beutegänge in der schönsten Landschaft aus, um sie ausgiebig beschreiben zu können.

Hundert Seiten umfaßte mein Büchlein, das ich auf einer alten Schreibmaschine tippte, die ich im Sperrmüll fand. Ein Buchbinderlehrling, den ich bei einer der Wanderungen kennengelernt hatte, band es mir.«

Nach seinen Verständigungsmöglichkeiten gefragt, sagt er: »Ich habe es gelernt, deutsch, englisch und französisch zu sprechen, habe mir die Sprachen im Umgang sehr schnell angeeignet. Beim Fußballspielen lernte ich besonders schnell sprechen.«

Sein Mund lacht fast immer. Er scheint zu keinem Trauergesicht bereit zu sein. »Dort lernte ich meinen Vater kennen. Er arbeitet für ein Reisebüro, dolmetscht und führt Reisegruppen in China. Ich bin froh, daß ich ihn jetzt kenne, werde ihn bald wieder besuchen. Ich liebe ihn sehr.«

Dieses hinterhältige Wort »Vater« in Verbindung mit dem dehnbaren Begriff »Liebe« zettelt in Hildwins Kopf eine Verschwörung an. Er zieht sein Lächeln, das gerade eine sichtbare Beziehung zu seinem Fahrgast herstellten will, in sich zurück und verpaßt die Chance, Ansatzpunkte im eigenen Leben zu finden. Ein Versuch, sich mit dem Fremden in Beziehung zum Vater zu identifizieren, scheitert. Das Glück fault am Rande. Erst als der Kellner das Autoradio einschaltet und gegen die Musik singt, setzt sich Hildwins Lächeln scheu durch.

Crispins schwarze Locken bestätigen seinen Namen. Sie quellen unter der Mütze hervor. Viele Geschichten hat er zu erzählen, der Kraushaarige, vor allem von seiner Weltreise.

»Schon mit meiner Impfung gegen Cholera erwachte die Sehnsucht nach diesem Land, die geradezu eskalierte, als die Sonne über zerrissener, brauner Erde aufging.

Über Birma, Bangladesch, über das schneebedeckte Gebirge des Himalaja, den Mount Everest flogen wir, über eine zerklüftete Landschaft, wilde Gebirge und trockene Stromtäler, die, als ich, hoch in der Luft, meinen Zeigefinger durch die Landkarte spazieren führte, erschreckend real vor meinen Augen erstanden. Ich spürte, daß ich die halbe Welt umkreiste. Keinen Augenblick lang dämmerte ich, wie die meisten Fahrgäste, vor mich hin. Nein, ich jauchzte hellwach diesem Land entgegen, obwohl ich erst ein halbes Jahr später den Grund meiner Freude kannte.

Märchenhaft erschien mir dieses Land mit den Porzellangesichtern der Frauen, die lautlos an mir vorbeischwebten, leicht und hell gekleidete schmale Körper. Schwerelos bewegten sie sich mehr über der Erde als auf dem harten Boden. Selbst die Flut von Radfahrern faszinierte mich, die mich, unterwegs zu Chinas tiefem Gedächtnis, auf großen Plätzen, Denkmälern, Tafeln und Flaggen überschwemmte.«

Es sind mehr als Reiseimpressionen, die er Hildwin vorführt. Er läßt seinen Gesprächspartner die Liebe zu diesem Land, in dem sein Vater lebt, mitempfinden.

»Nicht in Hongkong, der Stadt zwischen Untergang und Schönheit, Verwesung, Fäulnis und der großen Zukunftsperspektiven, lernte ich ihn kennen, nein, auch nicht zwischen einsamen Bergen und kahlen Felsen, wo die müde Abendsonne im Meer versinkt«, schwärmt er.

Hildwins verwunderter Blick schweift immer wieder von der Fahrbahn ab zu ihm.

»Nein, in Pekings Teegärten, in zwei der Teegärten eigentlich, in denen ich aushalf, lernte ich meinen Vater kennen. Mit seiner Reisegruppe besuchte er die Ming-Gräber, Tempel und Paläste und legte jeweils eine Teepause dort ein. Nirgends gibt es einen besseren Tee als in Chinas Teegärten.

Vater sah mich sehr lange an, bis auch mir die Ähnlichkeit auffiel. Dann fragte er, nachdem wir allein waren, nach dem Zweck meiner Reise, wo ich wohne, er wollte wissen, wer meine Eltern wären.

»Die Mutter hat er allein gelassen! Kein Wunder bei diesem Vater!« spottete er zu meiner Überraschung. Endlich sagte er es, daß ich sein Sohn bin. Er gab mir Geld und gute Ratschläge. An der Hotelfachschule will er mich ausbilden lassen, wenn ich mir genug Erfahrungen, Fach- und Sprachkenntnisse erworben habe.«

Er nimmt eine aufrechte Haltung an, rückt an seiner Mütze herum. Mit dem nach hinten gedrehten Schirm der Mütze wirkt er noch sehr jung.

»Es war phantastisch! An einem Sonntag besuchte Vater mit mir die Hallen der höchsten und der vollkommenen Harmonie. Diese Schwerelosigkeit! Architektonische Kunstwerke, sagt Vater, eine Balance zwischen Gebäuden und offenen Flächen. Sie soll die ideale Ordnung des Kosmos widerspiegeln. Am Abend besuchten wir die Oper ›Turandot‹ in der Verbotenen Stadt. Die Pekingoper hatte ich schon mit einem Freund öfter erlebt, aber an diesem Abend weinte ich fast, so sehr bewegte mich dieses gemeinsame Erlebnis unter freiem Himmel.«

Der Stoff geht Crispin nicht aus. Rückfragen, Antworten erübrigen sich.

»Ich bin ein Skorpion, nicht vom Glück gesegnet, aber dieses Erlebnis mit meinem Vater werde ich nie vergessen. Ich liebe ihn«, bekennt er wieder.

Den Schatten auf Hildwins Gesicht bemerkt er nicht. Er ist viel zu sehr mit sich selbst beschäftigt. Über seine Mutter will er aber nicht viel sagen. Er sagt dann trotzdem etwas.

»Sie ist eine geplagte Frau, die den ganzen Tag arbeitet und sich vom Schicksal betrogen fühlt. Meine Sehnsucht kann sie nicht verstehen, vielleicht deshalb, weil sie keinen Tropfen Englisch und Französisch oder irgend eine andere Sprache und Kultur in sich hat. Auch Vater paßt nicht in ihre Schablone ›Ehemann‹.« Crispin schaut plötzlich düster vor sich hin und schweigt. Dann prasseln seine Worte wieder auf Hildwin nieder, gereimt und un-gereimt, breiten bunte Bilder vor ihm aus:

»Der Vater wohnt mit Freundin und Schwiegervater in einer Zwei-Raum-Hütte, die viele chinesische Familien den unper-sönlichen Hochhäusern vorziehen. Das Leben spielt sich im Innenhof ab, wo gewaschen, getrocknet, gekocht und gegessen wird. Ein Chinese verdient im Schnitt umgerechnet 300 DM und muß sparsam leben. Deshalb sieht er im wirtschaftlichen Aufstieg die einzige Chance. Wer nur ein Kind erzieht, kann es studieren lassen. Freilich führt diese Vorstellung zu Wettbewerbsverhalten und zu Egozentrik, aber wer möchte nicht seinen sozialen Status verbessern?

Auch der Freund wohnt mit seinen Eltern in einem Häuschen mit Innenhof. Sein Vater verkauft in der Seidenstraße Kopftücher. Ja, der Mensch muß das Beste aus seinem Leben machen, sagt Vater.« Crispins weises Lächeln breitet sich in seinem ganzen Gesicht aus. »Buddha behauptet, daß der Mensch Leid aus ei-gener Kraft überwinden kann. Und der Mann, den wir an der Mauer trafen – Vater wollte mir dort die chinesischen, tibeti-schen und indischen Stilelemente zeigen –, bestätigt ihn. Er hat sich vom Bettler zum Besitzer eines Teehauses emporgearbeitet.« Hildwin schlägt die Mittagspause nicht vor, weil er Hunger ver-spürt, eher um den bereits lästigen Redner zum Schweigen zu zwingen. Er lädt ihn ein. Aber selbst beim Essen kann es Crispin nicht lassen, seinen Reisebericht fortzusetzen. Von griechischen Göttern und ihren Tempeln erzählt er und von Museen, die er besucht hat, weil er sich dem Vater verpflichtet fühlte. Und die italienische Landschaft, die Sand- und Steinwüste der Toskana und der Inseln, hat ihn beeindruckt. »›Schau dir die Kunstwerke Italiens an, mein Sohn!‹ sagte der Vater, und ich habe mich genau an seine Ratschläge gehalten. Schließlich kennt sich ein Reiseleiter, der so perfekt verschiedene Sprachen spricht, aus.« Der Stolz auf diesen Mann fällt aus jedem seiner Worte.

»Gearbeitet habe ich erst wieder in Paris, wo mir ein Bekannter des Vaters einen Job verschaffte. Er bediente in einem Bistro. An freien Tagen trieben wir uns im Luxembourg herum und traten zum Spaß als Redner auf. Mädchen haben wir nur zum Tanzen mitgenommen und wenn wir das Pariser Leben beobachteten. ›Laß dir mit den Mädchen Zeit!‹ warnte mich der Vater.«

Crispin findet kein Ende, scheint verbal ausgehungert zu sein. Zwei Jahre mußte er sich fremdsprachig verständigen und unterhalten. Aber auch er hält es an der Zeit, einmal nach hause zu fahren, um die Mutter zu besuchen und seine Sachen zu holen, denn er wird beim Vater in Zukunft wohnen und Hotelfachmann werden.

Hildwin kann seine aufgeregten Stimmen im Kopf kaum dämpfen. Dieses vom Vater verleugnete Kind, das am Rande der Existenz aufwuchs, verzieh bedenkenlos dem Vater, liebt den, der sich nie um ihn kümmerte, und er, im Vergleich ein alter Mann, kann nicht verzeihen. Zahlt er aus Rache mit einem ungedeckten Schuldschein?

Aber er spürt es plötzlich, wie jeder Gedanke an seinen Vater den Abstand zwischen ihm verkleinert. Die Chance, seine Anklage ins Perfekt zu setzen, vergrößert sich, als hätte er den Kampf gegen eine schwere Krankheit gewonnen. Liebe? Crispin liebt seinen Vater. Hildwin hat das Wort während dessen Erzählung inhaliert. Jetzt atmet er es aus, überprüft sein Gewicht, sucht schließlich ein besseres Wort: Wohlwollen, Akzeptanz, Anerkennung. Keines der Wörter trifft Crispins Empfindung. Das spürt er deutlich. Und seine Empfindung?

Ein leichter Rückfall behindert seine Erkenntnis: Der Mensch ist weitgehend das Produkt seiner Umwelt. Wie soll sich der freie Wille gegen die Prägung durch die Familie durchsetzen? Im Erwachsenenalter hätte er trotzdem wie jeder Mensch gegen den Wind segeln können, aber er wäre gestrandet. Vaters festgesetzte, festgefahrene Meinung trotzte mit Mutters Unterstützung jedem Sturm.

Als Hildwin endlich zu der Erkenntnis kommt, daß er immer noch nicht imstande ist, sein Leben nach seinem Willen zu führen, nimmt ihm Crispin die Antwort ab.

»Mutter wird meinem Entschluß nicht zustimmen, aber jeder Mensch kann sein Leben nach seinem Willen führen, ohne fremde Mitbestimmung zuzulassen. Ich ziehe zu meinem Vater.«

»Wir verzeihen euch Vätern und Müttern eure Unvollkommenheit, weil wir selbst auch unvollkommen sind.« Hildwin sagt es leise vor sich hin, als probe er vor Crispin Abbitte, die dem Vater gilt. Alle Männergestalten haben in seinem Denken einen Makel aufzuweisen.

Der Einwand, die fremde Kultur könnte einem jungen Deutschen Probleme schaffen, läßt Crispin nicht gelten.

»Mein Vater liebt dieses Land, spricht fließend dessen Sprache, aber er ist in seiner Seele ein Deutscher geblieben und auf seine Kultur stolz. Das sind doch heute nur noch sehr wenige. Viele wagen es nicht einmal mehr, sich im Ausland zu ihrer Nation zu bekennen.«

»Kein Wunder! Da, sehen Sie, Rechtsradikale legen einen Brand in einer Synagoge.« Hildwin reicht ihm die Zeitung. »Deutschland wird mit seinen Jugendlichen nicht fertig. Das sind doch Kinder zwischen 13 und 19 Jahren, die sich vernachlässigt fühlen, die eine Schwachstelle entdeckt haben, na, wie Sie sagen, die Deutschen haben ihre Vergangenheit nicht verarbeitet. Diese Schwachstelle nützen sie, um sich in Szene zu setzen und in den Mittelpunkt zu spielen, auf sich aufmerksam zu machen. Mit einer politischen Einstellung hat das wenig zu tun.«

»Haben Sie keinen Großvater, der im Dritten Reich aktiv war?« will Hildwin wissen.

»Nein, nein.« Crispins Lachen zieht sein Gesicht breit und zeigt gerade weiße Zahnreihe vor. »Auch mein Urgroßvater hat sich nicht politisch engagiert. Und wenn, was können wir für die Verhaltensweisen unserer Vorfahren? Würde Deutschland nicht ständig die Aufmerksamkeit des Auslandes auf diese Zeit lenken, gäbe es bei uns keine ›rechte Szene‹.«

Hildwin ist bereit, sich von dem überzeugen zu lassen, das nicht der Meinung des Vaters entspricht. Langsam sagt er: »Wir wühlen im Leid, in der Schuld, die uns die Großvätergeneration übertragen hat, und wir müssen erst unsere Geschichte verkraften, verarbeiten. Die Gefühle, die wir den Jungen mitgeben, sind nicht verläßlich.«

Crispin wirft mit einem Schulterzucken sein Jackett und seine Sorglosigkeit über, und beide setzen die Fahrt fort.

»Der Stil der Alten, mit der Vergangenheit umzugehen, wird abgeschafft.«

Er hält die Unterlippe mit dem Oberkiefer fest, kneift das linke Auge zu und gleicht so einem Clown.

»Da reimt sich vieles nicht. Viele verlassen sich nur auf die Zeichen, aber die sprechen zweideutig.«

Im Mund des Jungen mit der verkehrt aufgesetzten Schirmmütze klingt es altklug.

»Da fliegt zu viel durch die Luft. Nicht allein brennende Synagogen, verletzte Ausländer, auch Inländer sind betroffen; und junge Menschen mit Handschellen, die ihre Tat nicht einmal begründen können. Na, und dann der Tag der Einheit. Sind wir uns tatsächlich einig? Geht es nicht nur um die äußeren Grenzen?«

»Über Harmonie läßt sich streiten«, weicht Hildwin aus. Im Grunde ist er froh, daß er durch die Redefreudigkeit seines Mitfahrers am Einschlafen gehindert wird.

Gespensterhaft huschen die Lichter über die Landstraße und die Umgehungsstraße. Das lichtgefleckte Dunkel ermüdet. Zuweilen springt ein Lichtkegel auf sie zu, blendet, bis der rücksichtslose Fahrer abblendet.

Crispin sieht die Welt nicht düster wie Hildwin, aber die Darstellung der Beziehung zu seinen Freundinnen, die er am Rande anklingen läßt, unterscheidet sich sehr von der seiner Altersgenossen. Sein Himmel ist nicht rosa, die Bäume sind nicht tiefgrün, eher umweltbelastet braun, die Luft verschmutzt, und der Sonne fehlt das Silber zum Kitsch.

Crispin, der Realist, steht trotz seiner schwärmerischen Liebe zum Vater fest auf brüchigem Boden.

Immer wieder steigt etwas heiß in Hildwins Kehle lauf. Genügt es nicht, daß das ganze Leben des Vaters nur eine Folge von Bildern im Gehirn ist, die dessen realen und inneren Visionen entspringen und immer das gleiche Ereignis umkreisen? Hat man nicht auch ihn und den Enkel in ein Leben ausgesetzt, mit der Vergangenheit befrachtet, die den Fluß in die Gegenwart und Zukunft aufhält? Hildwins Unlust verdichtet sich in den Augen und Mundwinkeln. Er sieht den Vater neben sich gehen, hört seine brüchige Stimme: »Schau dir das an!« Er zeigt auf ein Bild an einem Zeitungskiosk, der Verkäufer hängt gerade die Zeitungen aus. In dieser Synagoge haben die Verbrecher die Fenster demoliert.

»Es ist die Aufgabe deiner Generation, die neuen und alten Verbrechen der Deutschen vor Augen zu halten!« Das ereignete sich erst vor acht Wochen.

»Wird nicht eine Trotzreaktion, werden nicht Aggressionen die Folge der permanenten Mahnungen und Erinnerungen sein?« wagte er einzuwenden.

Der Vater legte seine Bedenken als fehlendes Engagement, als Arbeitsüberdruß, als geistige Trägheit aus. Crispin hätte darüber hinweggelacht, er aber fühlte sich zu einem Referat und anschließender Diskussion mit den Abschlußklassen verpflichtet. Die Klassenlehrer stimmten bereitwillig zu.

Er fühlt sich in seiner Haut wie in einer alten Festung gefangen, ohne fähig zu sein, sich zu verweigern. Aber er kann sich der Einsicht nicht verschließen, daß er auf dem besten Wege ist, nicht nur sein eigenes Leben zu zerstören, auch das Fabians. Er hat die falschen Götter, den blinden Gehorsam, Anpassung mit Kritik und Überlegung vertauscht. Wird er aber eines Tages nicht wie der Vater dieses Ereignis nicht mehr in einen verborgenen Winkel seines Bewußtseins vergraben können? Noch stehen seine Aggressionen stumm zwischen seinen Zähnen.

Früher war es ein Fußball mit der Aufschrift »Ausländer raus!«, der ihm die Wut zwischen die Lippen trieb, weil seine adoptierten Mädchen bereits zur Familie zählten. Als er noch mit seiner jüdischen Freundin ausging, versetzte ihn ein Brief in Atemlosigkeit, weil man den Wahn des jungen Mannes, Einstellung zu demonstrieren, in einer Glosse geißelte.

»Was ist eigentlich Ihrer Tochter passiert?« fragt Crispin der nur erfahren hat, daß sie tot sei, unvermittelt.

Hildwin reicht ihm ein Bild seiner Kinder, die dunkelhaarigen, dunkeläugigen Mädchen und der kleine Fabian, blond und blauäugig, als wäre er einer isländischen Sage entstiegen.

»Na, der ist reinrassig arisch, der überzeugt jeden Rassenforscher«, weiß er.

Daß Maya nur ein Adoptivkind sein kann, sieht er sofort.

»Meine Cousine ist auch ein Adoptivkind. Sie hat mit 14 Jahren einen Selbstmordversuch überstanden, weil sie glaubte, als Fremdkörper die Familienatmosphäre zu belasten. Die Mutter fühlte sich der Schwester verpflichtet und nahm sie in die Familie auf. Adoptivkinder sind besonders empfindlich.«

Es regnet, und die an den Straßenrändern aufgerissene Erde schluckt gierig das Wasser. Auch auf dem Asphalt bilden sich in den Unebenheiten kleine Pfützen.

In Fürstenfeldbruck steigt Crispin aus. Er will den Rest der Nacht bei einer Bekannten verbringen.

Hildwin wird in München von Agi erwartet. Sie wollen die ruhigen Nachtstunden für die Rückfahrt nutzen.

In atemloser Erwartung öffnet er den Brief, den Maya an die verstorbene Kräuterfrau und Vertraute schrieb, den Agi von der

Polizei mitbringt. Das Entsetzen pflanzt sich in seinem Gesicht fort. Seine Lippen bewegen sich lautlos.

»Bitte hilf mir! Sie hat mich so gereizt und angegriffen, und ich habe es getan. Glaub mir, ich wollte sie nicht schädigen, nur ihren Willen lenken, weil ich ihr autoritäres Verhalten nicht ertragen kann. Sie hustet schon, vermutet, eine Grippe bekämpfen zu müssen. Wenn sie ernsthaft krank wird oder stirbt, bringe ich mich um.

Hild kann sich ihr und Großvater gegenüber nicht durchsetzen. Ich liebe ihn, aber er ist zu schwach, er selbst zu sein und mir zu helfen. Aus Angst vor Familienstreitigkeiten greift er nicht ein. Sein Vater würde sich bei jedem Konflikt auf Lindes Seite stellen. Das weiß er auch.«

Die Briefaussage deckt sich mit der der Tagebuchseite.

»Gotelinde war nie ernsthaft krank. Mayas Selbstmord beruht auf einem Mißverständnis.« Jedes Wort quillt auf Hildwins Lippen auf. Der Schlag, den ihm die Schuldzuweisung versetzt, trifft tief unter die Haut.

»Warum, warum hat sich Maya nie dazu geäußert?« Er versteht die Welt um ihn herum nicht mehr, obwohl die Annahme, daß Maya sich selbst richtete, wie das Atmen für ihn zur Tatsache geworden ist. Verkleidung, Rollentausch, Flucht hält er längst für eine Laune der Tochter, die sie nie ernsthaft zu realisieren versuchte.

Daß die Ursache tiefschichtiger liegt, ahnt er. Weiterfahren, sich auf die Fahrbahn konzentrieren kann er jetzt nicht. Sie parken das Auto in einem Wiesenabschnitt und laufen am Nachtwind vorbei zum Fluß. Stille schwebt in der feuchten Luft. Wie ein schwarzgrünes Band liegt er vor ihnen ausgespannt.

Von der Straßenseite her scheint die Lichtreklame eines Schuhgeschäftes ins Dunkel geritzt zu sein.

In Hildwins müden Kopf sind die Gedanken erloschen.

»Positiv scheint das Verhältnis der Frauen zueinander nicht gewesen zu sein«, vermutet Agi. »Hätte sich die Rauheit der Beziehung nicht abschleifen lassen?«

Hildwins verneinende Haltung impliziert seine totale Resignation. »In meiner Gegenwart verloren sich die Gespräche zwischen Gotelinde und Maya in Belanglosigkeiten, als bestünde das Leben nur aus Schulaufgaben, Kochrezepten und anderen Alltäglichkeiten.«

»Die Alte stürzte im Wald und soll, wie wir annahmen, ihren ›Verletzungen erlegen sein‹. Ermittlungen ergaben aber Giftspuren im Blut der Leiche«, berichtet Agi mit einem prüfenden Seitenblick auf den Freund.

Zu einer Auflösung des Rätsels führt der Brief in Verbindung mit den neuen Informationen jedenfalls nicht, eher zu neuen Verschlingungen. Auch die Presseaussagen halten in voller Fahrt immer kurz vor der Wahrheit an.

Hildwins Hilflosigkeit bewegt die Luft, nicht Agis Gemüt. Er will den Freund in diesem Moment nicht schonen, versucht ihm vielmehr etwas bewußt zu machen.

Agi, der es gewöhnt ist, schreibend die Zeichen der Zeit zu deuten, setzt auch die Anspielungen der Presse, die vor der Lösung abschweifen, zu einem Puzzle zusammen: »Deine Frau und die Babi haben deiner Tochter von verschiedenen Seiten zugesetzt, und einer der Freunde bestrafte sie vielleicht dafür. Das mag auch mit dem Telefonterror zusammenhängen.«

Ist es Angst? Erschrecken, daß bei derartigen Worten in Hildwins Adern gärt? Maya, an einem Racheakt an einer alten Frau beteiligt? Wie ein Virus fällt ihn dieser Gedanke an, und er durchwandert einen Wald des Grauens, stemmt sich gewaltsam gegen diese Beschuldigung.

»Aber sie wollte doch nur einen Rat, ein beruhigendes Kraut vielleicht!« Es klingt, als hätte seine Stimme einen Sprung.

Der Freund kann nicht helfen. Er besitzt keine weiteren Informationen.

Nach einer fast halbstündigen Pause setzen beide die Fahrt fort. Agi zeigt ihm das Seidentuch, daß er Annette schenken will, erinnert ihn an ein kleines Geschenk für Fabian. Er redet von einem geplanten Besuch am Bodensee. An der Lesung wird er sich nicht beteiligen. Dazu haben sie zu unterschiedliche Intentionen. Er wird in seiner Heimatstadt lesen. Agi plaudert noch eine Zeitlang vor sich hin. Hildwins Schweigen belastet die Atmosphäre.

Dann fallen seine Worte plötzlich wie Hammerschläge in die Stille. »Ich werde morgen die versprochenen Referate, Diskussionen und die Besichtigung der Ausstellung doch absagen. Die Betroffenen werden verstehen, daß ich in dieser Situation Wichtigeres zu tun habe. Außerdem läuft mein Urlaub aus.« Was er unternehmen will, weiß er noch nicht, aber er muß die Tochter wenigstens rechtfertigen. Mit dem Tod der Alten hat sie nichts zu tun. Das weiß er.

Agi versucht ihn abzulenken: »Gestern habe ich eine Reise gebucht, ein lange geplantes Treffen mit einem Kollegen in das Machtzentrum der Wirtschaft. Diese widersprüchliche, vertikale Stadt hat trotz des Völkergemisches, trotz der bombastisch aufwärtsstrebenden Architektur ihre eigene Identität bewahrt.«

Hildwin hält die Augen scheinbar geschlossen und schweigt.

Agi blinzelt ihn über die Schulter an. »Ich liebe diese Sphärenmusik«, versucht er Hildwin erneut zu einer Äußerung zu motivieren. Das konsequente Schweigen des Freundes belastet ihn. Eine Zeitlang mischt sich nur das Geräusch der Räder, die über die Landstraße hasten, in die »Kleine Nachtmusik« aus dem Autoradio.

Langsam setzt sich das Licht durch. Nirgends ist der Frühlingsmorgen so gebrechlich wie in diesem Tal, nirgends das Licht so unaufdringlich wie über der fernen Stadt, die sich um diese Tageszeit über ihre eigene Geschäftigkeit erhebt, nirgends wirken die ersten Sonnenstrahlen nach einem Gewitterregen so verheißungsvoll wie über den gelbleuchtenden Feldern in dieser Mulde.

201

Agi kurbelt das Fenster nach unten, sucht draußen überall den Frühling. »Schau, die Bäume schlagen aus! Der Sauerampfer blüht, weiße Nelken, Wiesenschaumkraut, Hirtentäschel und Kümmel natürlich.«

Er hält den Kopf in den Wind, schaut durch sein Taschenfernglas, als wäre er einem seltenen Tier auf der Spur. Dann wendet er sich dem Freund zu.

»So schlimm es für dich sein mag, du kannst deiner Tochter nicht mehr helfen! Warum willst du dich und deine Familie jetzt zerstören? Seit deiner Kindheit gehorchst du einem Wort, das dich versklavt hat. Nimm meinen freundschaftlichen Rat an und überlasse die Wiedergutmachung den Schuldigen! Dein Verhalten ist die verlängerte Geste der edlen Einsichten deines Vaters. An den Druckstellen litt auch Maya.

1979 begegnete Reich-Ranicki in Peking Menuhin. Beide Juden reisten von Land zu Land, um deutsche Literatur und Musik zu interpretieren. Thomas Mann und Goethe der eine, Beethoven und Brahms der andere. Im Gegenzug baut Deutschland Moscheen und Tempel, zahlt für Geschädigte ... Die beiden Völker werden sich auch ohne deine Hilfe kulturell wieder näherkommen.«

Hildwin schluckt. Etwas hängt zähflüssig in seinem Schlund. Das Wort überläßt er dem Freund.

»Mayas naive Vorstellung hob alle Gegensätze auf, die der Zeit, die vom Leib und Seele, von Jenseits und Diesseits, aber sie durchlief einen leeren Raum hoch über der Erde, ohne durch einen starken Glauben abgesichert zu sein. Durch ihr betäubendes Schuldgefühl getrieben, wollte sie vielleicht den Weg hinter sich abschneiden, etwas löschen. Aus einem Gedankengewirr mag diese Idee entstanden sein.«

Hildwin schweigt lange vor sich hin, bis er die Worte durch die Zahnreihen preßt: »Gotelindes Verständnislosigkeit, ihr Machtanspruch, Vaters Verstärkung und meine Feigheit zähle ich zu den Ursachen. Die Mutter brach immer wieder die Türe zu ihrer Intimität auf. Das entsetzte sie.«

Hildwin hält immer noch das Tagebuch, die Eintrittskarte zu Mayas Welt, in der Hand.

Agis Hang, nicht allein Probleme auf ihre Hintergründe hin zu untersuchen, auch dem Wort auf der Spur zu bleiben, setzt sofort den Begriff Entsetzen nach. »Entsetzen ist ein Schock, ein Moment der Blendung, und in diesem Augenblick wird sich das Schreckliche ereignet haben. Ich denke an den Kräutertee, den sie vielleicht für einen Zaubertrank hielt. Der zufällig einsetzende Katarrh deiner Frau und deines Vaters ordnete sie den Kräutern zu, und diese vermeintlichen kriminellen Folgen ihres Verhaltens spiegelten ihr diesen Ausweg vor. Es wäre nicht in ihrem Sinne, wenn auch du an diesem Geschehen scheitern würdest.«

»Ja, du hast recht.« Hildwin zwingt sich die vier Worte ab, ohne Agis Monolog geistig zu folgen.

»Du solltest die Tapete wechseln, verreisen. An deiner Stelle würde ich den Urlaub verlängern und eine Woche in New York untertauchen. Dann werden deine Familie, der Alltag wieder erträglicher für dich sein. Du könntest auch mit mir ins Allgäu fahren und deine Familie mitnehmen. Ich muß Nette etwas näher kennenlernen. Mit ihr habe ich mich dort verabredet. Ihr Leben möchte ich literarisch verarbeiten.

Der kleine, verträumte Ort in den Voralpen, dort, wo der Lech aus den Alpen tritt, wäre auch zu deiner Entkrampfung geeignet. Maximilian soll dort dem Humanisten Geiler begegnet sein. In Füssen, der Stadt der Geigenbauer, soll Kaspar Tiefenburg der Geige die Form verliehen haben. Zimmermann, der die Wieskirche gebaut hat, arbeitete auch in dieser Stadt. Dieser museale, kunstbeflissene Ort könnte dir helfen.«

Hildwin nickt in den Rückspiegel, weil er gerade ein Überholmanöver beobachtet.

»Gotelinde hat keinen Spaß an derartigen Reisen, aber ich könnte Fabian mitnehmen. Er will alles sehen und kennenlernen. Ich habe ihn in letzter Zeit vernachlässigt.«

Agi atmet hörbar Erleichterung aus. Zu dieser Einsicht will er den Freund bringen. »Du könntest mit ihm im Kurzentrum wassertreten, an der Stadtmauer entlang spazierengehen und ihm Kloster und Pulverturm zeigen. Die Schloßbesichtigung lohnt sich. Die Berge und der Kranz der Seen werden ihm sicher gefallen. Am Schwansee könnt ihr bootfahren. Dein kleiner Sohn ist intelligent. Mit einer Besichtigung von Hohenschwangau, der Sommerresidenz der letzten bayerischen Könige, und Neuschwanstein, dem Prunkschloß, kannst du ihm den historischen Hintergrund vermitteln und Sagen und Geschichten, von den großväterlichen weit entfernt, erzählen. Du solltest ihn an dich gewöhnen und ein neues Geschichtsverständnis anregen. Aber auch Wanderungen durch das Tal bieten sich an. Kurz: du könntest abschalten, Hildwin!«
Dessen Entschlußkraft ist zu labil für eine feste Entscheidung, aber die Aussicht, sich nicht sofort in einen für ihn jetzt unerträglichen Alltag treiben zu lassen, beruhigt ihn.
Die Sonne zeichnet helle Streifen über die Fassaden der Häuser, als sie zu Hause ankommen.
In den Straßen beweist das bunte Treiben die Vorbereitung auf den Feiertag: Die Erinnerung an das Leichtathletikturnier, bei dem zum ersten Mal ostdeutsche Sportler als Wettkampfpartner vertreten waren, wird in diesem Städtchen wie das Kirchweihfest gefeiert. Unter den Neuerscheinungen fällt »Der steile Pfad zur deutschen Einheit« jedem Spaziergänger auf. Im Schaufenster des Technikmarktes weist die Reklame mit ihrer Leuchtschrift den Weg zu einem deutsch-deutschen Computerspiel.
Hildwin weicht immer wieder Kindern aus, die ihm mit Schlittschuhen auf Rädern zwischen die Füße fahren.
Eine alte Frau geht mit großem Korb an ihm vorbei zum Markt. Die Furien der langen Weile plagen nicht einmal die Zuhausegebliebenen. Sie beobachten von den Fenstern aus das Treiben in den Straßen.
Die Wahnidee eines großdeutschen einheitlichen Reiches ist längst abgeschwollen. Die meisten Menschen haben begriffen, daß

204

Zusammenschluß, das Fallen äußerer Grenzen nicht gleichzeitig innere Einheit bedeutet, aber die anfangs murrenden Stimmen haben sich im Westen in erbauliche Musik verwandelt. Schließlich verweisen die äußeren Zeichen auf eine bessere Zukunft auch im Osten Deutschlands. Die Arbeitslosenzahlen sind beträchtlich gesunken, und der soziale Aufstieg ist am Horizont sichtbar. Warum sollte man nicht feiern? Die Tendenz, Feste zu feiern, liegt dem Menschen im Blut.

Der kleine Laden an der Ecke bietet Zwiebelspezialitäten an. Eine Geruchswolke steigt ihm in die Nase.

Im Schulhaus an der Straßenecke probt ein Lehrer mit seiner Klasse einen dreistimmigen Kanon.

Der Unterricht muß soeben begonnen haben, denn die Kirchturmuhr schlägt erst acht mal in die Morgenstunde.

Hildwin hat sich etwas verspätet und fürchtet, daß Kim, den er telefonisch um ein kurzes Zusammentreffen bat, um die Presseaussage zu klären, bereits auf ihn wartet.

In der Anlage feiern sich die in Orange, Blutrot, Violett prahlenden Blumen. Der von der Amsel zu früh ausgerufene Sommer hat bereits die ersten Besucher ins Grüne gelockt.

Am Brunnen kommt ihm der junge Mann entgegen. Er begrüßt Hildwin erregt. Man hat ihn beschuldigt, Maya gegen Babi aufgehetzt zu haben. Die alte Kräuterfrau habe Maya das Schicksal aus der Hand gelesen und die Konstellation des Sternbildes interpretiert. Verzweifelt erzählte sie dem Freund, daß sie das Geschick dazu verurteilt habe, einen Menschen zu töten. Um ihm zu entgehen, wollte sie die Familie verlassen. Nach diesem Gespräch habe er in heftiger Auseinandersetzung die Kräuter-Babi zur Rede gestellt.

Er vermutet, daß deren unvernünftige Prognose die Ursache des Selbstmordes sei, nachdem ihr die Flucht als unrealistisch erschien. Auch ein Unfall bei jenem Fluchtversuch sei nicht ausgeschlossen. Mit gespanntem Blick hört ihn Hildwin erregt sprechen. Nicht mehr der Lebensfrohe, immer zu Scherzen Aufgelegte schaut aus ihm. Man hat ihm ein übles Süppchen angerührt. Mayas Freund zeigt Hildwin den Pressebeitrag. Der Berichterstatter gefällt sich in ironischen Ausfällen, unterstellt ihm oder Harun indirekt ein Verbrechen aus Rache durch eine geschickte Relation zu Babis Tod. Aus Mangel an Beweisen ließ man ihn frei.

Das Entsetzliche, das in Bewegung geraten ist, scheint niemand aufhalten zu können. Er verdächtigt einen Klassenkameraden, dessen Bruder Reporter ist.

»Der Ralf haßt Ausländer«, sagt er. Beim Klassenlehrer habe er sich beklagt, weil die Ausländer in der Klasse der Sprachbarrieren wegen den Unterricht blockieren. Der Lehrer habe ihn aber seines unsozialen Verhaltens wegen gerügt und ihm Ausländerfeindlichkeit vorgeworfen.

Kälte bekriecht Hildwin. An dieser Schule hat er eine Besichtigung des Konzentrationslagers durch ein Referat und eine anschließende Diskussion vorbereitet, über Toleranz und Rechtsradikale gesprochen.

Der junge Mann, als hätte er Hildwins Gedanken mit verfolgt, stolpert plötzlich über das Wort Ausländer, verläuft sich in Hildwins Ausführungen bei jener Vorbesprechung, denn auch er war anwesend. Er will später einmal Deutsch an türkischen Schulen unterrichten.

»Sie haben diesen Ausländerhaß damals herausgefordert!« greift er ihn an. »Der Repetent wurde erst nach Ihrem Referat aggressiv. Das mußte ja die Wut stimulieren!«

Auf den Angriff ist er nicht vorbereitet. Hildwin erpreßt seine Erinnerung an die Formulierungen seines Vortrages. In Gedanken sammelt er die Sprachtrümmer ein.

Seine Entgegnung zermurmelt er: So genau kann er seine Worte eben nicht mehr rekonstruieren. Was hat er denn Provozierendes gesagt? Von der Zerstörungswut der Rechtsextremisten, von beschädigten Synagogen war die Rede, von Intoleranz, die gerade der Jugend nicht entspricht. Junge Menschen verhalten sich in der Regel viel toleranter, verständnisvoller als die ältere Generation.

Auf die Ursachen des Rechtsradikalismus hat er wohl etwas zu oberflächlich verwiesen. Warum hätte der Schüler an seinem früheren Klassenkameraden deshalb seine Wut austoben sollen?

Der Angreifer schwenkt plötzlich um. »Die Überfütterung ist es«, behauptet er. »Viele deutsche Jugendliche wenden sich von dieser Art der Bewältigung ab. Sie haben doch ihre eigene Tochter ständig damit geplagt.«

Der sonst höfliche junge Mann scheint seine frechen Bemerkungen selbst nicht zu verstehen. Wassertropfen bilden sich auf seiner Stirne. »Ich weiß nicht mehr, was ich rede«, bekennt er schließlich.

»Ein Schüler las über den Besuch eines Politikers in Israel vor und behauptete, er hätte die Reise unternommen, um uns dort anzuklagen. Natürlich haben wir Wiedergutmachung bewiesen, antwortete ich auf die in diesem Zusammenhang gestellte Frage. Hundert Millionen Mark wurden von Deutschland gezahlt, Mahnmale errichtet. Zehntausend Juden durften einwandern, und wir haben uns oft genug Demütigungen auferlegt. Einen Völkermord kann man natürlich nicht löschen. War es nicht so?«

Langsam gewinnt Hildwin etwas Selbstbewußtsein zurück. »Und die Luftballonpost?« wirft Kim, etwas ruhiger, ein.

Wieder schlägt Hildwins Herz das Blut zu Flammen. Dieses peinliche Ereignis hätte nie bekannt werden dürfen!

Die Schärfe des väterlichen Blickes hätte jedes Mal einen Stein zerschneiden können. »Liegt es nicht am Referenten, wenn sein Referat nicht ankommt oder mißverstanden wird?« fragte er meistens mit knarrender Stimme, erbost über das, was er Prestigeverlust nannte.

Einmal versuchte Hildwin den Übeltäter zu beobachten und setzte sich bei Dunkelheit auf eine Gartenbank. Obwohl zwei Männer und eine Frau am Zaun entlanggingen, ein junger Mann vorbeilief, konnte Hildwin keine Beziehung zu dieser Luftbotschaft herstellen, die ihm entgegensegelte. Der Hase-Igel-Effekt blieb aus. Er hatte rechtsgerichtete junge Menschen herausgefordert, und sie nannten ihn aus Rache »Bruder«, als Zeichen der Verbundenheit. Hildwin stolperte damals verunsichert durch die Argumente und möglichen Ursachen, die man ihm per Flugpost zukommen ließ, über seine eigene Begründung.

»Mein Referat halten Sie also für die Ursache der Aggressionen?« Er preßt die Frage durch die Zähne.

»Warum haben Sie sich nach dieser Luftballonpost, die zuletzt einem Überfall glich, nicht gestellt und den Schülern die Fragen über die deutsche Nation beantwortet?«

Hildwin fühlt sich höhnisch gemustert. Die wutgetränkte Provokation des jungen Mannes, der den Begriff »deutsche Nation«, so scheint es ihm, negativ auflädt, der oft genug faschistisch gebrandmarkt wird, erzeugt ein Unlustgefühl, das sich wellenkreisförmig in seiner Brust fortpflanzt, als hätte man einen Stein ins Wasser geworfen.

»Man kann nicht auf jede Anfeindung, auf jeden Unfug eingehen und Unterrichtsstunden darüber halten!«

Sein Gegner wartet den letzten Antwortsatz nicht ab, verläßt, was seinem üblichen Verhalten nicht entspricht, grußlos die Anlage.

Warum stellte er diesen noch unreifen jungen Mann nicht zur Rede? Schließlich kannte er – die Tagebuchaufzeichnungen beweisen es – Mayas Problem, ohne ihn, den Vater, darüber zu informieren.

Nichts ärgert Hildwin mehr als sein eigenes Versagen. Daß seine Referate selten aus Überzeugung beklatscht wurden, meldet ihm längst sein Gefühl. Aber in diesem Augenblick fühlt er sich beschimpft. Soll das der Sinn seiner Bemühungen und Opfer gewesen sein? Erfolgversprechend scheint ihm nur das Erlebnis virtueller Realität. Aber den Computer wird er vielleicht später einmal methodisch einsetzen.

Vielleicht wird er darauf zurückkommen, vielleicht wenn er dann noch dazu bereit ist, den Willen des Vaters zu realisieren.

Fürchtete er nicht jedes Mal die Szene der Eltern, wenn er sich weigerte, an einer Demonstration für das Asylrecht teilzunehmen, sich die Rede eines Politikers zu diesem Thema anzuhören oder mit der Familie eine Ausstellung, die das Dritte Reich zum Thema hat, zu besuchen? Dann befiel ihn die Trauer darüber, weil er sich nicht durchzusetzen verstand.

Ein Held war er nie. Aber wer ist denn heute ein Held? Der Börsenspekulant? Der »Abzocker«? Der »Lebenskünstler«, der eigentliche Egozentriker, der sich brutal über die Wünsche der anderen hinwegsetzt? Der Punktsieg fiel jedes Mal dem Vater zu. Empfindlich vor Entschlossenheit vergrößert er seine Schritte, immer die heimliche Angst im Nacken, er könnte, in seine Haut eingesperrt, nicht den richtigen Weg finden.

Seine Aggression richtet sich vielmehr gegen die eigene Person als gegen die Generation der Väter. Er will nicht ständig sein eigenes Volk anklagen, die zweite Stimme, manchmal sogar die Oberstimme, in der Rechtfertigungsmusik der anderen singen. Freilich, das jahrelange Training hat seine Auftritte begünstigt. Seit er aber Mayas Tagebuch gelesen hat, wehrt er sich, als hätte sie ihm diese Verpflichtung auferlegt, Sprachrohr des Vaters zu sein. Er kann diesen Gedanken, der sich ihm immer wieder aufdrängt, nicht abwehren.

Der Vorhang ist gefallen. Eine kalte, wilde Kraft schießt in ihm hoch. Als flöße sein Blut in umgekehrte Richtung, produziert er bei dem Gedanken an seine Referate in Verbindung mit der Luftpost Lachtöne, die ihm im richtigen Augenblick versagt blieben.

Hildwin festigt seinen Blick. Seine Haut spannt sich. Rhythmisch bewegt er seine Arme und Beine mit ungewohntem Elan, und dieser Rhythmus ist es, der seine Abwehrstellung unterstützt. Ein Strom von aufgezwungenen Überzeugungen, väterlichen Prinzipien und gebrauchten Utopien windet sich durch seine Gedanken. In Zukunft wird er jeden fremden Standpunkt abtasten, jede Einstellung, vor allem seine eigene, kritisch hinterfragen.

Mit diesem harten Entschluß steht er plötzlich mitten in der Altstadt, den Trommelwirbel im Ohr, den zwei Damen in kurzen Hosen veranstalten. Lachende junge Menschen ziehen, Spruchbänder schwingend, durch die Straßen.

Sie lassen ihm den Anlaß der Demonstration bewußt werden. An diesem Tag wollen die Deutschen sich darüber einig sein, daß jeder Bürger, unabhängig von Hautfarbe und Religion, in unserem Land in Sicherheit leben soll. »Toleranz geziemt dem mündigen Bürger.« Eine Gegendemonstration.

Die Sprechchöre erinnern an Orffsche Rhythmen. Lustbetont ist dieses heitere Spektakel in den Straßen. Die Jungen singen und trommeln, die Alten schwatzen, aber man hat das Gefühl, aktiv zu sein. Das ist man schließlich seiner Nation, dem Zankapfel aller Länder, schuldig.

Anlaß des Spektakels ist die Plünderung eines jüdischen Geschäftes. Warum es zum zweiten Male nicht gelang, den Täter zu fassen, bleibt unerklärlich, aber daß es sich um die rechte Schlägerszene handelt, stellte niemand in Zweifel, bis in den Folgetagen zwei weitere Geschäfte ausgeraubt wurden. Die Besitzer, getaufte deutsche ortsansässige Bürger, erstatteten gegen »Unbekannt« Anzeige. Nicht einmal Fingerabdrücke ließen die Täter zurück.

Hildwin läßt die Demonstration an sich vorbeiziehen. Er weiß nicht, warum es sein Ohr beleidigt, daß die Demonstranten nicht nur deutsch singen. Er, der Vertreter einer multikulturellen Gesellschaft, der seinen Sohn ein internationales Liederbuch schenkte, der in seinen Referaten für das Ausländerrecht eintritt, ausgerechnet ihn stört dieser Gesang, weil er plötzlich seiner Überzeugung widerspricht.

Die Sprache wird von den Merkmalen einer Nation geprägt, und sie prägt das Denken der Nation. Sprache ist mit Erinnerung und Bewußtsein verbunden, formt das Verhalten der Menschen. Daher müßte ein gesundes nationales Selbstbewußtsein fordern, daß wir nicht so leichtfertig mit unserer Sprache umgehen, sie mit fremdländischen Wortgut bestücken.

Hildwin schüttelt mißmutig den Kopf. Volkstum? Volkstum. Könnte nicht die Pflege der deutschen Sprache, des Brauchtums, der Volkstänze dieses geistig bewegte Volk vor einem Verfall retten? Muß nicht Aggression die Antwort auf die Unterdrückung völkischer Eigenart, aufgezwungene Schuldkomplexe sein? Würde nicht die Jugend einer weniger von außen und innen unter Druck gesetzten Nation, die Volkstum, Volkstanz, die Sprache pflegt, die Jugend für Mundart, Brauchtum, Handwerk zu begeistern versteht, mit Toleranz und sozialem Engagement auf Ausländer reagieren? Viele junge Menschen, die nicht stolz auf ihr Volk sein durften, reagierten auch früher auf die, die es ihnen verwehrten, mit Aggression.

Am Erfolg eines derartigen Spektakels, am Erfolg einer »Gegendemonstration« zweifelt er jedenfalls.

Er biegt in eine stille Gasse ab. Warum kann er sich nicht dagegen wehren, daß Mayas Tagebuch sein Leben immer erneut wie einen Spielfilm vor seinen Augen ablaufen läßt?

Viele Wüsten hat er durchquert und sich ständig verlaufen. Die Vergangenheit, die ihn wie den Vater belastet, verlor er bei diesem Irrgang nicht. Sein ererbtes Gedankengebäude ist auf Sand gebaut. Der Wahn, der ihn befallen hat, veranlaßt ihn immer noch, nach außen hin wie sich selbst gegenüber seine Einstellung zu demonstrieren. Er sieht sich vor seiner eigenen Person davonlaufen und immer wieder mit sich zusammenstoßen. Ständig begegnet er diesem angerissenen Ich. Aber keiner dieser Zusammenstöße löste ihn aus seiner Bewußtlosigkeit. Ein Leben lang hat er sich den Spielregeln des Vaters angepaßt, dem Trend der Gesellschaft, statt die Regeln selbst festzulegen. Er war dazu bestimmt, an diesem großen Plan, den andere vor ihm begannen, weiterzuzeichnen. Buße, Wiedergutmachung, die er stellvertretend für die Schuldigen, zu denen auch sein Großvater zählte, übernahm, führten zur Übersättigung, Angst, Ohnmacht, Zweifel und Erschöpfung. Der Sand unter seinen Füßen ist heiß geworden, unerträglich heiß. Er ist am Ende. Jedes Ende ist zugleich ein Anfang, aber er findet den Einstieg nicht.

Der Abschied, auf den er jetzt zugeht, schaut ihn aus Mayas Augen an, schaut ihn an, als hätte er ihn längst erwartet. Er schaut durch ihn hindurch und leidet unter dieser Situation. Der Schmerz steht der Wahrheit am nächsten.

Nie war das Leben für ihn selbstverständlich, klar wie für die meisten seiner Mitmenschen, eher chiffriert, nicht ausdeutbar, die Gegenwart nicht verläßlich und die Zukunft ungewiß. Freilich, jeder Mensch hat seine Geschichte, aber seine belastet ihn. Er hat auch seine Familie, aber sie versteht seinen Kummer nicht. Was ihm fehlt, ist das, was sie Leben nennen. Ja, er hat nicht wirklich gelebt. Seine Perspektive stimmte nicht, die Perspektive, aus der er den zeitlichen Ablauf sah, Vergangenes, Gegenwärtiges und das Zukünftige. Wenn Maya noch lebte, würde sein Leben jetzt anders verlaufen, das weiß er sicher. Ihre Bekenntnisse im Tagebuch sind es, die seine blinden Augen sehen lassen.

Mit diesen schweren Gedanken geht er durch das Gartentor, quer über den Rasen. Er hört den Gesang der Amsel auf der Fichte nicht, übersieht die Blütenpracht. Als hätte man alle sonnigen Mittage in diesem Mittag zusammengefaßt, läßt das einfallende Licht purpurrot, gift- und lindgrün, tomatenrot, azurblau und leuchtendes Gelb aufleuchten.

Hildwin bleibt vor dem Küchenfenster stehen. Sein Blick hängt an Gotelindes breiten, besitzergreifenden Händen, die kleine Radieschenscheiben auf Brotscheiben verteilen. Er folgt ihren Händen, als sähe er sie zum ersten Male.

Bläulich und hauchdünn zieht sich die Haut unterhalb der Augen in kleinen Fältchen zusammen. Energiegeladen erscheint das kantige Gesicht, das das Licht, das durch das Fenster fällt, ausleuchtet, die Fältchen um die Mundpartie nachzeichnet. Das Hauskleid ist links etwas über ihre kräftige Schulter gerutscht.

Seine Frau übernahm nach den ersten Konflikten schließlich die Einstellung dessen, der ihr finanziell viele persönliche Wünsche erfüllte. Der Schwiegervater stand immer auf ihrer

Seite. Trotzdem fragt sich Hildwin in diesem Augenblick, wie sie all die Jahre mit diesem Minimum an Liebe auskommen konnten.

Maya bot ihm Ersatz, aber er hatte bereits als Kind gelernt, Gefühle nicht zu zeigen. Manchmal übersieht er sogar die blauen Augen seines kleinen Sohnes, aus denen die Wißbegierde strahlt. Im Grunde aber blieb jeder mit sich und der Last, die ihn der andere auflud, allein.

Hildwin schüttelt sich, als wäre er naß dem Wasser entstiegen. Der bittere Geschmack auf der Zunge, der sich immer einstellt, wenn er seine Geschichte durchwandert, gibt Alarm.

Die Frau schaltet den Grill ein. Sie sieht ihn nicht. Das monotone Surren reißt die Stille von den vier Wänden. Ärgerlich schiebt sie den von der Schulter gerutschten Träger zurück, füllt die Teekanne.

Aus dem Kinderzimmer hört er jetzt Fabians helle Stimme: »Jetzt stimmt es!« Puzzeln ist seine Lieblingsbeschäftigung.

Dann wendet die Frau den Kopf, sieht ihn an und öffnet das Fenster. »Du bist zurück? Warum kommst du nicht herein?« Sie deutet auf die offene Terrassentüre.

»Sieh deinen Sohn an!« sagt sie betont langsam. Fabian steht plötzlich lautlos im Raum, traurige Leere im Blick, aber noch einen Rest Trotz in den Mundwinkeln. Struppig stehen die dunkelblauen Haare nach oben. Er schweigt.

»Er hat sich mit Eierfarben die Haare gefärbt und sieht aus wie ein Osterei. Als ich nach Hause kam, waren sie bereits trocken und steif.« Der Klageton in der Stimme der Frau deutet auf ihr Bedürfnis nach Aussprache. Sicher hat sie es bereits der Nachbarin im Garten über die breite Hecke hinweg erzählt, denkt Hildwin.

»Warum ...?« Er kann die Wegstrecke zum nächsten Wort nicht überwinden, zieht das Wort wie Gummi aus. Waaaruuuum ...? Er ahnt den Grund, weil er die bunten Gedanken, die Fabians Seelenlandschaft beleben, kennt.

213

Gotelindes strafender Blick trifft ihn wie ein giftiger Pfeil. Nur ihre zusammengekniffenen Lippen sind übriggeblieben.

»Der Marco hat gesagt, die Maya war gar nicht meine Schwester. Sie war eine dunkelhaarige Ausländerin, und ein blonder Junge wie ich kann nur ein Deutscher sein.«

»Deshalb hast du die Haare gefärbt?« Das Entsetzen kriecht langsam in seine Glieder.

»Jetzt bin ich auch dunkel wie die Maya.«

Fabian läßt sich nicht einmal durch Gotelindes Lachen beirren. »Du bist jetzt ein blaues Osterei!«

Fabians Beharrlichkeit läßt keinen Fluchtversuch zu. »Hat der liebe Gott unsere Maya bestraft, weil sie gesagt hat, daß sie den Mist nicht glaubt und lieber auf die Sterne vertraut?« Er fragt täglich hin und her, ohne Besinnungspausen abzuwarten. Die kaltgestellte Vorstellung von einem strafenden Gott beherrscht sein kindliches Denken. Auch die Vorstellung der großen Schwester blieb nicht ohne Einfluß auf sein Gemüt und seinen Geist. Das göttliche Verhalten widerspricht seinem Gerechtigkeitsempfinden.

Dann eskaliert der Konflikt. Nur die Tochter sei ihm wichtig gewesen, wirft sie ihm vor. Sie selbst und den leiblichen Sohn hätte er oft genug übersehen. Jetzt müsse sie sich fehlendes Verständnis und Eifersucht vorwerfen lassen. Schließlich habe sie Maya mit erzogen.

Gotelinde preßt die Sätze durch die Zähne. Der Zischlaut verheißt akute Gefahr. Die Empörung läßt ihre Nasenflügel zittern. Wieder unterstellt sie Maya den Hang zur Unwahrheit, und Hildwin, der ihr deren Umgang mit der Zeit oft genug erläuterte, ist nicht motiviert, sich ein weiteres Mal in eine Diskussion darüber einzulassen. Gotelinde schwenkt in wehleidige Stimmung um, umkreist ihren schalen, tristen Alltag. Ihre Träume habe sie bereits nach der Hochzeit welken sehen, behauptet sie. Jede Empfindung wäre in seinem Wahn der Wiedergutmachung ertränkt worden. Seine Assoziationen, zu Perspektiven geformt, bezogen sie nicht mit ein. Hildwin will die Ergebnisse der Reise zu Mayas leiblichen Vater zusammenfassen. Die Beschuldigung der Frau ignoriert er. Zu Streit ist er nicht aufgelegt.

Verärgert über die »sinnlose Reise«, verweigert sie ihm das Ohr, als er sein Verhalten zu begründen sucht. Mit angespanntem Gesichtsausdruck wartet sie nicht auf eine Sprechpause, um ihm zu erklären, daß jeder logisch denkende Mensch von Beginn an von Mayas Tod, nicht von »lächerlichen Verkleidungsscherzen« überzeugt war. Ihre Ironie wirkt beängstigend. Jedes Wort aus seinem Mund scheint sie emotional aufzuladen. »Der liebende Vater mußte sogar intime Familienangelegenheiten öffentlich werden lassen«, läßt sie ihren Unmut ab, wobei sie den »lieben- den Vater«, ironisch getönt, geradezu musikalisch darbietet. Daß die Polizei und die Presse »mitmischten«, wie sie es nennt, treibt ihr die Wut zwischen die Lippen.

Seinem Vorwurf, verständnislos mit Maya umgegangen zu sein, entzieht sie sich einfach durch Weghören. Gotelinde versteht es, ihm jeden Angriff zurückzugeben, als handle es sich um ein Tennismatch. Warum er nicht eingegriffen hätte, wenn er den Schlüssel zu Mayas Träumen besaß, will sie wissen. Warum er die verhängnisvolle Freundschaft duldete und warum er den Guru nicht zur Rede stellte. Die spitzfindigen Fragen gehen ihr nicht aus.

Der Ärger der Frau kann ihn nicht aus der Reserve locken. Er reicht ihr den Brief, der die Verwirrung stiftet. Gotelinde verzerrt das Gesicht, kneift die Augen zu, hebt die bebenden Nasenflügel und spreizt die Mundwinkel, bereit, jeden Augenblick zu weinen.

»Mordverdacht?« Das Wort vibriert auf ihren Lippen.

Hildwin schweigt beharrlich.

»Mord? Ist das wahr?« Ihr Entsetzen bohrt sich mit ihrer Frage in Hildwins Auge. Die Unwissenheit steht ihm als Brille nicht zu Gesicht. Daß man einen Fingerabdruck von Harun sicherstellte, sagt er nicht. Die Glieder der Indizienkette sind zu lückenhaft.

Noch etwas sagt er nicht: Daß er sich schämt, weil es ihm nicht gelang, der Feder der Presse in den Rücken zu fallen.

Sein ungeschicktes Verhalten lieferte der sensationsgierigen Boulevardpresse das erwünschte Material.

Gotelinde hat sich wieder gefaßt. »Wie kann jemand unbemerkt in die Wohnung der alten Frau gelangt sein? Warum?« Sie sagt es fast unhörbar. »Das ist nicht glaubwürdig.«

»Vielleicht hat die Kräuterfrau ihre eigenen Tees verwechselt, ein Nachtschattengewächs oder einen Kreuzblütler unter die Heilkräuter gebracht!«

Für Mayas Selbstmord findet Gotelinde eine sehr einfache Erklärung. »Die verstiegenen Ideen des Gurus und ihres Freundes haben ihren Lebensüberdruß stimuliert.« Damit ist für sie, nicht für Hildwin, das Thema abgeschlossen.

Tiefes Schweigen hüllt die späte Mittagsstunde ein. Hildwins Gedanken entfernen sich so weit von der gegenwärtigen Situation, daß er nach der Mahlzeit nicht weiß, daß ihm sein Lieblingsgericht, Backfisch in Dillsauce, serviert wurde. Fabians Blick streift abwechselnd Vater und Mutter. Der sonst so Sprechfreudige wirft kein Wort in die schwerlastige Stille.

Als Hildwin telefonisch alle Referate absagt, breitet sich ein großflächiges Staunen auf Gotelindes Gesicht aus, löscht den mit Trauer gemischten Ärger in ihren Augen.

Hildwins Zerfleischungsprozeß setzt sich in der Nacht fort. Bereits am Abend betrachtet er lange den Mond, der sich hoffnungslos, weiß und stumm in seiner vollen Gestalt präsentiert. Die Nacht fällt schwarz in die Fenster, zieht sich wie ein Ring um ihn zusammen. In der Ferne schlägt ein Hund an. Sein böses Bellen und Knurren dringt schauerlich durch die Finsternis. Unter dem Fenster erstarrt das bizarre, dornige Geäst der Brombeerbüsche mit den Bäumen im Mondlicht. Kein Luftzug zieht die Register.

Hildwin hält die Augen tief geschlossen. Er fühlt sich in sich versinken. Jeder Gedanke an Maya weint in ihm. Seine Lippen kräuseln sich verzweifelt, wenn er ihren Namen denkt. Es gibt kein Maß für seinen Schmerz.

Hildwin hört ihre Stimme rufen, hört ihre Antwort: »Ich komme, Hild.« Er spürt ihre Freude, wenn er am Abend heimkommt, beschwingt in der Stimme. Aber er überbringt keine gute Botschaft. »Mama klagt, weil du ihr nicht bei der Gartenarbeit geholfen hast ...« Ihre Enttäuschung verfärbt den Himmel. Maya mußte sich für eine Schulaufgabe vorbereiten und schlug Gotelinde vor, die Gartenarbeit zwei Tage zu verschieben. Warum hat er sich damals nicht für sie eingesetzt?

Die Tochter möchte mit der Freundin in den Zirkus gehen. Gotelinde besteht auf dem gemeinsamen Sonntagsspaziergang. Maya schaut ihn bittend an. Sie ist vierzehn Jahre alt, ein Zirkusbesuch mit der Freundin vertretbar. Aber er fürchtet Vorwürfe, Familienstreitigkeiten. Er entschädigt Maya mit einem Geldschein. Den Zirkus darf sie zwei Tage später mit der Schwester und der Mutter besuchen.

Wie oft hat er sie durch seine Unfähigkeit, sich durchzusetzen, durch seine Angst vor familiären Konflikten enttäuscht? Mußte sie in ihrer letzten Konfliktsituation nicht wieder von seiner Angst und Unfähigkeit, Hilfe zu leisten, ausgehen? Seine Einsicht lag zu lange in den Sternen verborgen. Jetzt, seit er Mayas Tagebuch und Brief gelesen hat, nimmt er die Schuldzuweisung an, aber das Bewußtwerden der Folgen seines Versagens läßt ihn fiebern.

»Maya, kann sich denn niemand auf dich verlassen?« klagt die Frau. Sie wirft der Tochter Lügen vor, weil sie ihren Entschluß geändert hat.

»Maya besitzt ein anderes Zeitverständnis«, versucht er beschwichtigend einzugreifen, aber Gotelinde wirft ihn Parteilichkeit vor, setzt Maya ins Unrecht, und er fürchtet weit mehr die Kritik des Vaters als die Störung des Ehefriedens. Er kann nicht mehr über sein zwischen den Forderungen, Aufträgen des Vaters, den Wünschen der Frau und seinen Vaterpflichten versprengtes Leben frei entscheiden.

»Gehst du mit mir wandern? Ins Theater?« bittet die Dreizehn-, Vierzehnjährige, später die Siebzehn-, Achtzehnjährige, aber seine Verpflichtungen, die er für eine schuldbeladene Nation übernahm und immer noch übernimmt, waren bereits vorrangig. Beruflich festgelegt, hatte er weitgehend den Samstag verplant. Bei diesem Gedanken schlägt sein Puls das Blut zu Flammen in den Adern.

Mayas siebzehnter Geburtstag. Er soll natürlich bei der Geburtstagsparty anwesend sein. Die Feierlichkeiten bei der Einweihung einer Gedenkstätte lassen es nicht zu. Maya weint, weil er in seinem Wahn, ständig zu Formen der Wiedergutmachung verpflichtet zu sein, mitmenschliche Pflichten zweitrangig einstuft. Dissonante Klänge laden die junge Generation zum Tanzen ein. Maya will ihm den Freund vorstellen. Das oberflächliche Treiben der Jugendlichen, die Atmosphäre hätten ihn warnen müssen. Er überläßt nach kurzer Begrüßung aus Zeitmangel anderen die Aufsicht, die Verantwortung.

Verreiste er mit Maya, ließ er sich zu Wanderungen und Veranstaltungen überreden, hörte er nicht selten das Spötteln der Frau.

Daß er die Schuld später auf die Sterne fallen ließ, hing mit einer horoskopkundigen Frau zusammen, die für Maya lebensbedrohende Prognosen erstellte.

Er weiß im Augenblick nicht, ob er denkt oder schläft, ob ihn ein schwerer Traum an die Hand genommen hat. Der kaltweißleuchtende Mond überfriert die Trümmersaat der letzten Jahre. Seine Seele liegt tief unter der Nacht vergraben.

Zwei Monate vor Mayas Tod erzählte der Großvater Fabian von der Beschädigung einer Gedenkstätte durch Steinwürfe Rechtsradikaler. Maya riet ihm, dem Kind lieber Märchen zu erzählen, die literarisch wertvoll sind, was natürlich eine konfliktträchtige Atmosphäre schuf. Der Großvater, derartigen Einspruch nicht gewöhnt, bezeichnete sie als rechthaberisch, vorlaut, sprach von »unserer Neunmalklugen«.

Vater? Könnte er Maya zu stark belastet haben? Die Assoziationen seiner Gedanken peinigen ihn, weil er plötzlich annimmt, daß seine Tochter durch seine Schuld bereits als Kind arglos in dieser vergifteten Luft atmete.

In atemloser Erwartung durchwühlt Hildwin wieder Ereignisse, die auf eine konfliktgeladene Beziehung zwischen ihr und dem Großvater oder ihr und Gotelinde verweisen.

Er findet nicht nur einen Anlaß, der Lebensüberdruß, vielleicht sogar einen Selbstmord hätte auslösen können: die Angriffe von seiten des Großvaters, der Pflegemutter und der alten Kräuterfrau, die Maya durch Vorwürfe belastete, und Mayas Verdacht, Gotelinde geschädigt zu haben.

Die Schuld, von der sie überzeugt war, ließ vielleicht alle ihre Träume welken. Daß Maya dem Schiffbruch seines Lebens zusah und keinen Anker fand, blieb sicher auch nicht folgenlos.

Schon lange leidet Hildwin auch unter dem Zwiespalt zwischen dem psychisch Belasteten, der in der Vergangenheit wühlt, seine Emotionen fanatisch kontrolliert, nach außen hin abschirmt, und dem Anbeter des Realen, den Techniker in ihm, der alles, auch das Unerklärliche, zu erklären sucht, bis das Mysteriöse aus der Welt verschwindet, bis die Wunder der Technik visionäre Welten ersetzen und meßbar werden. Nur Maya gelang es, ihn zur Reflexion zu veranlassen, seine emotionale Seite anklingen zu lassen.

Ja, darin hat Gotelinde recht, denkt er. Ich liebte Maya sehr.

Er probiert seinem Gefühl abwechselnd die Wörter »Vaterliebe«, »Eros«, »Leidenschaft« an, und seine Selbstironie, mit einer großen Portion Verachtung befrachtet, wirkt nicht weniger beängstigend wie ein ironisches Wort aus dem Mund seiner Frau.

Hasenherz, Hasenherz! beschimpft er sich. Warum hast du so falsch reagiert, als es darauf ankam? Er multipliziert das Wort Liebe mit der Silbe Eigen und kommt im Narzißmus an. Hat er sich nicht oft genug in Maya selbstbespiegelt? Sich nicht wie ein Kind gefreut, wenn Maya ihn dem Freund vorzog? War er nicht glücklich, als sie, in der Galerie eingeschlossen, in seinen Armen schlief und später feststellte, wo sein Herz schlug? Ihre launischen Einfälle belohnte er mit Lachen. Mit dem

Verstärken ihrer Liebesbeweise gefährdete er nicht selten seine Ehe. Nach den ersten Vorwürfen seiner Frau wagte er es nicht mehr, Mayas Partei offen zu ergreifen. Das ist es, was er sich vorwirft. Der Gedanke beklemmt, bedrückt ihn. Etwas schnürt seinen Brustkorb ein. Er hat in der Erinnerung jeweils eine Situation ausgelöst, die er nicht zu bewältigen imstande ist. Seine Muskeln spannen sich, sein Atem eilt dem Herzschlag nach. Seine kognitive Bewertung der Situation, die die Angst auslöst, läßt ihn jedes Mal in sich zusammensinken, verkleinert sein Selbstbewußtsein, und er findet keine Möglichkeit, mit jemandem darüber zu sprechen. Die Angst überrollt ihn, die Angst, die Schuld am Tod seiner Tochter mit niemandem teilen zu können.

Bei diesem Gedanken steht er auf, holt das Tagebuch. Der Vollmond übergießt es mit seinem weißen Licht, stimuliert die angstdurchwirkte Erwartungshaltung.

Er liest Seite für Seite zum vierten Male und stößt wieder auf diesen Satz, der ihn den Schweiß austreibt: »Kann man eine große Schuld ein Leben lang verdrängen?« Er steht isoliert, ohne Kontext im Raum.

Hildwin blättert vor und zurück.

»Warum darf ich Hild nicht lieben? Er ist doch mein Vater. Babi hält mich für eine Verbrecherin, weil sie annimmt, daß meine Adoptivmutter dadurch seelisch belastet werden könnte. Aber für so unreif halte ich sie eigentlich nicht. Ich werde Kim fragen, ob er das auch glaubt.«

Hildwin steht auf. Daß die alte Kräuterfrau Maya folgenschwere Vorwürfe machte, weiß er. Könnte der Freund auf das Problem tatsächlich mit einem Racheakt reagiert haben?

»Sie hat es in den Sternen gesehen, daß mich der Mann, den ich liebe, verraten wird. An wen verraten? Was meint Babi? Auf meine Frage hat sie nur den Kopf geschüttelt und sich wie das Delphische Orakel verhalten. Was soll ich denn aus der

Konstellation der Gestirne sehen? Aber die Sterne lügen nicht, behauptet sie. Ich würde dieses Schicksal nicht ertragen.«

Was meint Maya mit Verrat? Vertraute sie sich ihm deshalb nicht an? Stieß Gotelinde aus diesem Grund in ihrer Verständnislosigkeit das Mädchen immer wieder zurück? Was mag die Alte Mayas Freund geantwortet haben? Fragen greifen ihn von allen Seiten an.
Tagebucheintragungen, die Babis Prognosen zum Thema haben, assoziieren in Hildwins Kopf sofort die Giftspuren in Babis Blut.
Daß ihn seit Mayas Begräbnis der Totenkopf auf seinem Schreibtisch, sein Glücksbringer, für den er ihn immer hielt, belastet, beweist die Überbeanspruchung seiner Nerven. Sein Vater hatte ihm den auf einem Gräberfeld gefundenen, präparierten Schädel geschenkt.

Zuerst glaubt Hildwin, den Wecker gehört zu haben. Aber er ist zwei Stunden später auf sechs Uhr gestellt. Das Läuten kommt eindeutig aus seinem Arbeitszimmer. Täglich um die gleiche Zeit springt er auf, stürzt in diesen Raum, der plötzlich aus verschiedenen Stimmen zusammengesetzt zu sein scheint. Dieses ungehörte Konzert in seinem Kopf läßt ihn von der vierten Morgenstunde an nicht zur Ruhe kommen, was bei seiner Nachtarbeit, die nie vor Mitternacht endet, zu einer totalen Überbeanspruchung führt. Gotelinde schläft in dieser Zeit, und er hat es nie gewagt, sie zu wecken.
Mitten im Frühling ist in seiner Vorstellung der Herbst eingezogen, eine aus moralisch-religiösen Verfall und Tod zusammengerührte Jahreszeit. In diesen Nachtstunden aber entdeckt er einen Buchstaben im Alphabet Gottes und beschließt, die fremden Knochen in geweihter Erde zu begraben, ohne seinen Vater, der ihn sicher für psychisch krank gehalten hätte, zu informieren. Er fürchtet, in einem plötzlich ausgebrochenen Trotzverhalten sein eigenes Handeln zu denunzieren. Dann ver-

stopfen Selbstvorwürfe seinen Geist mit Ärger und Selbstironie. Hildwin haßt sich, fühlt sich völlig liebesunfähig, und das empfand, wie er glaubt, sogar sein kleiner Sohn Fabian.

Beim Frühstück fällt ihm der ihn umkreisende Blick seines Sohnes auf. Hildwin erkundigt sich nach seinen Spielen und Bastelerfolgen im Kindergarten.

»Die Rosi hat gesagt, Mayas Oma ist ermordet worden.«

»Babi ist nicht Mayas Oma, und sie starb an den Folgen eines Unfalls. Die alte Frau stürzte im Wald«, verbessert er die Aussage der Erzieherin im Kindergarten.

Fabian nickt vor sich hin. Das ist der Beweis, daß er angestrengt nachdenkt. »Sie ist As-Asiatin wie unsere Maya, und das waren die Skinner, sagt die Rosi, weil die Ausländer nicht mögen.« Er hat die Skinheads öfter in der Anlage gesehen und einen Luftballon geschenkt bekommen.

»Das wissen wir nicht.« Hildwin beeilt sich, Gotelindes Antwort zuvorzukommen. Fabian soll keine Vermutungen im Kindergarten verkünden.

Dann stehen plötzlich Fragen im Raum, mit denen er nicht rechnete.

»Papi, der Gottlieb sagt, daß der liebe Gott die bösen Kinder schwarz gefärbt hat, aber die Otti hat eine weiße Haut und ist immer so böse.«

Er ist noch zu jung, um den Sog der Vorurteile zu kennen. Gotelinde redet von Toleranz und Gleichberechtigung, aber Fabians Mitteilungsdrang kann nicht warten. Seine Gedanken überholen ihre Worte. »Hat der liebe Gott nur für die Israelis Tauben und Honigbrot in die Würste gezaubert?«

Wie sollte er begreifen, warum ein Volk vor anderen Völkern ausgezeichnet wurde? Hildwin bemüht sich vergeblich um eine verständliche Antwort. Was hat ihn derartigen Fragen gegenüber nur so hilflos gemacht?

»Und wenn die Juden schwarz wären, hätte er ihnen dann auch Honigbrot geschenkt?«

Gotelinde redet noch immer von Gerechtigkeit und Gleichberechtigung, aber das Kind will aussprechen, was es bedrängt.
»Und die hungernden Kinder in den Entwicklungsländern? Warum
läßt er für die keine Tauben kommen und Honigbrot regnen?«
Die Eltern ringen vergeblich um eine einsichtige Antwort. »Gott
kann doch nicht jeden Tag überall Wunder wirken.« Fabians Warum
hat sich an diesem Morgen wieder einmal an Glaubensfragen festgebissen. Selbst Hildwins Versuch, auf das Puzzle abzulenken, setzt
neue Fragen frei.
Aber er hat bereits das Jackett in der Hand. Am Grab müssen
die Blumen gegossen werden, bevor ihn der Alltag verplant. Am
Abend wird ihm die Frau wieder vorwerfen, daß er sich zu wenig
Zeit für seinen Sohn nimmt. Ihre Klagen hat er im Ohr.
Daß er im Garten mit seinem Vater zusammentreffen könnte, hat
Hildwin nicht geahnt. Der alte Herr auf der Gartenbank lädt ihn
mit einer breiten Handbewegung zum Sitzen ein.
»Ich wollte euch nicht beunruhigen, sonst hätte ich es dir natürlich
sofort gesagt.« Die Worte winden sich zwischen seinen Zähnen,
drehen sich auf der Zunge um die eigene Achse.
Hildwins Erstaunen, das sich auf seinem Gesicht verbreitet, behin-
dert offensichtlich seine Aussagen.
»Maya erwähnte zwar, daß sie uns verlassen würde, wenn ihre
Reden, ihr Verhalten uns schaden sollten, aber wir nahmen diese
Kinderei natürlich nicht ernst.«
Die Worte des Vaters sind in diesem Augenblick zu weit von
Hildwins Erwartung entfernt, als daß er sofort darauf antworten
kann.
Der Vater reißt sofort die Gesprächsführung an sich. »Du weißt ja,
ihre ständig unwahren Aussagen, falschen Versprechungen. Kim
hat für sie gehandelt. Die Babi wollte nur ihr Versprechen halten.
Gotelinde bat sie, positiv auf Maya einzuwirken. Deine Tochter
bildete sich in ihrer verstiegenen Phantasie so vieles ein, vielleicht
auch den Telefonterror. Der Alten soll sie in ihrem Wahn bewußt
falsche Prognosen unterstellt haben.«

Unausgereift, wie es Hildwin scheint, fallen die Worte von seinen Lippen. Er möbliert Mayas Innenleben mit seiner Vorstellung, die der Sohn für völlig abwegig hält.

Das beharrliche Schweigen des Sohnes läßt seinen Redefluß langsam zum Rinnsal werden und schließlich ganz versiegen. »Du hast dir nie Mühe gegeben, sie wirklich kennenzulernen. Maya war im Grunde noch ein Kind, und sie liebte uns.«

Als fürchte sich der alte Mann vor so viel Vaterliebe, entschuldigt er sein Versäumnis. »Wir hätten dich natürlich sofort informiert, aber niemand ahnte, daß sie an Selbstmord denken könnte.«

Hildwin erhebt sich. Nichts deutet mehr auf seine Erregung hin. »Maya ist ein Opfer unseres Wahns. Bitte spiele an meiner Stelle mit Fabian.«

Daß er fürchtet, der Sohn könnte das zweite Opfer werden, scheint der Vater zu begreifen. Er erhebt sich schwerfällig. Alt ist er geworden, denkt Hildwin, erschreckend alt.

Er malträtiert den Gashebel und die Bremse, weil sein Versuch, so schnell wie möglich ans Ziel zu kommen, am Verkehr scheitert.

In der Nähe des Kiosks steigt er aus, kauft die neue Tageszeitung, um sich über die Fortsetzung der Verleumdungskampagne der Presse zu informieren.

Das Wort »Lüge« schon abrufbereit auf der Zunge, den Dreisilber schon zwischen den Zähnen, eilt er mit der Zeitung zum Auto zurück. Verleumdung ist alles, Verleumdung! klingt es in seinen Ohren.

»Wer hat die Kräuter-Babi vergiftet?« Die Schlagzeile springt ihm ins Auge. Es geht nicht primär um Maya. Der Reporter fragt nach dem Schuldigen. »Emu oder Harun?«

Rechtsradikale Motive scheint man Emanuel ungerechtfertigterweise zu unterstellen. Er wollte Mayas Freund Kim, seinem Rivalen – das behauptet die Presse –, »einen Denkzettel verpassen«, wie er zu Protokoll gab. Nicht das Mädchen hat er angegriffen, sondern die Freunde, was ihm eine Strafe einbrachte.

Siegfried und Emu verbündeten sich schließlich. Kim habe nach einer Auseinandersetzung mit der Alten an ihr ausprobiert, was sie Maya empfahl, aber giftige Kräuter befanden sich nicht darunter.

Daß Maya aus der Perspektive des Reporters zwischen Kim und Harun stand, läßt Hildwins Zornader erneut anschwellen. Das Blut brodelt in seinen Adern.

»Schockten die Folgen der intimen Beziehung zwischen Maya und Kim oder Haruns Vorwürfe, Drohungen das Mädchen, daß es sich in den Fluß stürzte?«

Der fleißige, bürgerlich solide, höfliche Kim hing mit verbissener Treue an Maya, und Harun bemühte sich vergeblich, dessen freundschaftliche Liebe zu zersetzen.

Harun, von einer Schar Mädchen umschwärmt, der sich immer um ein überlegenes spöttisches Lächeln mühte, fühlte sich oft durch dessen Bemerkungen vom Heldenglanz entblößt, warf ihm vor, daß er nach ätzenden Satiren lechze. Daß er sehr viel von seiner Person hält, aber sehr wenig von anderen, hat Hildwin bei der ersten Konfrontation mit ihm erkannt.

Ihm gegenüber wirkt Kim farb- und geruchlos, denkt er.

Wenn Mayas Zuneigung auch subtilen Schwankungen unterlag, so hätte sie sich doch nie in sexuelle Abenteuer eingelassen, selbst dann nicht, wenn Kims Liebe gigantische Dimensionen angenommen hätte. Hildwin kann es auch nicht glauben, daß Emu und Siegfried, die in politische Abgründe zu versinken drohten, an diesem Verbrechen nur als Rivalen beteiligt waren.

Maya war wie die anderen Mädchen mit den jungen Männern befreundet, aber sie war noch ein Kind und liebte nur mich, denkt er verbissen. Hat sie es ihm nicht oft genug bewiesen? Auch Kim leugnet schließlich Beziehungen dieser Art, und das Tagebuch bestätigt seine Meinung. Maya glaubte die Adoptivmutter geschädigt zu haben. Das war es, was die Kurzschlußreaktion mit auslöste.

225

Er läßt den Motor aufheulen, merkt nicht, daß sein Tempo nicht der im Straßenverkehr vorgeschriebenen Geschwindigkeit entspricht.

Beim Aussteigen befällt ihn ein ungewohntes Schwindelgefühl, als hätte auch die Welt in so kurzer Zeit die Geschwindigkeit geändert. Er setzt Schritt vor Schritt, geht langsam auf den weichen Sandweg zum Fluß. Die Rosen hat er von zu Hause mitgebracht. Wo ihn der Schatten trifft, bleibt er stehen. Dort, wo man Notizblock und Kalender fand, wirft er die Blumen in den Fluß. Graue Wehmut lähmt sein Denken, wenn er sich an einen Satz erinnert, den der Nachbar aussprach: »Wer könnte die Enkelin besser kennen als der Großvater?« Nein, er kennt schließlich den Vater besser. Er hat sich nie um ihr Vertrauen bemüht, aber der öffentlichen Meinung zugestimmt, eine Vermutung zu Protokoll gegeben. Ihm gegenüber hielt er sich immer bedeckt.

Weil er noch in der Schicht der Achtung vor dem Vater steckenbleibt, kommt es nicht zu dieser offenen Auseinandersetzung, die das Familienklima radikal ändern würde. Er und die Frau hatten Mayas Schicksal in der Hand. Das wurde ihm bereits beim Lesen des Tagebuches bewußt. Hätte das Mädchen vielleicht auf Zehenspitzen durch ihr Leben gehen sollen? Es erschien Gotelinde unerträglich, daß Maya nicht auf ihr autoritäres Verhalten ansprach. Es erschien ihr unerträglich, daß sie mit der Zeit in einer ungewohnten Weise umging. Und es erschien ihr unerträglich, daß sie in die Freiheit des Schweigens ausbrach, weil sie Streit vermeiden wollte. Sein Sohn hätte unter diesen offen ausgetragenen Problemen gelitten. Hildwin glaubt plötzlich auch zu wissen, daß Fabian durch sein Verhalten unbewußt Mayas Stelle im Denken und Fühlen des Vaters einnehmen wollte.

Dann stößt er sich an seinem Gerechtigkeitsempfinden, an seiner Selbsteinschätzung wund. Er besteht auf seiner Schuld. Ja, er selbst war es, dessen defekter Charakter die Probleme schuf. Nie wird er Mayas Tanz des Sisyphos vergessen, der sich oft genug vor seinen Augen aufführt.

Am Eingang des Friedhofs belästigt ihn das unermüdliche Geschrei des Eisverkäufers: »Schoko-, Vanille-, Erdbeereis!« Einen wilden Stimmenreigen im Ohr, steht er bewegungslos am Grab: »Ich liebe nur dich!« – »Babi hat es mir aus den Sternen gelesen.« – »Der Tod ist belanglos.«

»Verschiedene religiöse Auffassungen haben sie verwirrt.«

»Nimm dein Schicksal selbst in die Hand!« – »Das kann man nicht.«

»Er wagt es immer seltener, mich zu verteidigen. Die Fühligkeit nimmt auch bei Hild ab.«

»Denke an deine Mutter. Du belastest sie psychisch!«

»Warum belügst du uns wieder?«

»Ich muß meine Feindin besiegen. Wenn ihr etwas passiert, richte ich mich selbst. Das Leben ist nicht so wichtig. Jeder Mensch wird wiedergeboren.«

»Wer hat die Brunnen vergiftet? Die Kräuter verwünscht?«

»Wer aus mir trinkt, wer mich trinkt, wird sterben.«

»Ich stelle sie mir manchmal tot vor und weine über meinen bösen Wunsch. Ich will nicht zur Verbrecherin werden.«

Die Stimmen des Vaters und die der Frau klingen dissonant, überlagern sich mit Mayas Stimme: »Undankbares Geschöpf!« – »Du lügst!« – »Eigentlich weiß ich überhaupt nicht mehr, was ich noch glauben kann.« – »Ich habe einen Menschen getötet.« – »Sie belastet die Familienatmosphäre.« – »Hild ist es. Ich muß ihn retten.« – »Warum soll ich ihn nicht lieben. Er ist doch mein Vater.«

Hildwin kaut seine Verzweiflung. Ein ungewohntes Schwindelgefühl dreht ihn durch, vernebelt sein Denken. Die Stimmen holen ihn immer wieder ein: »Seid ihr denn nicht stolz auf euer Volk? Du erträgst das Absurde in deinem Leben nicht, trägst eine Last mit dir herum.«

»Eine Last mit dir herum, eine Last mit dir herum, eine Last ...«, sagt er leise vor sich hin, wiederholt es, als müßte er sich diese Worte besonders einprägen.

»Es war der letzte Ausweg. Das Kind war unterwegs.« Ein Kind? Maya war selbst noch ein Kind. Lüge! Lüge! Böswillige Verleumdung! schreit es in ihm.

»Er ist zu schwach, er selbst zu sein.« – »Vielleicht kann ich mein Gesicht mit meinen Kleidern wechseln, verändern.«

Verzweiflung fliegt ihn besonders dann an, wenn Mayas Stimme in seinem Ohr widerhallt. Er durchstreift einen Urwald des Grauens, der Angst, die er seiner toten Tochter zuordnet.

»Maya«, flüstert er mitten in die ersten Tulpen und Osterglocken hinein, wiederholt es, das Wort, beschwört es, rezitiert, rhythmisiert ihn den Namen.

»Maya, Maya, mein Kind.«

Die Morgensonne im Gesicht, folgt sein verschwommener Blick dem langen Grabschatten, verliert sich im Wesenlosen. Der Wind hält den Atem an.

Hildwin ist noch nicht imstande, für eine Tote zu beten. Seine Gedanken finden sie nur unter den Lebenden.

Er holt Wasser, gießt die junge Zypresse und füllt die große Vase mit den Frühlingsblumen und Rosen mit frischem Wasser.

www.ingramcontent.com/pod-product-compliance
Lightning Source LLC
Chambersburg PA
CBHW060357030726
47497CB00003B/742